留灯

楚尘
■
文化
Chu Chen

北京楚尘文化传媒有限公司 出品

邓安庆 著

留灯

中信出版集团 | 北京

图书在版编目（CIP）数据

留灯 / 邓安庆著 . -- 北京：中信出版社，2023.8
ISBN 978-7-5217-5717-0

Ⅰ.①留… Ⅱ.①邓… Ⅲ.①中篇小说－小说集－中
国－当代 Ⅳ.① I247.5

中国国家版本馆 CIP 数据核字 (2023) 第 081881 号

留灯

著者： 邓安庆
出版发行：中信出版集团股份有限公司
　　　　　（北京市朝阳区东三环北路 27 号嘉铭中心　邮编　100020）
承印者： 北京启航东方印刷有限公司

开本：880mm×1230mm 1/32　印张：9　　　字数：169 千字
版次：2023 年 8 月第 1 版　印次：2023 年 8 月第 1 次印刷
书号：ISBN 978-7-5217-5717-0
定价：68.00 元

目录

像植物一般慢慢生长

邓安庆

小说写完，扔到一边冷却一段时间，再次打开进行修改，便能以一个读者的心态去看。几万字的篇幅，看到那几句"不知过了多久，天完全暗了下来，懒得起身开灯，任凭夜色填满整个空间。周遭的热闹声起来了，隔壁、对面、屋后，催饭声、打骂声、追逐声，每一声都如同飞袭的针扎过来"。心态平和，顺畅地看向下一句，不做丝毫停留，当它是普普通通的句子而已。可我知道前几天我坐在客厅的饭桌上写到这几句时，抑制不住地难过，家人那时候正好出来往厨房走，我捂着自己的脸，搓着搓着，装作没事的样子，否则感觉自己太丢脸了。

从来写人物铁石心肠，采用的都是"你怎样的命运与我何干"

的疏远态度，虽然心中有很多情感，但也要冷处理。写到这个人物时，我心情很难平复下来。那张脸在写的时候一直浮现，怎么也难以平复下来，说是哀痛也不为过。有些太近的人，写起来好难狠下心来，尤其是激动时更不敢写，直到沉下去不动声色才能继续。他一点点地在我笔下生长，他的每一个细节，他的内心活动，他的沉默与呼吸，渐渐地都能被我感知到。但他也一点点地靠近悲伤的结局，我知道他最终会这样，可不是突然地，而是慢慢地，在那个奔赴结局的过程中，黏附了太多的经历，积攒了太多的情感，只到结局的那一瞬间出现，我一下不舍了。但写作有一项铁规似的，任你如何不舍，他都必须接受他的命运，你毫无办法。

缓慢的小说，缓慢的人生，缓慢的结局，一直就想写像植物一样慢慢生长的小说，没有多少曲折的情节，构建一个生活环境，让人物在其中慢慢地过自己的日子就好。这就是我写这本书时怀有的心态。从最开始的《幽慢》，到后面的《留灯》《清水》《跟随》，每一篇之间隔得时间很长，全书完成，六年过去了。这期间，我完成了其他书稿，做了很多事情，但是一回到这本书上，我就慢了下来。这四个中篇小说，每一篇三到五万字不等，看起来毫无关联。但读者如果细心，就会发现把它们连接起来的是"时间"：《幽慢》写小学生，《留灯》写初中生，《清水》是写两个高中生，《跟随》则是写刚毕业的大学生。这是一条成长的时间线，人在不同的年龄段，会有不同的境遇和心态，也会有不同的应对方式。每一段经历，都有独属于它的气质。这是吸引我去写的原因。我想要细致地展开书写，慢下来是必须的。

回想起这六年来，每天写得很慢，过去一天四五千字的节奏，现在慢到一两千字，也不忙着写完，看着小说一点点地成形，人物在悠长的叙事中慢慢呈现出他人生的轨迹，尝到他人生的滋味。不写的时候，去公园走五公里，让大脑放空，或者去菜市场买菜回来做饭。怕的就是疲劳写作，要的是精神放松饱满。但精神即使再饱满，也有枯竭的时刻，那时像是困兽一般在狭小的房间走动，从早上起来坐在桌子前，一直到下午，并没有一句流畅的语句敲打出来。灵感有时像狂风中好不容易点燃的蜡烛，须得小心翼翼，再小心翼翼，不然走到桌前就熄灭了，接下来又是漫长的等待。写作本书期间，有时四个月一个字都写不出，有时一个月又能写十万字。有朋友问我每天写多少字，我是无法回答的，因为它并不是匀质的、均衡的，而是捉摸不定的，需要无时无刻不在暗中贮备力量。读书时、聊天时、睡觉时、看电影时……一直有个攒着劲儿的"我"等在那里，既兴奋又疲惫。创作的快乐与痛苦都源于此吧。

小说修改完毕，去快餐店吃饭。店里熙熙攘攘，大人点餐，小孩坐在座位上玩耍，我忽然想起贵州那几个孩子，已经是多年前的旧闻了，冬天太冷，他们躲在垃圾箱里烧垃圾取暖，结果中毒身亡。这个旧闻就像是一个痛点，每回一想起，就特别难过。我不敢想象那个死亡的惨状，清早有人打开垃圾箱，看到这几个已经死去的孩子……不敢去想他们在死前一天是怎么度过的，他们吃了什么，去了哪里，每多知道一点细节，心里就会痛一点。又想起另一个旧闻，哥哥带着弟弟妹妹，把自己锁在家里，喝农药自杀，那该是怎样的场景：哥哥死意已决，弟弟妹妹还不想死，那个挣扎的过程……我内心会忍不住想这些。这决绝的死亡不是忽然出现的，而是由之前的生活缓慢推进到那一刻的。不敢想，真不敢想。

任何这样的死亡，若只是提到一两句"某年某月某日因某事而死"之类的话，读者看来大都无感受。一旦有了细节，丰富杂乱的细节，有了一个构建的完整世界，再去看，那种在场感和疼痛感便会把你拽进去，切身体会到他们的感受。但与此同时，写作者自己会面临这样的风险：俯瞰深渊，很容易也坠入深渊。这时，要的就是决绝和冷却，又一次恢复到"你怎样的命运与我何干"的疏远态度，这也算是自我保护吧。小说虽如植物生长，但当它已经扎根发芽、伸枝展叶、开花结果之时，也是该离开的时候了。不要逗留，不要沉溺。毕竟，下一部小说还等在路上。

2023 年 3 月 2 日
苏州

幽慢

一

　　我们几经周折才找到这家旅馆，不容易。妈妈已经累得说不出话了，当小旅馆的老板告知我们还有一间房时，她把行李往入门处的沙发上一扔，差点儿要拍起掌来。是的，我们从火车站辗转至此，少说也问了二十家旅馆，都说没有空房。这个城市饱满得连门缝都塞爆了。老板是个枣核状的肥胖男人，吧台上空的雪白灯光罩着他半秃的头顶，平添了一份神气。他肉肉的手指勾着钥匙圈，带我们上二楼。楼梯窄且陡，妈妈的臀部在衣摆下扭动，不时蹭到石灰剥落的墙面，我叫了一声"妈——"她费力地提着黑色拉杆箱，扭头看我，以安慰的口气说："马上就可以睡觉了啊。"我点头，吸着从旅馆的各个缝隙散发出来的霉味。

207。我们的房间号。老板开了门把钥匙给了妈妈就往楼梯口走去。妈妈把行李往里搬，我在后面往房间里扫了一眼，大概十平米的样子，一张单人床占据了大部分空间，推拉式玻璃窗就在床前侧的两步远，窗外是灯光闪烁的建筑工地。进门的左手边靠窗用薄板隔成了一个小小卫生间，从抽水马桶的水箱里传来滴水的声音。我把自己的背包往床上一放，抬头才发现靠走廊这一面的墙壁上贴着一张大幅印刷画。画上肌肉暴突的健硕男人，手臂搂着一个金发女人，两人像是一场好事过后心满意足地咧嘴笑。"妈，我不想住这儿。"我又抱起我的背包，"我们走吧。"妈妈正把行李箱打开查看，她抬头瞥了我一眼，又看了看墙上，重新低头把我们的衣服归置好："将就着吧。"

卫生间的门闩是坏的，怎么弄都不行，只要我一放手，那门就吱的一声开出一条缝，从房间透进来一根昏黄的光柱。水箱像是一个多痰的老人，在我的背后含着一口水咳嗽。我能听到妈妈轻飘的走路声，整理床铺的噗噗声。虽然尿液已经挤满了我的膀胱，可我担心它撒出的声音太大。建筑工地的搅拌机开动了，高频音浪遮盖了一切细小的声音。我几乎要感谢起它了，尿液趁着轰鸣声喷涌而出，撞击马桶的水面。哗啦哗啦。我急于撒完这泡尿，匆匆地拉上裤子，按下马桶的冲水键。

打开门，妈妈却不在房间里了。这么说，她没有听到什么。

我心中松快了好些。可是她去哪里了呢？打开门去看，走廊上的声控灯啪地一下亮起，妈妈的声音从楼下传上来。她在跟老板说房钱的事情。我重回房间坐在床上，画上的那对男女冲着我笑，两人都有一口整齐的好牙，脸上光滑如鸡蛋，一个毛孔都没有。男人上身赤裸，女人只穿着带蕾丝边的肉红色奶罩，乳沟深深，他们的下身躲在大红的被罩里，他们的房间金碧辉煌，连床头的台灯都垂着好看的流苏。建筑工地搅拌机的轰鸣声忽地停住，房间仿佛是滔滔海浪过后露出的荒凉沙地，静默一下子砸下来。我刚一起身，床脚划着水泥地发出吱嘎的尖叫。

房间连个桌子都没有，我们只好坐在床上，各自拿着妈妈从外面买的肉炒河粉吃。妈妈的一次性筷子把河粉里的肉末挑出来搁在我的饭盒里。我们已经一天没有吃饭了，可是我一点儿都不饿。我的全部意识都在这张床上，我问："我们怎么睡觉？"它脏得不成样子的床垫上只能睡一个人。两个人只能贴在一起侧着身子睡。我偷眼看了妈妈一下，被她捕捉到了。"不好吃？"见我摇摇头，又说，"那赶紧吃。"她的嘴唇上有一层稀薄的绒毛，她的脸在暗光下发黑，然而皱纹是没有的。妈妈是年轻的。我默念了一句，心情莫名地大好。

窗外是整片荒地，杂草间扔满了一次性饭盒和生活垃圾，一条冒着气泡的臭水沟蜿蜒流过；再远一些，钢筋混凝土构筑的工地，泥泞的地面上堆满了预制板、砂石、粗大的钢筋，货车压出的车辙在炽亮的灯光下闪着水的波光，没有包裹起来的楼群呈现出灰暗湿冷的色调，由它们串联起的高低错落的天际线铺排出橙红色的光面。我们为什么要来这个地方？我坐在床边想。妈妈在卫生间。我的手指按着纱窗果绿色的细密方格。妈——妈。我的口腔里残留河粉的哈喇油气。妈妈的身体撞到了卫生间的薄板。她在排泄。薄板。哗，哗。哗啦，哗啦，哗啦。我的耳朵猝不及防。铝合金的窗棂在指腹下摇动。有风吹来。哗，哗哗。我的皮肤上起了一阵战栗。工地上的楼群像是蛰伏在红光下沉寂不语的兽，从极远处传来啪的一声喇叭响。他们都安静地听着。哗，哗哗。

她叫我的名字。"给我手纸。"她极坦然地叫我，声音干脆，没有任何不安。"给我手纸。"我在行李箱里翻找。我的手一动，床随之吱嘎一响。我们该怎么睡觉？"给我手纸啊！"她高了几度的声音又一次传来。"知道了！"我回应了一声。手纸，手纸。我们为什么要来这里？客车，火车，公交车。手纸，手纸。给我手纸。妈妈。我想离开这里。画上的男女咧着嘴在笑。多好的牙齿。哈哈，哈哈，哈哈哈哈哈。他们笑得合不拢嘴。手纸，给我手纸。哗，哗啦，哗哗。坐在卫生间的妈妈。她端坐在马桶上，长裤退到膝盖上。她扁圆的头罩在由吸顶灯倾覆下来的光碗中，脸皮发亮。她要起身。我把手纸慌乱地掷到她脚下逃开了。

排泄物的臭气。哒——哒。走廊上有皮鞋走过的声音。"你冲一下！"我忍不住喊了一声。吃过的河粉感觉要吐出来了。我们为什么要来这里？我们走啊走。公路，铁路，马路。我们到了这里。吱嘎。床又在响。哒哒哒，哒哒哒。皮鞋上楼的声音。马桶冲水了。臭气依然不散。"你要去哪儿？"她站在卫生间的门口，手指尖滴着水。我扭动房门的门把子，右脚的五根脚趾在球鞋里用力地弓在一起。"出去转转。"我看到那个穿皮鞋的男人正在218房间的外面抽烟，或许我该抽根烟试试。走廊上的空气新鲜多了，我不由得深吸了一口。妈妈站在房门口，手拢刘海，嘱咐道："不要走远了。八点之前回来。"我的脚趾在鞋里轮流翘动："我不是小孩子了。"

吧台上一只计时收费的座机亮着窄小的绿屏，旅馆老板不在。我本来想问他这边有什么地方可去的。旅馆门外密密稠稠的声音，像是有无数的蚊子静候我的出现。我的手在口袋里盘弄那一张来时的火车票。吧台老板从后门口出现了，手拿饭碗，问说："怎么了？"我匆忙地向他点个头，快步走了出去。大排档的浅蓝色塑料桌椅在马路边摆得满满当当。煤气灶上幽蓝的火焰舔着锅底。吃喝的人们，欢闹的人们。他们的皮肤、头发、鲜艳的衣服组成一幅狂欢的图像。我蹲在大排档靠马路的下水道呕吐。菜叶，鱼刺，剩饭，泔水桶。一只觅食的野狗警惕地立在稍远处，愠怒的吠声压着湿漉漉的地面传过来。"滚！"我起身扬手，野狗躲远了些。

我又一次站在了旅馆的门口，老板瞟了我一眼："回来了？"我点了点头，往楼梯口走去。"你妈出去了，让我把钥匙给你。"

我走到吧台边上，接过老板手中的钥匙。"她出去多长时间了？有没有说去哪儿？"老板低头看账本，他身后的小屏幕电视机里正放着晚间新闻。"你前脚走，她后脚就出门了。跟你相反的方向。去哪里了？我不知道。"我道了一声谢谢，跑上二楼，到了207房门口。我心口跳得厉害。钥匙插进转动拔出，门开了，从门口走廊和窗户投进的光影令房间显得幽深莫测。我仿佛是踩在无底洞的边上。妈妈果然不在。她的行李在床底下。她用过的便纸在卫生间的纸篓里。她的拖鞋，她的水杯，她坐在床上压下去的半圆形凹痕。她，不在这里了。

夜色沉淀在楼群的底部，寒气的枝蔓沿着我的身体攀爬上去。旅馆老板告诉我妈妈去的方向，是同心广场，那里有一条商业街，人们来到这个城市，都会去那里转一转。等我走到广场边上的悬铃木间时，风刮起，我感觉马上要被吹飞。随风而至的沙粒梭梭飞打过来。周遭的人群笃定地行走在广场上。灰色的鸽群唰地飞起，向我这边劈来。现在广场中央的大钟显示是晚间八点一刻。远远地，我一眼就看到妈妈站在广场上。她在那里一动也不动，有人走过来问路，她抬起头，先不看问话的人，而是眼睛茫然地向那人四周扫去。那男人又问了一遍，妈妈才不得不瞟了他一眼，摇头摆手。男人丢了一句"谢谢"，又转身问别人。一直站在那里的妈妈又重新恢复到她的凝滞状态。她周遭的小男孩、小女孩尖叫着，打闹着，气球、儿童玩具车、小皮球时不时凑过来。她把身子缩了又缩。鸽群又唰地一下往她那边劈过去。她抬头看了看，若有所思地走动了几步。

她沿着广场的侧街往商业街的方向走，我远远地跟着她。她走几步停一下，左右查看，大概觉得不是，又往前走几步，再次左右查看，还是觉得不是，继续往前。侧街走完，到了商业街，人流猛地增多。她站在街口的花坛边，往商业街探了探头，看了一眼商场户外巨幕上的时间，忽然转身往我这边走。我吓了一跳，躲到侧街边上的小巷子里。她没有过来，我又偷偷探出头看，她走近侧街一家服装店，在跟一个中年女人说什么，那女人摇摇头。她从店里出来，站在侧街中央发呆，直到有经过的车子鸣笛好几声，她才反应过来，躲到一边。车子开过去后，她又往对面的奶茶铺走去。趁着她没有到我这边，我赶紧跑出巷子，往回走。走到同心广场，回头看，她又换到另外一家店问人。

回到旅馆，坐在前台的老板抬头瞟了我一眼，又继续埋头看手头的账单。我跑上楼，进了207房间，倒在床上。没有开灯，房间里夜色还是稀薄，从工地那边涌过来的光浪拍打在我身上。我的心脏跳得好快，怦怦怦怦怦怦，怎么也停不下来。有上楼的声音，硬脆利落，不是妈妈的；又有上楼的声音，这次是一轻一重，两个人，显然也不是……走啊走，一直走个不停，太阳昏沉沉地躲在云背后，我的脚有千斤重了，我说："妈，我好累。"妈妈急匆匆地往前赶，她回头丢了一句："谁叫你跟过来的？"我不敢说话，继续跟着她赶路，虽然脚很疼，但我忍住忍住忍住，可是走不动了，还是要走，走啊走，走到地面颤动，抬头看，妈妈不见了，我害怕地叫起来："妈！妈！"有人回答我："我在这儿呢！在这儿呢！"有人推我，我极力地从像是泥淖的睡梦中拔出自己的身体，睁开眼睛看，妈妈果然坐在床边。

我忽然觉得委屈极了，翻过身去，不理她。她拍拍我的手："怎么，做噩梦了？"我闷声不说话。她一起身，床吱嘎一声往上弹了一下，她说："我出门买了点儿东西，回来看你睡着了。"枕头发酸发臭，不知道多久没洗过了，我把脸对着天花板，白光像是水一般，浮荡在房间的上空。"你就买了点儿东西吗？"她把一个鼓囊囊的袋子拎起来给我看。"对啊，我买了点儿明天要吃的，还有洗漱用品。"我想说"骗人"，又忍住了，毕竟是我跟踪了她。我没有再说话，她在房间里窸窸窣窣地走来走去，一会儿在床边，一会儿在卫生间里。在我迷迷糊糊又要睡着的时候，她把我抱起，给我脱掉了袜子，很快脚触到了温热的水，脸上被湿润的毛巾小心地擦拭。我又一次闻到了妈妈身上熟悉的香味，虽然她说自己从来闻不到，但我能，那是一种混合雪花膏、栀子花、苹果的香气，只有她有，我贪婪地吸着吸着。她要把我放到床上，我顿时有一种空虚的坠落感，一瞬间害怕起来，我猛地捏了一下她的胳膊："妈……"她把我的手轻轻地捉住："睡吧。我在这儿呢。"

二

　　极细的一丝凉意绕着脖子，如一根透明的线，把我从沉沉的睡意中拖拽了出来。我睁开眼一看，窗户玻璃上蒙着一层水汽，晚上看来是下雨了，我居然一点都没有听到，不知道妈妈有没有注意到。我还没转身，就已经感觉到背后的虚空。又有稀疏的雨点，啪嗒啪嗒砸到玻璃上。工地那边没有传来任何声音，黑沉沉地顶着灰茫的天空。门被打开了，又被关上，是妈妈的声音。床往下沉，她拉拉我的手："起来了。"我生气醒来时她不在，所以不理她。她叹了一口气，起身，开门。我猛地坐起来："你要干吗？"她定住了，回头看我，从鼻子里哼了一声，嘴角露出笑意："你醒了呀！"我又问："你又要出去？"她把门推上。"我不出去，本来是想下楼看看有没有筷子。"她说着，去床头把买来的一袋小笼包子递过来："那你就这样吃吧。"

　　吃完后，妈妈让我换上了那件蓝色细纹格子长袖衫，上面有一只海鸥在飞翔，是她在古丽商场给我买的。她自己换上了一件宝蓝色对襟排扣外套，梳头时让我拿着她那个化妆盒，她对着里面的小镜子看了看，拿粉扑扑了点粉在脸上，又侧脸细细地观察了一番眼睛，再一次补粉，最后涂了点口红，问我："还行吗？"我仔细打量了一番："眼角有皱纹。"她凑近镜子细看："还真有哎，不过也没办法了。"她把化妆盒收起，放进她常用的珠灰色小包，起身说："走吧！"我说："你先在下面等我。我马上就来。"
她疑惑地看我一眼："你要搞什么鬼？"我不耐烦地说："你先走
嘛！"她又看我一眼，走到走廊上。"那你搞快点儿！"说着，关
上了门。我坐在床上，听她的脚步声，越来越远，下了楼梯，听
不到了，这才猛地起身，冲到卫生间，把忍了一晚上的尿撒了出
去。好长好长时间，撒不完似的。但没有办法，妈妈在时，我无
法上卫生间。

　　下楼时，妈妈正跟旅馆的老板说话，老板说："那怕是早就
拆了，现在变化多大！原来这条街都没有，才几年工夫……"妈
妈点头说是，她靠在柜台上，左脚抬起焦躁地蹭着右脚，见到我，
迅速地对老板丢了一句："谢谢啊。"说着，拉我走出门。"怎么这
么长时间？"我没有说话，她的手有汗意，黏黏地贴在我的手背
上。迷蒙的雨丝，很快濡湿了她曾经染过的头发，发梢还是焦黄
色的，与黑色的发根比起来，显得毫无精神。沿街的小饭店陆陆
续续拉起了升降门，做早点的餐车上热气腾腾，一堆人拿着包子
站在旁边吃。妈妈走得很急，她的手近乎是拽着我往前。"妈，我
们要去哪里？"我这一句问话，让她的脚步慢了下来。她像是才
想起似的，说："对噢，去哪儿？"

　　穿过同心广场，走过侧街，到了商业街，她又一次在昨晚那
个花坛边上停了一下，往街上两排店铺来回扫了一遍后说："走，
带你去那儿吧。"早上的商业街，店铺虽然都开了，但几乎没有什

么人流。我们走进了新华书店，穿过一排排书架，到世界经典名著那一排停下，正好那里有一个小椅子，妈妈让我坐下。"你先坐着，等我一下。"说完，又匆匆走开。《复活》《红与黑》《娜娜》《怎么办？》……崭新的书，包着塑封，挺立在我的眼前。这些书我家里也有，只是都发黄了，打开后有一股酸涩的气味。

妈妈又一次站在我面前，递给我一瓶奶茶，我接了过来，喝了一口说："我不喜欢香芋的。"妈妈从包里掏出那个磕得不成样子的翻盖手机，看了一眼时间："你先将就着。"她从书架上抽出一本《海底两万里》，往四周环顾了一眼，见工作人员不在，利索地拆了塑封，塞给我。"在家里我给你讲了一半了，你现在自己看。坐在这里，"她把小椅子拉到我旁边，"不要乱跑动，听到没有？"她蹲下身，盯着我的眼睛，"我再说一遍，不要乱跑动，就坐在这里。想上厕所，边上就有，"她指了指我身后，"等我回来。"我忙问："你什么时候回来？"她又看了一眼手机。"很快。"说完起身，"千万千万别出这个门，听到没有？妈妈会找不到你的。"我"唔"了一声，坐了下来，书放在大腿上，喝了一口甜腻的奶茶。她"嗯"了一声，拍拍我的头："等我。"

她黑色鞋跟叩在光滑的地面上，像是两只飞速逃窜的小老鼠，冲出了门外。书和奶茶都被我搁在椅子上，贴着玻璃窗，我看到她沿着潮湿的路面往西边赶去。她每回清早上班也是这样的，就跟一只猛兽在后头追着她似的，两腿一前一后不歇一口气地交替往前。那时候我站在自己的卧室里，趴在窗口，看她走出小区大门，到梦泉路的公交车站，赶126路车。她不会回一下头，从来不会。她的头发喷了很多发胶，硬撅撅地打着肩头。玻璃上蒙了一层我的哈气，我用手指画了一张脸，两只眼睛，一个嘴巴，开始我习惯性地把嘴巴两个嘴角往上画，一张假假的笑脸浮在那里。雨点又下来了，沿着玻璃墙蜿蜒而下，从我画的笑脸中间滑过。我又把笑脸给抹掉了。

各种走路的声音，轻噗噗的，重啪啪的，嗤嗤拖着走的，叮哒叮哒探着走的……没有一个是妈妈的脚步声。字与字叠在一起，扭成一团，封皮粘着我的手掌，椅子硌得慌，可我还是强迫自己坐在那里。我不能着急。我有经验。我坐在自己的卧室里，靠在床上，看着墙面上贴的世界地图。我会一个一个国家看下去，记住每一条河流，每一个国家的首都，每一个海岛的名称，只有这样，时间的速度才会快一些。千万不能靠在窗子上看外面：一成不变的楼群，死气沉沉的梦泉路，一排绿压压的行道树，时间会像是困在泥潭里的水一样，能被每一样东西挡住，盘桓不去，一秒如一年。现在在这里，我强迫自己背地图。法国首都是巴黎。英国首都是伦敦。达尔文港在澳大利亚。布宜诺斯艾利斯是阿根廷首都。乌兹别克斯坦。孟加拉。科伦坡。帕果帕果。每一个国家都在固定的位置，而我现在也在这个位置上固定成一个礁石，让时间的流水在我周边打转。

眼前的光忽然暗了下来，是妈妈的脚，还有，另外一个人的。我不抬头。我生气。过去了两个小时二十一分钟，书店墙壁上的钟表我已经不知道看了多少次。"小轩。"妈妈说出我的小名，但不是跟我说话，她跟另外一个人说。那人蹲下身，一张女人的脸出现在我的眼角处，她摸摸我的头："这么大了。"我躲了一下，仰头看妈妈，但她的眼睛没有看我，而是投向那个女人："十一岁了。"那女人起身，靠在妈妈身边，两人一起打量我，好像我是玻璃橱窗后面的洋娃娃似的。妈妈一把抽走我手上的书，插到书架上："小轩，走了。"我坐在那里没动，她伸出手："走。"我气也不知道怎么就消了，不由得拉起她的手。那女人笑着说："雅君，你看你儿子都快到你肩头了。"妈妈斜瞥了一眼我："是啊，今年跟竹子似的，嗖嗖地往上冒个子，去年买的衣服今年就没法子穿了。我都忘了介绍你！小轩，这是琼姨。"我小小地叫了一声，叫琼姨的女人痛快地答应了。

我们先去旅馆把房给退了，老板接过房门钥匙，瞟了一眼等在门外的琼姨，跟妈妈说："哟，找到了？"妈妈含糊地应了一声，又说："没有……这个是我好朋友。"老板趴在柜台上，笑了一声："欢迎下回再来入住。"妈妈没有理会他，拉着我出来。行李箱被琼姨提着，箱的拉杆坏掉了，妈妈伸手要接，琼姨像是撺前来偷食的麻雀似的："去去去，你带小轩跟我来就得了。"说着，大跨步地往街头走，妈妈牵着我跟在后头。琼姨拎着行李箱就跟玩儿一样，她头发短短，肩膀宽宽，走路带风，背面看像个男人似的。等琼姨走得远一些，我偷偷跟妈妈说了这个感受，妈妈猛地紧捏一下我的手，我没有再多说话。

琼姨叫了一辆的士，她把行李箱搁到后备箱后，也挤到了后座上来，这样我就夹在妈妈和她之间。我小声地嘀咕了一句："我想靠窗。"妈妈肘部暗暗撞了我一下，但还是被琼姨听到了。"好哇，来——"不等我自己动身，她已经把我抱了起来，两手钳住我的腋下，一眨眼我已经坐在窗边，而她挪到了中间，"好啦！"她兴奋地拍了一下妈妈的手，"这条街你还记得吧？喏喏喏，前面那个华美商场，看到没？换了个门面来着。"妈妈沉静地随着她指的方向看："没多大变化嘛。"她们说的话，我参与不进去。我把脸贴着冰冷的车窗上，依旧有雨点。啪，啪。厚厚的灰色块状云垒砌成一堵云墙，竖立在城市四周。

到了一个老旧的小区门口，妈妈从她的小包里摸出一百块钱，琼姨抢着把妈妈的手压下去："你干吗呢？！"眼睛也瞪了起来，妈妈试图再抬起手："这个钱我得给。"琼姨以生气的口吻说："少给我来这一套，成吗？"妈妈垂下眼睛，没有说话。琼姨不容分说地把车费给付了，下了车，又去后备箱把行李给取了。又一次，琼姨大跨步走在前头，妈妈牵着我跟在后头。小区道路两侧的香樟树，经雨洗过后，碧沉沉地压人头，绕过一片浓密的树林，穿过健身区，一排排老旧的居民楼出现在眼前，都是五层，墙体灰暗，遍布雨痕。

我们走上昏暗的楼梯，绕过堆放在楼梯边上的煤球、自行车、废弃的电视机、纸箱子，到了五层顶楼，进了琼姨租的房子。一进门是逼仄的过道，两侧对着装满杂物的纸箱子，再过来是贴墙小衣柜，穿过去后，一张双人床占去了房间的一半面积，暗绿色床单，素灰色薄被子，靠阳台的桌子上放着一台笔记本电脑和蓝色的小音箱，原来是阳台靠左手的地方做了厨房，放着煤气灶、放调味品和砧板的条桌和小壁柜，靠右的小隔间卫生间与淋浴间合用。琼姨把行李箱放在床畔，呼了一口气："地方小，只能先凑合了。"妈妈打量了一番房间："不怕漏雨吗？"这么一说，果然看到雨渍干掉之后留下的黑色暗痕。琼姨无可无不可地说："好歹床这边不漏。"她从口袋里摸出一包烟，递过来："你还抽吗？"妈妈很快地瞥了我一眼："戒了。"琼姨也掠了我一眼，自己走到阳台上，打开窗子，抽出一支烟栽在嘴唇上："果然小轩对你改变很大嘛。"妈妈没有说话，坐在床边，打开行李箱，整理衣物。

从窗外吹来的风押着烟味塞进我的鼻子，想咳嗽，但我极力忍住了。我贴墙而站，手触碰到凹凸不平的墙面，湿湿黏黏的。妈妈原来也抽烟。我心里默念这句话。她现在把衣物从行李箱里拿出来放在床上，那动作是我熟悉的，可是琼姨知道了一个我完全陌生的妈妈——在我出生之前的那个妈妈。我莫名地起了一阵嫉妒心。琼姨慢慢地吸食那一口烟，细细地打量妈妈："你怀小轩的时候，还在这里吧？”妈妈不安地看了我一眼，又低头去行李箱拿衣物：“在。”琼姨扭头看窗外：“你走得太匆忙了。吴峰找了我几次，我那时候……”妈妈猛地打断她：“琼子，我们待会儿去买菜吧。我看边上有个菜市场。”琼姨噘着嘴，眼睛直愣愣地盯着妈妈，又掠过我一眼，把抽了半截的烟头扔到地上碾熄。“这就去吧。”

琼姨从壁柜里拿出两个布袋子，走了进来，又拿了三把伞。妈妈起身说：“小轩不去。”她说的时候不看我，琼姨却看了我一眼：“也许小轩想去呢。”妈妈焦躁地说：“他累了。”我大声地说：“我不累！”妈妈这时看我了：“你在这里休息，想看书也可以，你自己背包里带了书。”我为我自己眼泪马上要出来了而羞耻，可我管不住我的话：“我不想休息！”琼姨过来搂住我，说：“好了，雅君，让他去呗。”妈妈铁了心似的，声音高了起来：“你怎么这么不懂事？你留在这里。不准再胡闹了！”我的眼泪打湿了琼姨的衣服，琼姨的手轻轻拍我的肩。妈妈已经打开房门出去了，冷风从楼梯口撞了进来。琼姨松开了我，又摸摸我的头，柔声地说：“妈妈生气就不好玩了。你在这里等着，我们很快就回来了。好不好？”我紧咬嘴唇，不去抬头看门外那人一眼。直到琼姨走出去关上大门，我都不去看一眼。

布达佩斯，多瑙河，乌拉尔山，苏格兰，格陵兰岛，佛罗伦萨，个旧，楚雄，莎士比亚，凡尔纳，弗洛伊德，霍金，金星，水星，土星，火星，冥王星，太阳系，曹雪芹，青海湖，圣彼得堡，蒸汽机发明者是谁，鸟为什么能飞，长江，黄河，亚马孙河……又硬又湿的瓷砖地面，寒意一丝丝地贴着我的背和手长出了冰藤，缠绕我的全身。我拒绝舒适的床，拒绝枕头。天越发暗了，我不要去开灯，我感觉是躺在幽冥的洞穴里，呼吸越来越沉，心跳越来越慢。光被黑暗吃掉了。暖被黑暗吃掉了。我抬手，手也被黑暗吃掉了。我闭上眼睛。几内亚比绍，印度尼西亚，刚果，扎伊尔，金字塔，印度洋，科伦坡。小小的地球，也被黑暗吃掉了。黑暗的无穷的宇宙。宇宙，宇宙。妈妈跟我讲起宇宙的起源。大爆炸。砰！她大声地喊了一声。从一个极小极小的点，爆炸了！宇宙诞生了！然后好多年好多年以后，有了小小的地球。砰！砰！砰！爆炸！爆炸！砰砰砰砰砰砰——妈妈。我对着黑暗喊了一声，心里涌起切身的疼痛感。妈妈。

醒来时，是在床上，身上还盖着被子。琼姨说话的声音。妈妈说话的声音。我侧过身，阳台上她们在准备做饭。我起身下床走过去，妈妈正在盥洗池边洗一把小葱，她没转身看我，反倒是给土豆刨皮的琼姨回头笑问我："小轩，醒了呀？"我无声地点头，等妈妈回头，她没有。我不知道在地板上躺了多久，头昏昏沉沉。她不会问我的。她知道我的"把戏"。她一点都不肯输给我。一点都不。妈妈手边有一袋豌豆荚，我凑过去拿下来，放在阳台与卧室的接口处。妈妈这才扫了我一眼，递给我一个瓷碗，我接过去后她继续洗自己的菜。琼姨忙说："小轩别剥了，去房间玩去吧。"我莫名地烦躁起来，想让她闭嘴。妈妈淡淡地说："让他剥。他喜欢干这个。"琼姨说："是吧？这么懂事了，知道为妈妈分担家务了。"闭嘴。我心里又蹦出这个词。

雨渐渐大了起来，琼姨关上窗户，决定来点儿音乐。她进屋打开笔记本电脑，问："雅君，你想要听什么歌？"正在剥大蒜的妈妈，想了一下，说："邓丽君的吧。"琼姨忽然朝我眨了一下眼睛："你妈当年是我们这儿的小邓丽君。"妈妈"喂"了一声："不要跟孩子乱说！"琼姨吐了一下舌头："不说不说，说了是小狗。"妈妈扑哧地笑了出来："你不要污蔑狗！"从小音箱淌出音乐的前奏，琼姨又急忙跑到阳台，经过我身边，塞给我一个小板凳。"小城故事多，充满喜和乐……"她一边洗着青椒，一边合着邓丽君的歌声，声音跟说话时很不同，意外地娇媚婉转，"若是你到小城来——喂喂，小邓丽君，一起唱啊！"她手肘碰碰妈妈的手臂，"收获特别多！"妈妈忍住笑："我不记得歌词了。"琼姨撇撇嘴："你就装吧！"

我从来没有听过妈妈唱歌。我们家里没有音箱，电视也几乎不看。我有的是书，一屋子的书。在这里，我却听到妈妈在唱："谈的谈，说的说，小城故事真不错……"歌声像是另外一个人发出来似的，舒缓沙哑，不像平日的妈妈。豌豆从我的手中滑落到盘子里，雨水斜打在窗玻璃上，对面楼群上空几只鸟在飞，我都不管了，我贪婪地吞吃她唱出的每一粒声音。"请你的朋友一起来，"最后一句琼姨合上了，"小城来做客！"唱完，两人相视一笑。妈妈感叹了一句："我居然还记得。"琼姨"哟哟哟"几声："刚才让你唱，你还说不记得歌词啦，忘了怎么唱啦——小轩，你妈妈唱得好不好听？"她突然把问题抛过来，让我有点措手不及。我看向妈妈，妈妈在切大蒜，她没看我，可是我知道她一定在听。琼姨还在看我，我没有理会，起身把剥好的豌豆搁在妈妈的手边。我这次没有看她。

三

有一只白色的鸽子停在厨房的窗台上，它咕咕咕地叫着，脑袋一伸一伸。雨停了，远处灰白色云层裂开一道宝蓝色天空，如一泓湖水。琼姨往窗台上搁了一点儿面包屑。"它每天都来。"琼姨在跟我说话。妈妈把洗好的碗筷用干净的抹布一一擦拭干净，我自然而然地接过来，依序放到碗柜里。琼姨此时看起来是这里的外人，但她不介意，她靠在那里，一只脚搭在另一只脚上，撇过头去看鸽子低头啄食。"我还养过一只猫，叫王尔德。"妈妈"哈"了一声，瞥了她一眼，却没有说话。琼姨从口袋摸出一根烟来，又一次栽上嘴唇。"它老不在家。我在小区找啊找，它就不出现。有时候我在睡觉呢，听到门外喵喵喵，一打开门，它又回来了，也不知道跟哪些野猫打架，全身是伤，一只脚还是瘸的。我就送它去动物医院做手术。那段时间，它在家里乖乖的，但你不能抱它。它会挠你，"烟从琼姨的鼻子里喷出来，"等它一好，又不见了。"她是看着我说这番话的，我有些窘迫，不知道如何回应她，但妈妈说话了："那它是个没良心的。"琼姨又吸了一口烟，说："猫，独立惯了。我理解的。只是会常想起有这么一只猫，曾经在这儿。但时间久了，又觉得自己可能没有养过猫。"

鸽子飞走了，碗我也放进碗柜了，妈妈把条桌和灶台也都擦拭干净了，一时间没事做，大家沉默不语。妈妈忽然想起什么似的，弯腰把套在垃圾桶上的袋子扎紧，琼姨说："别忙了，坐一会儿吧。"妈妈拿一把折叠椅坐下，我忽然有一种直觉：我应该把阳台让给她们。"我要去睡一会儿。"我转身进去。妈妈说："你都睡过了。"我说："我还要睡。"琼姨说："你就让他去睡一觉嘛。"妈妈近乎执拗地拉住我说："你才吃过饭。"我溜了她一眼，她有一种溺水者抓住一根稻草不放的眼神，但我没管，使劲挣脱了她，进到卧室，倒在床上，内心涌起一阵报复的快感。我背对她们，凹一块凸一块的墙面上挂了一个画框，框里有一张非洲女人的面孔，仅有的一只眼睛，占据整个脸的上半部分，下半部分是一块厚厚的嘴唇。几内亚，刚果，津巴布韦，南非，马达加斯加，利比亚……我默记我能记住的所有非洲国家。记到第十一个国家加纳时，听到她们的笑声。我转过身看，她们靠在一块，一起抽烟，窗户都推开了。妈妈拿烟的动作娴熟地道，她微微噘嘴吸住烟头，再徐徐吐出烟圈。琼姨看她许久，说了一句什么话，妈妈拳头打了她一下，琼姨大笑了起来，笑笑又止住，看了一眼里面。我装作睡熟的样子。

没想到真睡着了。眼睛被一束光撬开，太阳的余晖斜射到床上来，不知道是早晨还是黄昏。安静极了。妈妈和琼姨都不见了。睡得太久，身子发沉，我费了好大的劲儿才把自己送到地面。我先到阳台上，她们两个坐的椅子还并排在那里，条桌下面的垃圾袋已经换成新的了，唯一有动静的是灶台上蓝色的火苗舔着煲汤罐底。鸽子又飞过来了。咕咕咕，咕咕咕。我没有什么东西可以喂它。我坐在妈妈坐过的椅子上。她去哪里了？咕咕咕，咕咕咕。鸽子脖子一伸一伸，往前踱了几步，又飞走了。西方浮出了晚霞，看来是黄昏。

从楼梯口那边开始传来大人小孩说话的声音。我跪在椅子上，趴在窗台边，就像以前我在自己的卧室里那样，也许妈妈还是像过去那样，急匆匆地走进小区，往家里所在的这栋楼奔来，然后我就可以躲在门口，她只要一开门，我就"哈哈"地吓她一跳。当然如果爸爸在的话，我就不敢这样了。爸爸。已经两天我脑海中没有跳出这个词了，现在却一下子胀满我的心口，战栗般的恐惧感如海潮般奔袭而来。我立马跳下椅子，跑到卧室里，四处找能躲藏的地方。衣柜太小，桌子底下也不成，只有床底是可以的。

我钻了进去。

床单垂下来，只有贴近地面的一层光切进来。床底是干净的，看来琼姨经常打扫这里。床垫子散发出沉沉的湿气，等眼睛适应了这里的暗度，这才看得清贴墙的地方有一条灰尘带，可能是因为扫帚探不到这里来。床头那一块，有掉下来的硬币、纸张，还有一个扎冲天辫子的布娃娃，我伸手拿了过来。布娃娃的脸上，有两粒代表眼睛的玻璃珠子，嘴巴是用红布做的，嘴角上翘，又是一个笑意满满的象征。为什么所有的娃娃嘴巴都要做笑的表情？我起了一股恨意。我恨这种假装出来的笑。我费力地抠那块红布，只能抠掉一半，现在那嘴巴一半是上翘的，一半掉在脸外，我再去抠眼珠子时，听到开门的声音。第一个进来的是琼姨，她的声音传来："明天可能还是要下雨。"妈妈也进来了，问说："那要不要去？"琼姨说："那也可能是阴天嘛，小轩呢？"她的那双白球鞋在床边走动。"人呢？不会跑出去了吧？"妈妈的脚迅速地走过来。"小轩！小轩！"她的脚又冲向阳台，"没人！"琼姨往门口走去："我去问一下楼下的李大爷。"妈妈跟过去说："我也去。"

她们又一次走了。门砰的一声关上。我从床底下钻出来，躺到床上。窗外的晚霞消失了，夜色涨了上来，渐渐淹没了整个房间。我想象自己正沉入海底。世界上最深的海沟叫什么？妈妈会问我。马里亚纳海沟！深多少？11034米！我总是能答对。就沉到那个海沟里去。没有一丝光的深海，有各种人类从未发现的奇怪生物在我身边遨游。没有声音，没有呼吸，沉啊沉啊……我又一次听到开门声，琼姨和妈妈几乎一起进来的。啪的一声，灯光炸开，我眼睛几乎睁不开。琼姨一拍手："哈哈，小轩不是在这儿吗？"妈妈几乎是莽撞地挤开琼姨，身体扑过来，一耳光扇到我脸上。琼姨慌忙拉住妈妈，喊道："你疯了？！"妈妈全身在抖动，眼眶里蓄满泪水，眼睛恨恨地盯死了我。我没有动，眼睛回过去瞪她。我毫不退却。

琼姨插到我们中间，说："雅君，你不能这样打孩子！小轩，你去哪儿了？"我稳稳地说："我哪里都没去。我就在这里。"琼姨难以置信地拍手："那真是活见鬼了。我们没有看到你。"我重复了一句："我就在这里。"妈妈起身把买的菜拎到阳台，我眼睛追住她。琼姨依旧说个不停："小轩，晚上我们做好吃的。你喜不喜欢吃鱼？"她的问话让我十分烦躁，可我还是淡淡地回答："喜欢。"琼姨有一张欢欣鼓舞的笑脸，让我想起那个被我扔在那里的布娃娃，现在我也想抠掉琼姨脸上翘起的嘴角。"好好好，正好买了鲤鱼。"她起身搓手，去到阳台。妈妈一次也没有回头，她拧开盥洗台的水龙头，洗菜、拍大蒜、切葱……我脸上开始有火辣的痛意。妈妈那一巴掌打得非常结实，我感觉我一边脸都肿了起来，可我莫名地涌起满足感。

吃晚饭时，琼姨再一次插到我们中间坐下，跟妈妈说几句话，又跟我说几句话，努力做一个辛苦的和事佬。看她笨拙的样子，我想放声大笑。我跟妈妈达成了和解，虽然我们没说一句话。她把酸菜炖鱼一放到我这边，我就知道了。我夹起一块鱼到碗里，她也知道了。琼姨的声音孤单地在河两岸来回跑动，而我们已经顺流直下好远了。吃完饭，琼姨提议去看电影："正好有适合小轩这个年龄看的。"她又看我，冲我一笑，像我们已经是共谋似的。妈妈说："他不看电影，他看书就行了。"琼姨抗议道："你对小轩太霸道了。小轩也许想看呢？是不是？"妈妈眼神压在我的头上，她的右手五根手指轮次敲打桌面。哒，哒，哒哒哒。"小轩，你想去吗？"妈妈居然也把问题抛给我。我在床上缩起身子，没有开口。琼姨忙拍妈妈手臂："你这样会吓到孩子的。走走走，吃饱饭了，出去透透气也是好的。"

　　风很大，天上灰色的云层都给吹走了，干净明澈的天空，白生生的月亮如发光的眼珠子，瞪视着我们。我们穿过小区，走到了凤羽大道上，街心公园几百人聚集在一起跳广场舞。我们站在边缘看了一会儿，琼姨说："要不要来？"她把手臂伸过来，双脚已经跟着节拍在动。妈妈往后躲了一下，笑道："不要！"琼姨才不管，攥住妈妈的手，把她拖过去。妈妈这次没有挣脱，任由琼姨捏住她的手，一起舞动。蹦擦擦，蹦擦擦，蹦擦蹦擦蹦蹦擦。妈妈整个身体很自然地适应了这个节奏，她的手和脚也跟上了这个百人大队伍。琼姨冲我喊了一声："小轩，一起来跳！"妈妈也向我伸出手，我迎了过去。

我们三个人牵着手。蹦擦擦，蹦擦擦，蹦擦蹦擦蹦蹦擦。妈妈的手心出汗了，她脸上的神情也舒展了。琼姨说："你妈啊，当年唱歌是小邓丽君，跳舞是小杨丽萍。"妈妈笑骂道："你不要再跟他乱说了！"琼姨又说："我没有乱说噢，你看你妈妈现在也很漂亮，对不对？当年比现在囉……"妈妈抢道："都是过往的事情了。你今天真是昏了头了。"琼姨忍住笑："好好好，我不说我不说。"一曲终了，我们又继续往前走。琼姨和妈妈各自拉着我一边手。有水洼的地方闪着月光，风吹落了不少树叶。潮湿的空气中，有妈妈身上隐隐的香气。琼姨话很多，妈妈话也很多。她们不用注意到我的沉默。我放松地听她们讲我懂的和不懂的。我混沌地吞食她们的言语，步子放慢放慢，拖慢她们回去的节奏。

电影院的票早卖完了，我们也无所谓，慢悠悠地往回走。回到家时，已经是晚上十点多了。洗漱完毕，琼姨从走廊的箱子中间拖出一张折叠床来，她让我和妈妈睡床上，她睡这个就好。妈妈说那么能行："我跟小轩睡折叠床就好了。"我这时说话了："我睡折叠床，你们睡床上。"她们一起看我，我咕哝了一声："我喜欢一个人睡。"妈妈说："没问题。反正你在家里也是自己睡的。"琼姨搓着手说："哎呀，太委屈小轩了。"说着，从衣柜里抱出被褥，要给我铺床。妈妈说："让小轩自己来，在家里这些事情都是他自己做的。"我接过琼姨手上的被褥，在折叠床上铺开叠好，这一切对我来说驾轻就熟。琼姨跟妈妈并排坐在床上，她们穿着一样粉红色的睡衣，脚上是一样鹅黄色的拖鞋，头上裹着一样纯白色的头巾，像是一对孪生姐妹似的。这些都是她们白天出门去买的，那时候我在床底下。她们给我买的睡衣，果绿色，带卡通，现在穿在我的身上，当她们的娃娃，由不得我自己喜欢不喜欢。

月亮在窗台外面俯视我，如白而沉的眼珠子定在那里。月光的触角伸到书桌上了，慢慢地要凑近我。我屏住呼吸，不敢动弹。床上琼姨小小的呼噜声，一小团一小团，也许那是一朵又一朵水母从她的鼻腔里钻出来，飘浮在月光的海面上。妈妈睡觉几乎没有声音，尽管我小心翼翼地转身，折叠床还是发出了吱嘎嘎的声音，现在轮到墙壁上那个非洲女人独有的一只大眼睛俯视我了。也许是白天睡得太多，只有我在两只大眼睛的交替注视之下，憋着尿。我夹紧双腿，想让尿意不要那么猛烈。我害怕尿溅落在马桶里的哗啦声，她们都听得见。盖在妈妈身上的被子小幅地起伏，看来是睡得深沉。

我尽量轻轻地下床，小跑到卫生间，小心地关上门。撒尿时，我尽量对着马桶的内壁，而不是通水口，那样的话可以做到几乎无声。撒完后，我全身松弛了下来。卫生间的窗子开了半边，印着虞美人图案的窗纱随风扬起又落下又再扬起。窗外一片暗沉的夜色，无波无浪的海，把一切活物都给吞没了。我不想回到床上，在家里每一个有月亮的晚上，我总喜欢趴在窗上看。"小轩，"我听到妈妈小声地叫唤，"小轩。你在卫生间吗？"我没有回答，做贼心虚似的，不敢发出一点声音。她下床了，穿上了拖鞋，我马上从马桶盖上下来，她敲了敲卫生间的门，没听到我回应，又扭动门锁，确定是锁着的。"你在里面干吗？"我打开门，她堵住门口，也是俯视我，"你为什么不说话？"我绕过她，躺在折叠床上，盖上被子。妈妈跟了过来，我知道她看了我半晌，虽然我没睁眼。接着，她也躺在床上了。

四

不是妈妈的声音，也不是琼姨的，是男人的。钥匙插进门锁。我迅速爬起来，钻进床底。他进来了，重重的脚步声，拖沓地从走廊响到了床尾。半旧的黄球鞋，黑袜子，一小截灰褐色裤腿。"琼子，你在吗？"他走到了阳台，我往床的更里面挪了挪。他打电话给琼姨了，"哦，哦。那行，我明天再来好了。成，成。挂了。"他回转身，经过床尾，穿过走廊，关上了门。我没有马上出来，继续细听门外的动静。没有下楼的声音。门又一次被推开，男人又进来了。"我没看到小孩啊？折叠床在的，被子是掀开的，对，但没有人。哦，好，我去看看。"他走到阳台，打开卫生间的门，"嗯……没有。是的，要不要报警？……噢，行，我去楼下问问李大爷。"他再一次离开。

我忽然对躲在床底下兴味索然。我又一次爬上折叠床，盖上被子。是个阴天，云又一次厚实地遮盖了天空，鸽子像是纸片一样，远远地在楼群之上飘飞。转身看大床，两床被子叠得整整齐齐，挨放在床头。她们什么时候起床的？是出去买早餐了吗？为什么总是两个人去？为什么不叫我？我突然发现她们做什么都在一起，而我总是被遗忘在这里。不对，不是遗忘。我想起妈妈的神情，应该是她故意的。她一定会跟琼姨说："他留在这里。"以让我多睡会儿觉的名义，实际上她不想带我走。她有自己的秘密。她越来越像个陌生人。我看到我们的行李箱立在走廊那里。我们还会不会回去？

门再一次开了，我懒得再躲。那个男人回来了，他移到我的床边。"他果然在了。嗯嗯，他在睡觉。我刚才明明没有看到他。好好好，我等你们回来。"我睁开眼睛，他肉肉的脸正对着我看，见我醒来，笑着露出一口乱牙："你醒了？"我没有说话，他继续说："你刚才去哪儿了？"我说："我就在这里。"他"咦"了一声，立起身子。"那我怎么没看到你？"环顾房间后，转头饶有兴趣地打量我。我没有说话。他敦实的身体坐下来，把床猛地压得一低，"你是不是在跟我们捉迷藏？"我又说："我就在这里。"他又笑了："好好好，你在这里，跟我们捉起了迷藏，刚才你妈妈和琼姨都吓坏了，还好我又回来看了一眼。"

他等了等，我没有说话。他把腿架起来，手托着下巴。"你知道在我们老家，捉迷藏怎么叫吗？叫幽慢。幽，是深幽的幽，哦，说幽默的幽可能更好懂；慢是缓慢的慢——你老师教过你这两个字吧？我打给你看，"他拿手机敲出"幽慢"两个字，送到我眼前，"是不是很有意思？我觉得这两个字比捉迷藏更到位。你觉得呢？"我说："好。"他拍了一下手，说："所以你刚才是在哪里幽慢？"我没有说话。他等了等，站起来，有一声没一声地哼起曲子，慢慢地晃到书桌前坐下，打开电脑，放起了音乐。我又感觉到尿意，可他没有要走的意思。他双脚翘在桌子上滑手机，忽然间他想起什么似的，转身跟我说："忘了自我介绍，我叫蒋高华。你叫我华叔就好了。"

华叔音乐放到第三首时，琼姨和妈妈回来了。我一下子就注意到妈妈的发型变了，乌黑顺直的长发，衬得脸特别小巧。琼姨把豆浆和包子在我眼前晃了晃："小轩，起床了。"我说"好"，眼睛依旧逗留在妈妈的头发上，妈妈自己也意识到了，她略微不自在地看向别处，然后往阳台上走去。华叔大声地说："我一回来，他又在了！"琼姨把早餐搁到书桌上，说："小轩昨天也吓了我们一次。"妈妈从阳台那边探头过来，直直地盯着我："不要再玩这种游戏了，知不知道？"我没说话，她又加了一句："一点儿都不好玩，我们玩不起。"说完，她又收回身子。

琼姨走到阳台上，摸摸妈妈的头发。"是不是好看多了？蒋高华，你说是不是？"华叔吹了一声口哨："美女。"妈妈笑骂："你们不要再损我了。"琼姨无辜地摊开手，说道："哪里有？你叫小轩看。"我已经起来，把被子都叠好了。我只想撒尿。琼姨非要把妈妈拉到我这边来，妈妈双手抵住说："够了够了。"我忍不了了，磨蹭到阳台这边，琼姨说："小轩！你看！你看哪！"妈妈看了一眼我的神色后，绕过我，进到卧室，顺带地把琼姨也拉了进去："你看我选哪套衣服比较好？"我赶紧进了卫生间，按了冲水键，这样她们也许就听不到我小便的声音了。

我们一起出了门。琼姨、华叔、我，还有与妈妈共用一个身体的女人，如果不是她用粉扑、假睫毛、眼膏、唇膏、耳环、贴身外衣、高跟鞋制造出这样一个女人时我在现场，恐怕我都认不出她来了。我走在她身后，总担心她会跌倒，高跟鞋并没有被她驯服。她绛紫色外套下摆，垂下来的一根丝线，随着她身体左右摇漾，我伸手去扯时，她警觉地回头，一张粉白的、年轻的、陌生的、女人的脸。"不要捣乱！"那个警告的眼神是我妈妈独有的，我一下子就安心了，跟华叔走到后面。琼姨挽住妈妈的手，妈妈走几步问她："我鼻子那一块是不是没弄好？"琼姨细细端详了一番："挺好的，你别担心了。"她们又继续往前走。

我们打的去了商业街，在肯德基里面找了张空桌坐下。妈妈和琼姨坐在我对面，华叔去点餐了。妈妈时不时拿出化妆盒，对着小镜子左右侧脸来回看。琼姨说："我们雅君最漂亮了，别担心。"妈妈勉力地笑了一下，扭头看窗外。她回头时，眼光掠过我这边，就那么一下，像是怕烫似的，又连忙收回去了。汉堡包、薯条、炸鸡块、冰激凌，以及加冰块的大杯可乐堆满了一桌。华叔碰了我一下，献媚似的递给我一个小玩具。"他们做活动，只要是儿童，都有礼物送。"我不想要，但还是拿了，捏在手里，暗暗地用手指掐。

上完卫生间回来，琼姨和华叔对坐着滑手机，我问他们："我妈呢？"琼姨拿出哄小孩的笑容说："你妈妈有点儿事情，我们在这里等她。"我又问："她去哪儿了？多久才会回来？"琼姨与华叔对了一下眼神："呃……她就在附近，不会很久的。"华叔忙岔开话题："你还想吃什么？我再给你点，好不好？"我没理他。窗外的商业街，人越来越多，大人也好，小孩也好，各个看起来都欢天喜地的，一波从这头走到那头，一波从那头走到这头，渐渐地他们模糊晃动了起来，我意识到眼泪模糊了我的眼睛，但我不能让它流下来。她是趁着我不在时走的。这个念头折磨我。我是她的阻碍。所以，她必须躲开我。我把餐巾纸团在手中，死死盯住外面，人流又一次清晰起来，我把眼泪忍回去了。很好，我不会哭的。现在，她去做什么，跟我没有关系，一点儿关系都没有。但我胃部一阵阵抽痛，刚才吃过的东西，全都想呕吐出来。

跟琼姨他们说我去卫生间，琼姨关心地问："肚子吃坏了？要不要纸？"闭嘴，闭嘴，闭嘴。我心里默念这两个字。在卫生间，怎么想吐，都吐不出来。那些食物沉甸甸地压在喉咙里，让我呼吸艰难。我用水冲脸时，没有忍住，还是让眼泪流了出来。我不断用水泼自己的脸。不要哭，不要哭。在我边上洗手的女人，凑过来问："小朋友，你怎么了？"我往后躲了一步。那女人还在看我："你爸爸妈妈呢？"死了。我在心里蹦出这两个字。都死了。我又默念了一遍。女人又往我这边走了一步："要不要我带你找他们？"我躲开，从女人和墙壁之间找到一个空隙，跑了出去。琼姨和华叔不知道说什么，笑得前仰后合。他们不会注意到我这边。我低头快快地从门口走出。

商业街上的喧嚣，裹住了我。为避开琼姨他们的视线，我往西头走了一大截。出了商业街，拐上陵水路，穿过不知名的巷子，枇杷树探出围墙，一只猫蹲在树干上。我忽然想起琼姨家曾经养的那只王尔德。它后来去哪儿了？是死了，还是成了野猫？我记得曾经看过的书里说过，猫在夜里会走很多很多路，但我走不了，我累得抬不起腿，经过公交站台时，一辆显示开往火车站的公交车停靠了过来，我心里一动，就上去了。大家都在刷卡投硬币，我在口袋里摸了摸，只有那个华叔给我的小玩具。司机上下打量我一眼，说："算了，你往里面走走。"我窘迫地说了声"谢谢"，挤进密实的人群中。

三天前，我和妈妈还在火车站；三天后，只有我一个人在了。我仰头看火车站宏伟大楼中央的显示屏上不断滚动的火车时刻表，几分钟后，我终于看到了去我老家的火车班次，最早一班是下午四点半，票价432元。现在时间，显示屏上告知是下午两点。如果我有钱，再过两个多小时我就可以回老家了。我忽然怀念起我自己的卧室，我的棋盘、我的地球仪，还有那股只有家里才有的气味。墨绿色窗帘拉起来时，客厅一片幽暗，沙发上有个我抠的小洞，里面塞了一枚白色棋子，铺在长沙发前面的新疆地毯，撒落一地的饼干屑……妈妈出现了，她刷着那双她最喜欢的白色拖鞋，盘腿坐在地毯上，然后爸爸出现了。爸爸，我不要再想下去了。我从脑中拼命驱除"爸爸"这个词眼，可是已经迟了，一阵战栗的寒意弥漫全身。在这个人来人往的火车站广场，我还是感觉到害怕。

一个小时过去了，两个小时过去了。我不可能寄希望于火车站的工作人员能跟那个公交车师傅那样大发慈悲让我上车；我也不可能去跟别人借钱，就像火车站广场前面天桥上跪着的那些乞丐一样乞讨。我坐在广场的长椅上，太阳破开了一点云层，丢下了一点儿阳光，很快又被吞没了。嗓子里干得冒烟，肚子也饿了起来，也许睡一觉会好一些。妈妈会来找我吗？刚才我对她的满腔恨意，现在都消失无踪，只有懊恼。我气我自己，但我也气你，妈妈。是你带我来这里的，可是你却撇开了我。在肯德基那种委屈感又一次真切地涌上来，刚才的懊恼再也没有了。

醒来时，还是迷怔的状态。一时间我不知道身在何处，夜色中各色灯光一团团地挤进眼帘。肉肉的脸在我的上面罩了下来，我吓得起身坐住，再一看是华叔。他在我边上坐下，不断地擦汗。"吓死了，吓死了。小轩你这次搞得有点儿大了。"他喘了好长时间的气，"你琼姨还在汽车站那边找，你妈妈跑回家找。我已经告诉她们了，她们现在都往这边赶。"我脚踝处好痒，伸头去看，是什么虫子咬的几个包。华叔又问："你饿了吧？"见我点头，便起身说："成，等也是等着。我带你去吃东西。"

可乐刚一端上来，我一口气喝了一大半。冰凉的汽水沿着咽喉直通到胃里去，我舒服地打了几个嗝。鸡扒盖浇饭，也被我一口气吃了大半。华叔那边什么都没点，他又用一副饶有兴致的神情打量我。"你在气你妈妈是不是？我了解。我噢，小时候，跟我妈妈怄气，也跟你一样，闹离家出走。那是因为什么事情来着？"他抓抓头，想了想，"也不知道是为了什么事情，反正我气死了，气鼓鼓的，趁着大人不注意，就跑出去了。那是在乡下噢，到了晚上漆黑一片，我躲到村头的柴垛后面。开始两个小时，没人来找，我在那里快被咬死了。真是越想越气！他们根本不在乎我的嘛。那我等他们干什么，我干脆走得远远的。我正准备要走的时候，就听到我妈的声音，华啊，华啊，一路打着手电筒在叫。她越叫，我就越不出声。她走得远远的，我这才出来，偷偷跑回家。"说到这里，他停住了，擦了一把脸，"刚才找你的时候，我就想起小时候这个事情。我现在特别能理解我妈那时候的心情。"

可乐杯子只有冰块了，华叔又给我买了一杯。我这次一小口一小口地吸。"后来呢？"我还是忍不住问了一句，他笑了起来："后来噢，被我妈请去吃了一顿竹笋肉。"我说："我喜欢吃竹笋。"他越发笑得大声了："你还是别吃的好。"正说着，琼姨过来了，她拉我起来，前后左右看了一遍。华叔依旧坐着，说："没事了，他好得很。我找到他时，他睡得可香了。"琼姨一屁股坐在华叔旁边："我差点儿就报警了。妈呀，吓死我了。"华叔也给她拿了一杯可乐过来。琼姨看了一下手机，对华叔说："雅君再过五分钟就过来了。"说完，瞥了我一眼。我忽然紧张了起来，很想上厕所。我往卫生间那头走，华叔和琼姨几乎异口同声地喊："你要去哪儿？"我说："我要上厕所。"华叔起身跟住："这回我得跟着你。你要是又跑了，我可没有力气再上天入地地找了。"

门锁上了。卫生间四面墙，一个马桶，别无他物。我坐在马桶盖上，头顶那盏白炽灯，上面落了一层灰尘。我按了一下开关，卫生间立马变黑了，片刻间，真的是伸手不见五指，我知道光还是会从门缝外面透过来，所以我闭上了眼睛。我摸自己的脸和大腿，它们当然还在，只是还须确认一下，否则感觉是被黑暗给吞吃了。耳朵变得敏锐起来，心跳声特别大，盖过了门外的声音。海底，我往上伸手。我现在正沉入世界最深的海沟。越来越深，越来越冷，却始终到不了底。水的压力越来越大，我的肌肉、骨骼越来越承受不住，马上就要分崩离析了，可是无边无际的沉静是我喜欢的……小轩，小轩。持续不断的呼叫声把我攫住往上拉。我睁开眼睛，打开灯，开门时，华叔守候在那里。"你还好吧？"我没有说话。

妈妈已经坐在那里了，正听琼姨在说话。我下意识地往后躲了躲，华叔撑住我后背："没事儿，去吧。"妈妈脸上的妆容还在，只是已经花了，像是褪得不干净的假脸。华叔把我推过去，妈妈没有看我，她侧脸听琼姨说这说那。我小声地叫了一声："妈。"妈妈起身，还是不看我。"回去吧。"她的声音冷静节制，她走路的姿势也是。我们出了快餐店，横穿火车站站前广场。高跟鞋在妈妈的脚下，已经是驯服的野马，带着她一个人飞快地奔在前面。华叔和琼姨，一边一个拉住我的手，在后面追。琼姨喊道："雅君，你慢点儿！"妈妈没听。

琼姨小声地冲我说："你快去。"我跑了起来，追上她，去抓她的手，她嫌恶似的甩掉。妈，妈，我错了。妈，妈。我心里在说，可是我开不了口。我害怕她现在的样子。她妆花后的脸，显得很脏，但她千真万确是哭了。我再次抓她的手，她忽然停住了，低头盯着我，我小声地咕哝了一句："我错了。"她点点头，从包里掏出五百块钱伸到我的脸上，说："你玩上瘾了是不是？是不是很好玩？来，你不是没钱回去吗？给你……"她把钱抵到我的手上，我没接。"晚上还有一班，你现在去买票，马上就可以走。"她用力把钱塞到我的手上，把我往火车站售票厅那边推。"快去！

快快快！来不及了。"钱是崭新挺括的，捏在手中，一会儿就被我的手汗浸潮了。

广场报时的钟声响起。晚上七点钟。有人拎行李火速地冲往候车厅，有人从出站口出来后茫然地东张西望，月亮从斜对面的火车站宾馆大楼后面偷偷爬上来，月光几乎一滴不剩地被城市发出的灯光吸掉了。我立在那里，如一根石柱。我听得见琼姨的声音，每一个字都听到了，却不知道有什么意义。我被拉上了出租车，华叔坐在前面，妈妈坐在一边，我坐在一边，琼姨坐中间不断地在我们之间来回说话。我们都沉默不语。红的光，绿的光，黄的光。光斑流动，在我眼前模糊。我不知道我为什么又一次眼泪胀满眼眶。我偷眼看妈妈，她始终看向窗外，双手紧抱。

车子到小区门口停下，我们都下了车。妈妈这次走得很慢，几乎感觉到她的疲惫，走了几步，差点儿摔倒，她停下来，把高跟鞋给脱了，光着脚往前走。琼姨在后面说："你也不怕凉！小心扎脚。"妈妈小声说："没事。"在路灯之下，她看起来弱小而无力。我跑上去，牵住她的手。她这次没有甩我的手，反倒是紧握我的手，继续往前走。我们没有说话。走了十来米，我也把鞋子脱了。她看我一眼，鼻子哼了一声，没说什么。琼姨在后面又说："你们真的是母子连心一起疯！"我不管。妈妈也不管。我的脚差不多快跟她一样大了，踩在冰凉的水泥地面上，有点儿扎脚，但很快就适应了。

五

　　她们都睡熟了。琼姨自不用说，她好像有一沾枕头就能马上入睡的神奇本领；连容易被惊醒的妈妈也睡得打起小小的呼声来，我连着咳嗽了几声，她都没有反应。我这才放心地起来，尽量轻地下地，走到卫生间，拧开门把手时不可避免地发出干涩的响声，但还好，她们依旧沉睡如泥。掀开马桶盖，坐上去，那东西沉甸甸地压了我肚子一下午，现在却丝毫没有要出来的意思。我不知道妈妈和琼姨是怎么做到毫无顾忌地上卫生间的，薄薄的木门根本挡不住里面发出来的任何声音。我只会觉得尴尬。在家里，我也常常是深夜等他们睡着后爬起来去卫生间的，每回经过妈妈卧室时，我连大气都不敢喘一声。但还是会被抓到，妈妈会在卧室里问："小轩，是你吗？"我"嗯"了一声，她会问："你是要上卫生间吗？"我没有说话，她接着问："怎么不开灯啊？"她马上就要开灯了，我丢下一句："我不上了。"立马转身逃回自己的卧室。

　　"怎么不开灯啊？"她经常问我这一句，而我不知道怎么回答她。我坐在黑洞洞的房间里看着窗外，或者盘腿靠在客厅的沙发上，或者躲在卫生间里，她只要看到都会毫不犹豫地开灯，虽然每一次我都在心里大喊："不要开灯！不要开灯！"她不会听见的，她会走过来，靠在我边上，关心地问我："你没事吧？"我会乖乖地回她："没事。"其实暴露在光里的我焦躁不安，像是没有皮肤的人一样，没有任何保护层。现在多好，我被温柔的湿暖的夜色包裹。没有月色，没有星光，屋外跟屋内流淌着均质的夜流，人们都安心地沉睡，而我可以放松地坐在这里。

可是一个问题冒了出来，是我长久以来每回上卫生间时都力图回避的一个问题："马桶里会不会冒出一条蛇？"我想赶紧跳过它，却已经来不及了。一条蛇，是的，它等候在马桶泄水口处，趁你的屁股对着它时，它猛地一下探出头来咬你……我驱赶不了这个画面，我知道这完全是个妄想，完完全全是——个——妄——想，在这里，根本不可能发生，可是神经还是一如既往地紧张。在家里，我会不断地按下冲水键，想象蛇会随着强劲的下冲水流跌入下水道，但它还是会沿管道爬上来的……刚才那般沉静的夜色，现在出现恐怖的旋涡，要把我卷进去。我不敢再坐下去了。

又一次回到床上，我看向妈妈那边，她侧着身对着琼姨，头发杂乱地垂到枕头上。墙上那个女人的独眼对视我，漠不关心的空洞。只有我。蛇吐蛇信时的嘶嘶声，它从马桶里爬出来，向我这边游动，爬上折叠床的铁柱子，钻进我的被子……我快要叫了出来，紧紧地把身子缩成一团……它潜伏在我的脚边，随时可以缠绕住我的身体……我猛地把被子踢掉，坐了起来……我知道没有蛇的，根本不会有……它爬上我的腿，冰冷的带鳞的长长的蛇身往上钻进我身体的孔穴中……我不敢闭上眼睛，只要一闭上，蛇就会出现，它……我跳下床，大口地喘气。这个时候我无比地想开灯。一切都是幻想。一切都是假的。我没敢开，也许真有一条蛇在我开灯的刹那扑向我。

小轩。小——轩。我的头顶感受到说话时颤动的气息。醒来时，抬头一看，是半起身的妈妈。我不知道我是什么时候依偎在妈妈的怀里睡的，很久没有这样了，现在只想赶紧逃开。妈妈在被子里伸手摸摸我睡的那块，"你啊……"我也感觉到什么，湿湿的一大块，从我的睡裤到床单——我尿床了。简直是无地自容。我脸滚烫地想死。琼姨也醒过来了，她坐起来，看到我，哈哈一笑："还是黏妈妈！"妈妈略显尴尬地问："还有新的床单和棉被没有？"琼姨点头说有。她还想问什么，看看妈妈和我，微笑了一下："等着，我就去拿。"

琼姨下床后，先去卫生间开了热水器，然后去走廊那边打开纸箱子翻找。妈妈也起身了，打开我们的行李箱，给我找出干净的衣服，放在折叠床上，然后走到琼姨那边帮忙。趁着她们都背对着我，我掀开被子，拿起衣服冲到卫生间去。水还未完全烧热，我也不管了。凉水强劲地冲打我的头，琼姨在外面喊："小轩，水还没热呢。"我没有说话。我羞于说话。我蹲在淋浴头之下，让水冲打我的背。有麻麻的痛意，这恰恰是我需要的。水击打在瓷砖地面上的声音，盖过了门外所有的声音，也是我需要的。水渐渐变得温热起来，蓬蓬的水汽弥漫，过了几分钟，水已经滚烫，淋在皮肤上，生生地灼痛。

趁着水声大，我也方便了一下，紧绷了一夜的神经总算松弛了。换好衣服后出来，大床已经从里到外都换过了，折叠床也已经收到了一边，小音箱里一直重复播放着"滴答滴、滴答滴、滴答滴"，琼姨和妈妈齐声跟着哼唱，仿佛刚才的事情根本没有发生过。空气中充盈着振奋的粒子。琼姨拿起钱包往外走："我去买早餐。"妈妈挥挥手说好，又接过我手中的脏衣服，跟床单一起泡在脚盆里。一时间没什么事情了，妈妈坐在床边，而我靠在书桌前。她摸摸头发，乱糟糟的还没收拾，拿起梳子后又丢到枕头边。她抬眼看了一下我，说："你怎么洗个澡，跟烫脱一层皮似的？"我没有说话。她脚蹭地面，"唔"了一声，又看我一眼，叹了一口气："你该去上学了。"

当初来这里时，只跟我的学校请了几天假。现在，我们不回去了。"不回去了。你就在这里上学。转学需要办理的各种事情，虽然麻烦，终归我都会解决的。我在这里有些老朋友，"她说话很快，拿起梳子开始梳头，"你慢慢会认识他们的。他们会帮我们的。最主要的是你，"她拿起橡皮筋捆住头发，"你不要再像以前那样了，可以吗？"她向我伸手，等我走过去后，搂住我，"那时候你小，做的那些事情还是会吓到我。你知道妈妈其实很胆小的，"她把我搂得更紧，"你出点儿事情，我都会吓得要死。你明白吗？嗯？"我没有说话，她叹口气，"你在学校不要这样，不理人，人家就会欺负你。我又不能老在你身边。"她的手指划我的脖颈，让我有点儿坐立不安，"你都十一岁了，很多事情你需要自己去面对。"我忽然回了一句："我不会再尿床了！"她愣了一下，像是听到一个极好笑的笑话似的。"你在说什么呀？我刚才说这么多……"我从她怀里挣脱开，又一次站在刚才的位置。

皮肤这才感受到从上到下的痛意，每一寸都跟火滚过一遍似的，或许我现在就是从火山口喷出的岩浆，红彤彤的，往外溢出流动，一切物体碰到我都会被融化，折叠床、衣柜、墙壁、被褥……一切的一切都给吞掉了，唯独稳坐在那里的妈妈，被我绕过去，墙壁、独眼女人、居民楼、大街、树木、城市、地球……现在都化成一股青烟，唯独妈妈一脸无知地打量我："你在想什么呢？"我在保护你。你却一无所知。她继续说："我常常不知道你想什么。"我就想停留在现在，所有的所有都被我吞没了，唯独你还在这里，我也在这里。妈妈摸着额头说："你为什么不跟我讲讲你的想法呢？小时候，你什么话都跟我说的。"我说不出口。一切原因在你。因为你有了秘密，所以我也有了秘密。

吃完早餐，跟昨天一样，妈妈又一次开始在琼姨的帮助下捯饬出那个陌生的女人来，又一次穿上高跟鞋。琼姨坐在床上，细细地打量了一番："可以了，约的几点？"妈妈看了一下手机，说："十点半，现在得走了。"琼姨忽然扫了我一眼："小轩带去吧，迟早要见面的。"妈妈没有看我，思量了片刻，向我伸手：

"走吧。"琼姨又说："要不要给他换件新的外套？"妈妈这才向下对我快速地过了一眼，让我想起班主任的眼神。"嗯……要不换那件绿的？"琼姨说："行啊。"闭嘴，闭嘴，闭嘴。我从来没有像此刻这么讨厌琼姨说话。妈妈要去打开衣柜，我大声地说："不要！"她们两个吓了一跳，妈妈向琼姨迅疾地看了一眼后，快快地走出去："随你便。"琼姨让我快跟上，又说："记得要叫人。"

我下楼时，妈妈已经走出好大一截了。我跑了起来，但我又强迫自己停住。不能轻贱。我故意慢慢地走在后面。妈妈出了小区门口，一辆出租车开了过来，车窗打开，她对着里面的人说话。她扭头看了我一眼，打开车门进去了。没有迟疑，没有等待。我害怕了起来，嗓子发紧发干，喊不出声音。眼看着车子开动了，我跑了几步，脚上却没有力气。她果真是不要我了，那我追她还有什么意义？我强迫自己滞留此处。车子往小区门口东边一闪而逝时，我还是不争气地哭了出来。跟早上的尿床一样，太丢人，太丢人了。她们会假装什么都没有发生，忙这忙那，可是心里都会嘲笑你一万遍。善意的伪装。不能让她们看到我哭。但人家无意去看，她已经弃我而去了。想到此，我哭得越发不能自已。

然而，车子又一次从小区的西边出现，拐进来，一路开到我旁边。妈妈打开车窗跑出来，一把搂住我："小轩，你哭什么啊？"我猛地推开她，她又一次凑过来，我打她的胳膊。我哭得全身发抖，甚至犯恶心。她无法靠近我，便拉住我的手，任我怎么挣脱，她都不放。"你以为我抛下你不管，是不是？我只是让师傅调一个头来接你，你明白吗？"也许她说的是真的，也许她是要抛弃我却又反悔了。我无从判断。我大脑嗡嗡作响，连带那次她非要让我留在琼姨房间里的委屈，连带以前在家时她让我留在房间里不准出去的恐惧……无数杂乱的情绪都涌了上来，让我只想恨她，她只要一靠近，我就会大力推开她。她还是把我抱住了，我消耗完了我的力气。她拍着我的背说："是我不好，是我不好。"

光斑在车顶上闪跳，一会儿落在师傅的肩膀上，一会儿又贴着妈妈的头顶。经过解放大街时，太阳被灰色大楼挡住，光斑也随之消失了。妈妈始终握着我的手，时不时关切地看我一眼。我忽然觉得羞愧起来，脸一点点发烫。呼吸平顺了，心跳也正常了，也许是哭得太厉害了，头发沉作痛，眼睛也红肿得不像话。我抽出妈妈握住的那只手，她探究地瞥了我一眼，我说："没事了。"她点点头，过了一会儿，从包里拿出化妆盒，补了一下妆。她要见昨天因我而未见成的人。我能感受到她的紧张。她拿出手机看了一眼，对师傅说："能快一点儿吗？"师傅说："快不了，前面高架堵车呢。"

到瑞麟商场后，我看了一眼墙壁上的显示屏，十一点零七分。我们迟到了。妈妈又一次拿出化妆盒，看了一眼后，放进包里，又看我一眼，给我整理了一下衣领，顺了顺我的头发："记住我刚才跟你说的话，要叫人，懂礼貌，知道吗？"我没有说话，撇头看亮堂堂的商场大厅，巨型吊灯从天而降，钢琴曲时有时无地飘来，阳光从玻璃天顶如瀑布一般倾泻而下。空旷的大电梯，曲折幽深的门廊，身穿唐装的服务生，游荡在大玻璃缸里的金鱼，花香浓郁的包间。一个男人站起来，叫了一声："雅君。"

六

胖头鱼。这个妈妈让我叫吴叔的男人，第一眼就让我想起这种鱼。秃了一半的光滑脑门，眼睛肿泡，戴着黑框眼镜，塌鼻子，双下巴，西服外套和白色衬衣都遮挡不住的将军肚，短胖的手指搭在上面。我偷眼看妈妈，或者说占用妈妈身体的那个陌生女人，正浮出陌生的笑意。假脸之上的假笑。我从来没有见她这么紧张过。她不断地拿起水杯喝水，喝着喝着发现没有水，她又讪讪地放下。男人拿起水壶给她倒水，她又慌乱地说"谢谢"，手指碰了一下水杯，又弹开。对话进行得非常干涩，主要是男人在说话。他的牙齿倒是整齐的，说话时一闪一闪，也许在深海游动时，会拿来咬食那些小鱼。也许剥掉他的西装，他的背部会生出鳞片，露出白胖的肚子，双手变成鱼鳍，双脚缩成鱼尾，一摇一摆地随着海波游走。

"转学是没有问题了，我已经跟那个学校的校长打过招呼。我跟他也是多年的老朋友了。"他终于把话题引到我的身上。阻滞许久的语流一下子通畅了起来。妈妈话多了。她问起转学需要准备什么证件，学校在哪里，离市区有多远，师资条件如何，升学率怎么样……男人一一耐心地回答了这些问题，又说："都没问题，好得很。我去看过。住宿的条件也很好，食堂的伙食也不错。"住宿？食堂？也就是说我要住在学校？妈妈没有回应我看她的眼神，她全身心地维持那个假笑，对着男人说："那就好，那就好。我本来是一点头绪都没有，幸亏你帮我。"他们在我的面前讨论如何把我送走的问题。我这下子明白了。

他们从我身上汲取源源不断的话题。小轩太瘦了。是啊，他不喜欢吃饭。小轩的眼睛像你。是啊，他也就眼睛像我。小轩成绩怎么样啊？他哦，中上等吧，偏科，语文好，从小看书多，数学不行，勉强考及格，英语还可以的，我给他报了个培训班。是哦，你以前文章写得好，他长大一定也跟你一样写得好。哪里哪里，都是瞎写的。小轩也写哦，我老见他在本子上写啊写，但从来不给我看，我也不知道写了些什么。要尊重孩子隐私嘛。我当然尊重，就怕他想七想八。你看他乖乖的，不知道他在想什么。想什么其实也还没什么，就怕付诸行动，那我就怕。是哦，他说大不大说小不小，这个年龄的孩子啊，没个是非标准，的确容易做出出格的事情……小轩这个，小轩那个。小轩，小轩，小轩。

"小轩，小轩，"妈妈推了我一下，"背一首给吴叔听听。"她和男人，齐齐注视我。我一时间蒙住了，呆呆地回看他们。妈妈凑过来："就是你常背的那首《木兰辞》。"我没有说话。她冲男人干笑了一下："他害羞。"又扭头对着我念道："唧唧复唧唧，木兰当户织……接下来是什么？仔细想想。"我没有说话。她的眼神逼视着我："你平时背得很熟，我知道的。木兰当户织，下面是什么？"男人说："算了，别为难孩子了。"她还没放过我，执拗地催道："你再想想。妈妈平时怎么教你的？"她的语气有点儿不耐烦。我不看她，我闭上眼睛。我从未有过这般的耻辱感。呼吸越来越重。我的，她的。我们又一次对峙起来。男人声音响起："雅君。哎，雅君，算了算了。孩子不想背就算了。"妈妈的气息远离了我，我松了一口气。"小轩……会背的……呃……今天……哎……小轩真会背的……"哈哈，肯定会的。小轩一看就是聪明孩子。我不需要证明自己。

我几乎睁不开眼睛。这个在商场最底层的儿童游乐园，在星期一的下午，几乎空无一人。我躺在由红球、绿球、黄球、蓝球等无数的塑料球堆在一起的海洋之上，阳光之手穿过玻璃天顶把我死死地往下按。球盖住我的腿，盖住我的胸口，最后盖住我的脸。阳光透过球的缝隙穿刺进来，扎进我的身体。下沉，下沉。塑料球相互摩擦的咯咯声，还有散发出的臭气，都远去了。无边的黑暗，无边的沉静。胖头鱼达不到的水之深处，几乎没有生命的所在。呼吸，呼吸。心脏怦怦地跳动。只有我。

我再一次出来时，没有任何目光投过来。弯曲的绿色滑梯，一头贴地的黄色跷跷板，无人骑坐的彩色木马，阳光收起来了，大朵的云块堆在天顶上。现在，这里阴暗如水洼。妈妈和男人坐在水洼边的长椅上聊天，他们把目光投射到对方身上，荡漾出笑容和言语来。如果我现在离开，他们也不会知道。五百块钱，妈妈昨天塞给我的五百块钱。我忽然想起它们就在我的口袋里，出发之前我偷偷装在身上的。我把手伸进口袋，摸了摸它们，如果现在我趁着他们不注意，溜出商场，打个的士，赶最近的一班火车，肯定是可行的。我几乎就要这样做了。可是回去之后呢？并没有什么在那里等着我。

我爬上扶梯，进入用塑料搭建起的碉堡内部，钻到最深处坐下。我无处可去。这个念头如蛇一般冰冷地缠绕我的全身。我感觉到害怕。胖头鱼和妈妈合力要送我去的地方，我不想去。但他们没有问我，他们也不会问我。他们一定会说，这是为了我好。我好不好，我说了不算。我开始沿着碉堡往上跑，跑到顶上，又能看到他们。他们手上各自多了一瓶饮料。现在，陌生感消除了，他们放松地对视，流畅地对话，不再需要通过我。我感觉像是坐在被劲风吹离海岸的轮船桅杆之上，他们离我越来越远，我开始紧张起来，忍不住喊了一声："妈！"她听到了，看向我这边，微笑地向我招手，但她安坐在那里，没有动一下。我想再喊一声，喉咙发紧，发不出声音来。我必须跳下去，我不能被带走。一，二。妈妈站起来，往这边跑。胖头鱼也站起来了，往这边跑。三。无数的球从我身下逃开。下沉，下沉。恍惚之间，又被球给托住。眩晕感，脑浆好像都给搅动了，嗡嗡作响。我被抱住，男人的手臂抬起我，我闻到了胖头鱼身上香水的气息。妈妈，为什么不是你？

七

琼姨说："都没有一点安全措施，连个防护栏都不装一个。还好是没事，要是有事就晚了！"她拉起我的裤腿细看了一遍，又挽起我的衣袖再次细看："真不疼啊？"见我摇头，她紧攥我的手："真险哪！"妈妈坐在椅子上，撇头看阳台，手上盘弄着鼠标，她脸上的妆已经卸掉了，又一次恢复到暗黄的肤色，像是一下子老了十几岁似的。琼姨继续说："你还是太好说话了，要是我啊，一定要找那个商场的负责人好好说说。"妈妈懒懒地回道："跟他们没有关系。"琼姨激动地拍手："怎么没有关系了？怎么没有了？"妈妈提高了声音："琼子，小轩是我的儿子，我知道是怎么回事。"琼姨一时间有点儿蒙，她咕哝了一声："你在说什么？"妈妈定定地看我，说："他是故意的。"她停顿片刻，几乎是以嫌恶的口吻接着说："这一点跟他爸一个德行。"

妈妈突然站起来，来回踱步。琼姨不安地问："你不舒服吗？"妈妈随手拿起桌上装书用的塑料袋。"你知道这东西套在头上的感受吗？"她整个头钻进袋子里，在脖子处系住，"就这么薄薄的一层，会让你呼吸不上来。你呼吸得越快，死得越快。"琼姨做出打住的手势："好了好了，看着就瘆得慌。"妈妈把袋子取下来，深呼吸了一口气，说道："跟他爸生活在一起，就是这样的。"琼姨紧张地偷看我一眼："还是不要在孩子面前说这些吧。"妈妈干笑了起来："不用我说，他现在就让我有这种同样的感受。每天我都担惊受怕，只要我一没留神，他就能给你搞出一个事情来。"她又一次定定地看着我："你这样做，跟你爸有什么区别？你不是最怕你爸吗？你怎么做的事情跟他一样？"琼姨一把护住我，冲妈妈吼了一声："好啦好啦，跟孩子不要说这些有的没的！"

妈妈又一次坐下，她拿起桌上琼姨的烟盒，摸出一根烟点燃后，深吸了一口。"我都快被他们两个给逼疯了。他那个爸爸，"她拿烟的那只手指着我，"每天都会问：你今天见了谁？男的女的？叫什么？你为什么要见？你们说了什么？为什么要说这些？除开这些呢，你还有没有什么对我隐瞒的？没有？真没有？我觉得你有，你肯定有，对不对？你怕什么？你为什么会怕？……每一天！他根本不相信你回答的，他会不断地盘问你，拿你之前问过的问题再一次盘问你，如果答得不一样，比如说你吃的菜没说对，嚯嚯，他就兴奋了，像是终于嗅到毒品的狗似的，"妈妈吸完一根后，又摸出一根烟，"晚上你就别想睡觉了。你要是不理他，他会哭，会闹，会打自己的头，会撞墙……"她看了一眼我，"这些小轩都看到了。"

"你妈去哪儿了？"爸爸蹲在我面前问，他细白的手搭在我的肩头，我不说话，他焦躁地在客厅里走来走去，不断地拨打电话，妈妈关机了，他一手捶在墙上，大骂道："操！操！死女人！"他又一次转回来，蹲在我面前问我："你一定知道，对吧？"他鼻息粗重，声音急切。到了饭点，他坐在沙发上，我要去做饭，他说："等你妈回来。"午饭的点过去了，晚饭的点又过去了，我肚子饿得发痛，但不准吃东西，必须陪着他坐在客厅里等。他沉默不语，一只手掐着另一只手。我扛不住，睡倒在沙发上，直到被他们的争吵声吵醒。电视、花瓶、挂钟、饭盘，都砸碎了。爸爸推搡着妈妈，妈妈反推过去。耳光、拳头、唾沫、头发、血迹。爸爸冲门而出。妈妈瘫在地上。那是在家的最后一个晚上了。妈妈连夜收拾好东西，带我去了汽运站，然后转乘火车，来到了这里。

妈妈已经在吸第四根烟了。她贪婪地吸食，整个卧室烟气弥漫。琼姨搂住我，不断地用手抚摸我的脖子。"他会打电话到我单位去，盘问我的同事，还找到跟我一起吃饭的朋友，警告他们。到最后，没有人敢找我了。大家都知道我有这么一个丈夫，他们都怕了。还有还有，"她掏出手机，"我原来一直用的那个手机，被他偷偷装上了跟踪软件，要不是他说我去哪里都一清二楚的话，我根本就不会发现；你要是不出去，留在家里，他又对你不理不睬，当你是空气，如果是这样也挺好，至少他不会烦你，但你一旦看手机，他又会立马跑过来盘问你……我手机里存的每个人他都会打电话过去，问跟我有什么关系。所以我早就把你们的联系方式都删掉了，也不敢联系你们。"

琼姨牙疼似的啧啧有声："你真是傻啊，完全就是个神经病好不好？为什么不跟他离婚啊？"妈妈频频点头。"是啊，我就是傻。结婚这些年，他一直都是不错的，对我，对小轩，都挺好。也就是这一年来，他变了个人似的。为了小轩，我想忍忍也就过去了，看来是我想多了。"她把抽完的烟头扔到地上踩灭，"跟他提离婚，他就跪在那里求你，说自己不对，自己混蛋，自己是个神经病，到了后面，甚至拿刀子要割脉，说只要一离婚他就死给我看，老实讲，我被吓到了。"琼姨起身过去，手按在妈妈肩头："这种人才不会死。"妈妈连连点头。"那时候哪里知道，每天过得胆战心惊，生怕他要给你来个跳楼、上吊、吃安眠药，走在路上，手心都会紧张地冒汗，每天睡不着，吃不下，这样下去我自己都不如死了算了。现在，对，现在，"妈妈指了指窗外，"走在外面，我还是会觉得他在暗处跟踪我。走着走着，我会突然回头看。我知道是自己吓自己，但就是忍不住想。"

一时间，我们都没有说话。琼姨倒了一杯水给妈妈，妈妈一小口一小口抿着喝。鸽子又一次飞到了窗口。咕咕咕，咕咕咕。琼姨走到阳台，给它撒了点米。妈妈声音低沉地说："小轩，你答应我，不要再这样，行吧？不要跟你爸爸一样，行不行？"我手摸着床沿，抬头看琼姨在阳台上抽烟，鸽子已经飞走了。妈妈还在看我。"你倒是说话啊。有时候，我真是受不了你不说话。"她起身焦躁地走路，走不到几步到了墙，又转身折回，"妈妈要工作的，要养活你的。你要是天天这样，我哪里都去不了，也什么事情都做不成，你懂吗？"她忽然过来，我想掸掉落在她衣服褶皱里的烟灰，"不要这样了，行不行？"她一屁股坐在我边上，床下沉了一下。她手碰到我的脖子，一点一点摩挲，"你不说话，我就当你听进去了……头发太长了，下午带你去理发。"

下午华叔过来，开车送我们去鑫源商场。我坚持要坐在副驾驶的位置，华叔笑说："坐在这个位置，要一直跟我说话才行，你行吗？"见我点头，他摇头："不能光点头，要说'行'才可以。"我没有说话。跟妈妈一起坐在后面的琼姨推他一下："不要再逗人家了。"华叔笑着叹气："小轩果然高冷。"车子上了高架桥，绕城而过的灰白河水上，机动小轮船哒哒哒地开过去。妈妈和琼姨在后面合计着要给我买一些去学校后需要的物件，华叔问清了学校在哪里后，啧啧嘴："真不近。新区那里离这里少说有四十公里吧，我以前搞货运的时候，经过那儿，就几个小村子，连加油的地方都找不到。"妈妈"呀"了一声："真这样？吴峰说那里建得很好了。"华叔忙说："我说的是以前。现在都好些年过去了，肯定是不错的。"

开了一段，他又说："吴峰在机关做事，还是有两把刷子的嘛，新区那个学校也不是随便就能进的。"妈妈回他："嗯，的确是很难。他也是托了好多关系才搞定的。虽然关系打通了，我这边还得把各种证明材料都给准备齐全了，花点钱总是免不了的。入学也还得等一段时间。"华叔忽然话锋一转："君姐，小轩这边事情要是忙完了，你这边打算怎么办呢？"琼姨拿包打了一下华叔的肩头："就你话多！我已经问明明那边了，正好有个职位空出来，雅君条件也符合，我想是没什么问题了吧。"

我还是会觉得他在暗处跟踪我。我心里突然冒出了妈妈这句话，忍不住看了一下身后：两个保安坐在门口说话，一个肥胖的女人在接电话，还没有套上衣服的塑料男模特双眼空洞地望着前方，电梯上下来三个服务员，沿着店面一路下去有个拐角我看不到，通往楼梯的钢化门半开半掩……无来由的恐惧驱使我往前猛地抓住妈妈的手，她奇怪地看我一眼，问道："怎么了？"我没有说话，一直抓住她不放。我再偷眼看她，她的脸没有化妆，鼻翼左边一颗小痣，脖子后面还有三颗，她笑起来时不齐整的牙齿，她嘴角的绒毛，都是我熟悉的。我又一次看身后，长长的走廊，白亮的光芒，干净的大理石地面，开得很足的冷气压迫我的脖颈。

我们都有秘密。妈妈有，爸爸有，我也有。我从来没有告诉过妈妈的一个秘密，在我内心里跳动，几乎就要蹦出口了，但我还是忍住没说：有好多次，是的，好多次，我趴在窗口，看妈妈出了小区门口，上梦泉街去赶公交车，过了几分钟后，爸爸出现了，他一路尾随妈妈而去，妈妈从来没有察觉，而爸爸也不会知道我躲在窗帘后面窥视他。现在，他会不会已经在这里？在我们的背后射出窥视的目光？我又一次转头，落在后面的琼姨笃笃笃地赶上来，手上拿着几瓶饮料。"来了，来了。"说着，把饮料递给我们。冰镇后的饮料瓶子，握在手中，有水在手心滑过。那目光比这还冰，它贴在脖颈处，甩不掉，抖不开。妈妈突然问："你怎么了？想上厕所？"我摇摇头。她琢磨了一下我的神色，又问："那你是不舒服？"我嗓子一阵发紧，说："快走。"

八

蛇从我袖管钻了进去，我拼命地甩，怎么也甩不掉，又有一条从我衣领里滑到心口，盘踞在那里，我忍住极度的恶心感去揪住它，但它趁势绕到我的手上，紧紧地钳住我的手指，我吓得大叫起来。小轩，小轩。我的手被扯动，整个身体晃了起来。小轩，小轩。醒醒，醒醒。我拼尽全力地张开眼睛，浑身上下都湿透了。有一个人握住我的手，我又叫了一声，想抽出来，可是连带我的身体都被那人拉过去。小轩，小轩。是妈妈，妈妈。我闻到了熟悉的香气，是妈妈的。心跳得我太阳穴一鼓一鼓的，汗从我的脸上淌下来。妈妈问："做噩梦了？"我没有说话，紧紧抱住她不放。灯光突然在我的眼皮底下炸开，我大叫："关掉！关掉！"妈妈说："琼子，快关掉！"又一次回到黑暗之中来。琼姨问："小轩要不要到床上来睡？"妈妈把我抱了起来："妈妈在呢。"等把我抱到床上后，又感叹了一声："你可真沉啊。"琼姨扑哧一声笑了起来："废话，小轩都马上要成为小伙子了。"

醒来时已经是中午了，床上只有我一个人。琼姨在阳台厨房忙活，妈妈不在，连她的小包、高跟鞋都不在。我下床，叠好被子，走到阳台上，琼姨正在煮速冻饺子。是一个晴天，阳光照在琼姨刚洗过的头发上，发梢上的水珠一闪一闪。等饺子煮好了，她冲我笑笑，问我："你要几个？"我说："五个。"她给我捞了七个："小伙子要多吃。"我问妈妈去哪里了，她瞥了一眼窗外，说："她去见你吴叔叔了，为你这转学的事情，还有的忙。"我马上追问了一句："为什么不叫我？"琼姨从碗柜里拿出两个小碟子，倒上陈醋和酱油，倒完后见我还在看她，她略显不安地说："你那时候睡得正香，你妈妈想让你多睡一会儿。"

一切打着为我好的名义。琼姨又说了什么，我没注意听。她又问了一遍："你要不要辣子？"我没说话，转身去卧室把折叠饭桌打开支好，琼姨把饺子和蘸料小碟子都端了过来。我们对坐，默默吃了起来。饺子还是有些烫，只能慢慢吃。琼姨不是很有胃口，她吃了几口，又若有所思地凝视我，筷子在碗里搅来搅去。我也没有多少胃口，勉强吃了两个，感觉要吐出来。琼姨说："吃不下去是吧？"我放下筷子，她把我的盘子收过来，剩下的饺子都给装到塑料饭盒里："让你华叔消灭，他爱吃。"我起身擦桌子，折叠起来，搁到墙边，琼姨让我歇着就好，我没听，又把盘子拿到厨房洗，琼姨递给我洗洁精。"你在家里是不是经常帮妈妈做这些啊？"见我"嗯"了一声，她把双手撑在条桌上，"你妈妈也经常夸你懂事，有时候又担心你太懂事。"我讶异地抬眼看琼姨，水龙头的水柱冲打我的手臂，滋出小小的泡沫来。

　　盘子洗好后，琼姨拿干抹布擦拭湿漉漉的盥洗台。我没有走开，等在那里。琼姨小心地看我："你去玩吧。"我没有动。她停了一下，抹布拿在手上，一时间不知是要放下还是继续擦拭，想了一下，把抹布搁到条桌上。"我们经常拿不准你在想什么。有时候你一个人就坐在一边，什么话都不说，脸上也没什么表情。你妈就会很紧张，担心你会出什么问题。当然当然，你什么问题都没有。"琼姨忙冲我摇摇手，"但你妈妈就是会担心，你知道吗？她经常跟我叹气，不知道怎么对你才好。你好像什么都不需要。"她探究式地瞥了我一下，"有自己就够了，别人都走不进你的内心，连你妈妈也不行。她怕这个。"她从口袋里摸出一根烟，想起来我在，又放回去，"你那几次跟我们捉迷藏，能这么说吗？"她冲我笑着眨眼，"你妈妈听到后，吓得手机都掉地上了，全身发抖，脚都是软的，站不住，得亏我在边上扶着。对妈妈来说，这个是最让人害怕的吧。"她偏头看窗外，几只鸽子不断地在居民楼之间盘旋，"这次给你找学校，她也担心你啊。你让她怕，她怕你出事情，怕都是她一手造成的。她虽然没跟我说，我都看得出来。"

我感觉自己快透不过气来，想出去走走，跟琼姨提了一声，她迟疑了一下："我陪你？"我说："我就在小区里那个健身区转转。"琼姨还是放心不下，想说什么，又忍住了。我安慰她说："从阳台就能看到那里，我不会走远。"琼姨把钥匙递给我，郑重地说："我相信你不会，我就在家里。"我接过钥匙，点头说好，开门走下楼梯时，琼姨又追了出来："真不需要我陪？"我回头看她，她像做错事似的往回缩了一下："好好好，你去吧。早点儿回来。"说着，慌忙地转身进去。我继续下楼，每下一层，对琼姨的歉意就多一层。但我迫切需要透气，琼姨的那些话沉甸甸地压在心头，让我一时间不知道如何是好。

健身区空无一人，正好是我需要的。午后的阳光懒懒地铺在绿色地砖上，不知是哪个人的水红丝巾还挂在上肢牵引器上，经风一吹，飘飘欲坠。一只流浪狗从林子里跟过来，嗅嗅我的脚，又舔舔我的手背，我蹲下来摸摸它的头，很抱歉没有什么可以给它吃的。踩在太空漫步机上，一前一后漫不经心地蹬着，无意中抬头扫了一眼，琼姨正趴在窗口，一边抽烟一边往我这边看，我冲她挥挥手，她也冲我挥挥手。我放松不下来，狗趴在前面，眼睛一直等着我关注的目光过去。我回头看我身后的林子，废弃的自行车、马桶、床垫杂乱地堆在一起，那后面呢？密林中不透光的黑暗所在。我不敢多看，又一次抬头看琼姨那边，她已经不在了。她相信了我。

我不相信我自己。我觉得我随时可能拔腿逃跑。我又一次不安地转身看了一眼林子，没有任何动静，风吹树梢，偶有沙沙声。我跑到健身区的中央，狗跟了过来，身边有个活物让我安心了一些。我坐在蹬腿器上，对着林子看，阳光移到了那边，细弱的枝干之间透出亮来，一只鸽子扑腾地从杂物堆背后飞起，那会不会是常去琼姨窗台的那只？但它往小区门口那头飞去了。绕过林子，几十米外，小区门口的保安正在登记进来的车辆号码。我又一次觉得不安起来，忍不住往后面看，居民楼上有人在浇花，琼姨又一次探出头来，往我这边看，我又一次招手，她点点头缩回去。我强迫自己定坐在这里。不要跑，不要跑。一切都是安全的。我记得书上说过，深呼吸可以缓解紧张，那我就闭上眼深呼吸，再深呼吸。忽然有人碰我的手，湿乎乎的，我吓得跳起来叫出声，低头一看原来是狗在舔，我恼羞成怒："走开！走开！"狗慢慢地往林子那头走，不时回头看我一眼，我冷着脸坐在那里，直到它进了林子，才松了一口气。

健身区渐渐地过来了一些人，都是小区里的老奶奶老爷爷。各种器械上也都有了人。我依旧坐在那里没动，太阳一点点地西沉下去，居民楼那头飘出了做饭的香气。小区门口，停过无数的车，又走了无数的车，我看得眼睛酸涩。妈妈下车时，我因为太困，差点儿错过了，但冥冥中有声音在催促自己，我打起精神往前看，妈妈正往这边走过来，还是挎着那个小包，手上拿着一叠材料，看起来像是宣传册之类的。她化过妆的脸上，看起来神情疲惫，走路也无精打采，走过健身区这边，她都没有抬头看一眼，直接就切过去了。

我起身跟在她身后，她毫无察觉。她就是这样，对谁都没有提防。当初爸爸跟在她后面这么久，她也是一无所知。她的影子拖到我的脚上，我踩住，她继续走，我继续踩。我忽然看了一眼身后，又往四周扫了一遍，下班的人群都回来了，没有那个人。就是有的话，我在这里。我陡然生出一股勇气来。妈妈走到第四栋居民楼时，琼姨慌里慌张地冲了出来。妈妈惊讶地问："你怎么知道我回来了？我才说要给你发信息的。"琼姨往妈妈身后看了一眼，呼了一口气："吓死我了，还以为他又跑了。"妈妈也转身看过来，吓一跳："你什么时候跟过来的？"我没有说话，上前紧攥住她的手。

九

琼姨已经把晚饭做好了，妈妈说她已经吃过。我和琼姨在吃饭时，她坐在书桌前一边整理那叠材料，一边说起今天跟吴峰去那个学校参观了一下。"很不错的，校园环境、师资力量都很好，难怪这么难进。我也见了他们学校的领导，只要我们这边材料提交齐全，就大体上没有问题了。"她说话时，把学校宣传册递给我们看，琼姨接过来，连连点头："宿舍和食堂看起来也很好嘛。"妈妈过来点了点宣传册上的一栋白色建筑："到时候，小轩就住在这里，有专门的淋浴间和卫生间，我特意去看了一下，很干净。"两人说着说着，突然默契地一起看我，我继续埋头吃饭。

　　妈妈又坐了回去，说："小轩的转学手续有点儿麻烦，我得回去一趟。"琼姨放下碗筷，紧张地反问："你要回去？"妈妈沉着地点头："我已经跟小轩原来学校的领导打过电话了，好些事情太复杂，必须得我本人回去办一下。"琼姨沉默了半晌后说："我跟你一起吧，太危险了。"妈妈摇摇头说："不用，那个人……我悄悄回去，他不会知道的。只是要麻烦你帮我照看一下小轩了。"我站了起来，说："我要跟你一起回。"妈妈抿了一下嘴："你留在这里，我要不了几天就回来了。"我大声地叫道："那我不要上这个学了！"妈妈气恨地把材料摔到桌子上："你能不能不要这样胡闹了？！"我也不示弱地回道："我不要你回去！不要！"琼姨插在中间："好了好了，都坐下来。"

　　真是太丢人了，我知道我又要哭出来。妈妈盯着我看了半晌，软和了下来："我会注意的。"我没有说话，她继续说："妈妈又不是小孩儿。"琼姨笑了起来："你们现在都是小孩子！你们怄气吧，我是不管了。"她起身把饭菜都收了起来，送到厨房里去。房间的灯亮得刺眼，我很想起身关掉。妈妈叹了一口气，起身准备往厨房走，我自己也不知道为什么，突然扑过去抱住她。我把脸埋在她的上衣里，眼泪扑簌簌地滚落下来。妈妈没有动，过了好一会儿，手在我的脖颈处拍了拍。

虽然妈妈一再强调自己一个人回去没事，琼姨还是坚持让华叔陪着她去，妈妈没办法，只好答应了。琼姨跟华叔通完电话后，在网上给妈妈和华叔买好了明天的火车票，又查看了一下天气，显示有雨，忙起身去走廊找雨伞。妈妈把我们的行李箱拉过来打开，把自己要穿的衣服一一放进去。琼姨找到两把雨伞后，又打电话给华叔，让他去超市多买点儿零食和面包，好在火车上吃……我一直坐在一边，默默地看她们忙来忙去。妈妈一边收拾，一边嘱咐我好好听琼姨的话，不准乱跑，不准挑食，不准闹出新的幺蛾子，我没有回应她。她说到最后，无奈地说："你倒是说句话啊。"我说："好。"

一切忙毕，已经是凌晨了。大家都躺了下来，琼姨一沾枕头就发出小小的呼噜声，妈妈一开始睡得不安稳，反复翻身，过了一个小时也渐渐睡着了。只有我是清醒的。每回哭过后，眼睛都是沉沉的，闭上眼睛后，再一次感觉到不安，又强迫自己睁开眼睛。稀薄的月光软软地垂落在书桌上，笔记本电源插口亮着一小团绿光。有人在暗处看我。我怎么也驱除不了这个想法，窗帘之后，条桌下面，闭上门的卫生间，立柜，走廊，还有床底下，阴影深处，有一双湿漉漉的眼睛，一直不眨眼地注视着我。我感觉我僵在床上，手脚不敢动一下。妈妈又一个翻身，脸冲向我这边，连睡觉时她的眉头都是紧锁着的。我想叫她，但我发不出声音。

窸窸窣窣的脚步声，从走廊那边传来。是我的幻觉？还是真有？不知道等了多久，那脚步声始终没有走过来，渐渐消失了。我终于鼓足勇气下了床，站在卧室中央，现在如果真有一个人在暗处的话，他随时可以扑过来。我放弃了。我站在那里，闭上眼睛，感觉有光线在眼皮底下闪动。我微微睁开眼，原来是月光移了过来，像是轻柔的白纱一样披在我身上。我去了阳台，打开卫生间的门，又转回卧室，打开立柜，走到走廊上——他随时都会扑上来，但我不能这么怕下去了。我必须找出他来，就像是过去我跟小伙伴们玩的捉迷藏，不，幽慢，我忽然想起华叔说的这个词。

这些地方都没有，只剩下床底了。妈妈和琼姨睡得深沉，我在床尾看了她们许久，她们都不曾翻一下身。我深呼吸了一口气，慢慢地钻到了床底躺好。除开有灰尘的呛人土味外，没有其他不适的感觉。这里也没有。一切都是我的空想。我紧绷的神经松弛了下来，就这样躺着，毫无睡意，也不想睡。手往边上伸出时，碰到一件软软的东西，我吓得差点儿叫出来。等了片刻，再伸手去摸，原来是那个布娃娃，用红布条缝制的嘴巴，本来是两角上翘，一副欢乐大笑的表情，已经被我抠掉一半的嘴巴，像是结了一半的血痂。我也是残忍的，我也不明白我当时为什么要这样做。

突如其来的愧疚感，让我把她护在我的心口。

月光一点点伸出来，我能想到它已经触摸到妈妈的身上，可惜她毫无知觉。通过床垫的轻微起伏，能感应到她呼吸时身体的律动。我随着她一起呼吸，呼出，吸入，呼出，吸入，周而复始，无止无休。我感觉到睡意像海水一般，一波波涌动，但我不能睡。我担心等我一觉醒来，她已经走了。我暗暗使劲掐自己的手，睡意依旧抵挡不住。我忽然想起在来这个城市的第一个晚上，在那个旅馆，也是在我迷迷糊糊快要睡着的时候，妈妈抱起我，脱掉我的袜子，用温热的水给我洗脚，又拿毛巾给我擦脸。我闻到了她身上的香气，那是我熟悉的，唯妈妈独有的气味，它让我安心，在沉入无边无际的睡意之时，它把我稳稳地托住。晚安，妈妈。

2017 年 4 月 25 日

拉罗汤加

留灯

一

留灯半夜醒过来，忽然明白自己没有睡踏实的原因：钥匙不见了。他摸摸胸口，果然是空的，随即摸枕头下面，又从床边抓起裤子掏掏口袋，都没有。坐起来时，床随之发出吱嘎声，不敢大动，只能一点点溜下来，借着月光找到拖鞋穿上，随后往门口屏息走去。房间另一侧的床上雅楠与雅君一人一头，睡得正深沉，雅君还发出了熟悉的磨牙声。无论如何小心，开门时还是有尖锐的吱呀声，真让人恼火，只得再等等。半分钟过去后，确认没有人起来，这才悄悄地关上门，迅疾穿过客厅，走到靠楼梯口的左厢房时，二姑父高亢的呼噜声冲撞着耳膜。下到了一楼，这才松了一口气，穿过堂屋，打开大门，清冽的月光在水泥屋场上汨汨流淌，每走一步，影子拖长一截。到了与厨房相连的卫生间，推开木门，月光随即涌进，连灯都不用开。找了一圈，没有钥匙的踪影；再进厨房，细细地搜了一遍，还是没有。真是见了鬼！下午吃饭时明明还在的。

厨房灯亮起时，留灯吓得叫了一声，随即开灯的人也叫了一声："是你啊！"留灯回头看，是二姑站在门口，赶紧从桌子下钻了出来，灯亮得刺眼，眼睛不得不眯起。二姑走进来，环顾了一番，然后再次把视线落在留灯身上："深更半夜的，我还以为是贼呢……你这是要做什么？"留灯本来想说找钥匙，话到嘴边又咽下，临时找了个肚子饿的借口。二姑一边往灶台走，一边念叨："下午吃饭时，你就吃那么一点儿，能不饿吗？"她说着拧开煤气灶，让留灯从碗柜里拿出两枚鸡蛋来。趁着二姑煎鸡蛋时，留灯又趁机往厨房没有搜寻的角落扫几眼，或许在水桶底下，或许在碗柜贴墙的缝隙里，或许在窗台外面……"你在找什么？"二姑又问。留灯忙收回目光，咕哝了一声："没什么。"二姑没有追问下去，只让留灯拿面条过来。锅里发出咕咕咕的水声，一把面条下去，又补了一把，留灯说："我吃不了那么多。"二姑拿筷子搅动面条："长身体呢，要多吃。"说着，侧身去把切好的火腿肠放进锅里，留灯忽然感叹："真像。"二姑转头问："像什么？"留灯说："刚才那一下特像我爸，他放东西也是这样的。"二姑笑了起来："那当然。你爸是我小弟，一家人当然像的。"

留灯在吃面时，余光里感受得到二姑注视的目光。面里放了猪油，吃起来分外香。二姑忽然伸手抚摸了一下留灯的头，说："头发该理了。"留灯没有说话，慢慢啜着面汤。二姑又说："你吃东西的模样，跟你爸小时候一模一样。"留灯心头一动，问："他打电话了吗？"二姑打了个呵欠："要是打了，我肯定会叫你。他们才去多久，还没安定下来。"面汤剩下一半时，留灯小声讲："我妈说他们去去就回来。"二姑嘴角微动，想了片刻，才说："你好好在我这里。姑姑家就是你家。你以前过年来，你爸要带你回家，你不是哭着喊着要留下来睡吗？"留灯本来想说"那不一样"，忍住了。面汤喝到后面有点咸了，但他依旧一口一口喝完。起身要洗碗时，二姑拦住："别管了。你明天还得上课，先去睡觉吧。"

走到屋场上，虽有凉风吹来，也不觉得冷，毕竟有一碗面垫底。月亮停在前面一排屋子的楼顶，月光越发清亮地从屋顶流泻下来，不知从哪里传来"嗝——呃——嗝——呃"的鸟鸣声。"进去吧。"二姑过来催道。两人一同进了堂屋，二姑去前厢房看了一眼雅豪，出来时带着笑意："睡得可真香，人都横着躺了。"走到一楼楼梯口时，又拧拧后门的门把："之前有野猫钻进去，咸鱼都给偷走了。"上到二楼时，二姑没有进左厢房，反而是随着留灯往右厢房去，她先去那边床瞅瞅雅楠和雅君，又来留灯这边检查窗户是否关严，待要走时，留灯小小地叫了她一声，她问怎么了，留灯说："周末他们会不会打电话过来？"二姑迟疑地想了想："不要急嘛。他们一安顿好，就会打过来的。"

二

外面车子在催了，妈妈却没动。她坐在靠墙的那张绿皮椅子上，喊留灯过来。留灯刚一靠近，她就一把把他捞住，侧放在自己双腿上。留灯觉得别扭，他个子已经长起来了，虽然坐在妈妈大腿上，双脚还是贴着地面。妈妈不管，依旧把他当小孩看，双手紧搂他的腰，没有说话。外面父亲在喊："秀琴，怎么还不出来！"留灯也有点急了，想挣脱，却被妈妈两手使劲箍住。他只好任由妈妈把头贴着自己的胳膊怕冷似的抖动。爸爸刚一推门进来，妈妈迅速放开了手，留灯也立马站起，躲到一旁。爸爸问怎么回事，妈妈起身，哑声反问："你房门钥匙呢？"父亲回："留了一把给我二姐。"妈妈说："你再给留灯一把。"她说话时梗着脖子，不看留灯。"他要是什么时候想回来，还可以进来。"留灯硬着口气回："我才不要。"两人像是在赌气，爸爸察觉到了妈妈的神色，又打量了一番留灯，笑问："你到时候会不会蹲在门口哭？"留灯更来气了："我才不会哭。"妈妈接过爸爸递过来的钥匙，找了一截蓝色尼龙绳穿上，走过来要套在留灯脖子上，留灯闪开："我不要。"妈妈又追上来，留灯再次闪开。爸爸夺过钥匙，一把抓住留灯给他戴上："你二姑下班后就来接你。去了二姑家，可不许这样闹小孩子脾气了，知道吧？"留灯抬眼看妈妈，她已经提着包裹快步往外走了，连头都没回。

车子开走时，留灯把自己关在房间里，捂上被子，假装这一切都没有发生。广州。这个城市，离家里有多远？他们为什么非要去不可？这些天来，他们收拾东西，整理行李，都是在他上学时进行的。他坐在教室里，老师讲的话一个字都听不进去，还要时刻按捺住冲出去的念头。家里肯定已经搬空了，而他们也趁机逃走了。他要追上他们。不，他不要追。他偏要假装什么都没有发生似的。每天放学回家，妈妈烧的菜越来越好，他只吃米饭，不碰菜。哪怕妈妈夹给他，他碗里都会留下菜。这期间二姑骑着三轮车来了，妈妈拉着她，指着一包整理好的衣物，告诉她这是留灯秋冬要穿的，又指着另外一个纸盒说这是给留灯新买的鞋子。留灯爱吃的，不爱吃的，害怕什么，对什么过敏……留灯恨不得高声叫起来："不要说了！"二姑配合地点头回："知道了。嗯，知道了。"妈妈说完后，又赶到后厢房，要把过冬戴的毛线帽找出来。留灯坐在一旁默默地写着作业，始终不敢抬头，字越来越看不清了，很快本子上有濡湿的痕迹。

没有一点声音了，房间里的空气凝结成块，沉沉地压在身上，简直要透不过气来，留灯只好把被子推开。不能再躺下去了，夕阳的余晖慢慢缩回光的触角，夜色弥漫开来。他下了床，习惯性地喊了一声"妈",没有回应,走到堂屋里,长凳、条台、竹篓、花瓶、座钟……都静默地待在原地。坐在绿皮椅子上,妈妈之前留下的余温早已消散,唯有挪动身体时发出的小小摩擦声。不可以让眼泪流下来。他们不配。他们要走就走好了。不知过了多久,天完全暗了下来,懒得起身开灯,任凭夜色填满整个空间。周遭的热闹声起来了,隔壁、对面、屋后,催饭声、打骂声、追逐声,每一声都如同飞袭的针扎过来。座钟突然"当——当——当"连敲了三声,留灯吓了一跳,他起身往厨房去,锅碗瓢盆妈妈都洗干净收了起来,碗柜里也没有剩菜剩饭。对面人家的堂屋开着灯,暖暖的黄光下,一家人坐在那里吃饭。留灯强迫自己不看,又一次转身回到了堂屋。好半晌,只有座钟钟摆"咯嗒——咯嗒——咯嗒"的响声。

二姑到来时,座钟刚敲响四下。她急匆匆地推门进来,一眼就看到了坐在沙发上的留灯,这才松一口气:"黑灯瞎火的,我还以为没人了呢!"说着,拉了一下灯绳,灯光猛地炸开,留灯遮住眼睛,弱弱地喊了一声"二姑"。二姑弯下身来,摸他的头:"饿了吧?厂里有事情耽搁了。咱们这就走!"趁着二姑检查门窗是否关好时,留灯再次环顾这个打从出生就没搬离过的屋子,虽然每一样物件都在,却空荡得让人难受。二姑一一检查完后,过来说:"收拾一下,咱们走。"行李上午父亲已经送到二姑那边去了,没有什么好收拾的,背上书包就可以走。关上大门,上锁,再推了推，确认锁上了，二姑这才把家里的钥匙塞进自己的裤兜里，而自己的那一把正贴着胸口。他还记得挂上钥匙时跟爸爸说："好凉。"爸爸回："捂捂就热了。"果然，钥匙沾了自己的体温，成了身体的一部分，每往外走一步，它都要轻敲一下心口。

坐上三轮车后，二姑往省道的方向骑去。晚风吹来，带着沿途人家的饭菜香，肚子忍不住咕噜咕噜响。有端着锅出来倒脏水的婶娘大声招呼："丽蓉啊，几时过来的啊？"二姑停住，笑着回应："才来一会儿。"婶娘说："到家里坐坐。"二姑摆手道："不啦不啦，还得赶回去，家里一堆事。"一路上跟二姑打招呼的人不少，留灯始终没有吭声，缩在后面，有人问起，他不理会，问的人也不恼："去了要听你二姑话！别淘气！"终于上了省道，留灯这才坐直，村庄一点点退却，零零星星的灯火浮在夜色中。此刻，爸爸妈妈应该坐上火车，往南方去了吧。他曾专门去看教室后面贴的那张地图，搜寻"广州"这个地名，那是一个离海很近离家很远的地方。"广州怎么了？"二姑问，留灯这才意识到自己念出了声。没得到回应，二姑也不追究，两侧路灯没有开，她让留灯打开手电筒照路。

过了半个小时，二姑骑累了，停下来歇息，留灯要下来换她，她不让，喘口气后接着踩车踏："现在好多了，我以前送你爸去镇里读书，都是一路走到镇上来的。"留灯惊讶地问："我爸？"二姑接着说："那时候还不是这样的水泥路呢，都是泥巴路，下过雨后，走得一脚泥。你爸怕弄脏鞋子，光着脚走，鞋子拿在手上。"留灯一笑，二姑来了精神，又讲起了爸爸少时不少糗事，讲着讲着，忽然扭头瞥了他一眼："你别怪你爸，他也是没办法。"留灯小小地"嗯"了一声。"你爸其实想让你住校，是我让他送你到我这里来的。他小时候是我带大的，现在带你不是问题。我家就是你家，你就安心念书，其他不用管。"二姑说完，又问："报名费你爸给你了吧？"留灯回："给了，在我书包里。"二姑"嗯"了一声，接着说："我找了镇中学的任老师，他是我老同学了。我让他给你调到跟雅楠一个班，这样你们以后上下学就有伴儿了。"留灯说好，心里却想："雅楠？"二姑又说："你雅娟姐去市里念技校，要住宿舍，昨天刚走。"留灯嘴上说好，心里还在想着雅楠这个名字。再抬眼时，已经到了镇上的中心大道，开始有了路灯，车辆也渐渐多了起来，再从百花路转青云路，然后弯进青果巷，右拐至第三排第二栋三层小楼的屋场，二姑家就到了。

三

我真的打过雅楠吗？留灯把脸贴在车窗玻璃上，努力从脑海中打捞，却没有找到任何这方面的记忆碎片。他只记得每回过年，二姑一家来拜年都是浩浩荡荡的，再加上大姑一家、三姑一家，妈妈为此总要做一大桌子菜，大人一桌，小孩一桌，摆得满满当当。他也不得闲，被妈妈支使着拿碗筷、端肉汤、开可乐，那一大帮老表里，雅楠在吗？好像是在，但影影绰绰的，挤在弟弟妹妹中间，不说话，也不抢菜，像是有她没她都可以。他抬头看了一眼前面，雅楠坐在最前面，戴着耳机，看向窗外。他刚到她家的那一晚，大家在吃饭，雅楠坐在他对面，始终都没看他一眼。二姑说："你们马上要成为同学了，雅楠你要照顾一下留灯。"雅楠没有说话，二姑声音大了起来："你耳聋了？"雅楠懒懒地应付："知道了。"二姑父笑说："他们差一点成为姐弟了。"雅君"咦"了一声，看看留灯，又瞅瞅雅楠。二姑父便对着雅君说："你小舅不是两个儿子嘛，就是你留明哥和你留灯哥，那时特别想要一个女儿。我们就把你二姐送过去当女儿养。没有想到你留灯哥天天追着打你二姐，不准她待在自己家里。这事儿就没成……"二姑打断道："提这些做什么。"二姑父没敢再说话，雅君和坐在一旁的雅豪咯咯笑起来。留灯想配合地笑一下，可是又觉得尴尬。雅楠忽然起身说："我吃饱了。"二姑说："把饭吃完再走。"雅楠僵持在原地，二姑父小声说："听话……别浪费。"她这才缓缓坐下，拿起筷子，一粒米一粒米地往嘴里送。二姑火起："你要吃就好好吃！谁惯的你这个毛病？"雅楠没理会，依旧如故。

车子到站后，留灯等雅楠下了车，才从后车门下来。从车站往学校走的路上，留灯不想走得离雅楠太近。开学一个多月来，雅楠从未在路上与留灯同行过，她总是一个人闷头走在前面，听着耳机，也不会回头看一眼。她个子在女生中间算高的了，略显干瘦，校服穿在身上显得松松垮垮的，弓着身子走路，莫名让人想起了虾子。到了教室后，雅楠坐在第三排，他坐在贴着窗的后排位置。班上除开班主任，没有人知道他们是表姐弟。最让留灯惊讶的是，在自己家里的雅楠与在教室里的雅楠判若两人。在家里，她像是一滴油游离在水上，雅娟姐不在，读五年级的雅君与读二年级的雅豪要好，每天上学总是雅君牵着雅豪的手去家旁边的小学，而她老低着头靠在二楼走廊一个角落，不与人说话；到了学校，她却是她桌位那一块的开心果，有说有笑，老师不在还相互打闹，连笑声都分外爽脆。留灯听到后面的男生评论她是个"疯小子"。这两个，哪一个是真实的她呢？留灯不懂。

中午按照学校规定，都在食堂吃。雅楠与玩得好的王庆玲、潘凤、刘美琴坐在一起，一般都是她在滔滔不绝地说话，其他三个笑得前仰后合。但留灯从未见过她把这三个好友邀请到家里来过。留灯自己也有几位相好的同学，他们吃饭聊的都是去镇上网吧上网打游戏的事情，因为没有玩过，也插不上嘴。他追索着雅楠的踪迹，吃完饭后，去食堂外面的水池洗好碗筷，然后到学校的玉琴湖畔散步。有时候他们在回教室的路上迎面碰到，留灯想咧嘴笑一笑，但雅楠根本没有往他这边看一眼，径直走了过去。留灯讨了个没趣，晚上回家后，在吃饭时，雅楠趁着没人时说："你以后不要老看着我。"留灯红着脸争辩道："我哪有看你？！"

雅楠这才抬眼盯着他："刘美琴都注意到你好几次往我这边看过来了，而且是看很久。"留灯说："我没有！"雅楠收回眼神，口气软下来："你一个男生哭什么。"留灯自己都没察觉到眼泪流了下来，他要去抹，却越抹越多，真是太丢脸了。

这已经不是第一次哭了。来这里的第二天，二姑捏着吃剩的苹果过来说："你这多浪费啊！都不啃干净。苹果现在多贵啊！"留灯说："不是我吃的。"二姑一听生气了："你怎么还撒谎？给他们几个的都是小苹果，人家都吃干净了。给你的，是这个大的。"留灯当时哑口无言，晚上躲在被窝里哭，心里暗暗发誓："我再也不吃他们家的东西了！"可是第二天爬起来，他还是带着羞愧吃了早餐。第二次是来这里的第二周，雅娟姐放假回来，发现自己的床已经被留灯给占了，立马跑去跟二姑抱怨了一通，二姑安慰她："你现在回来得少嘛，晚上就凑合跟你二妹三妹挤一下。"雅娟姐气得把门摔得山响，留灯全都听见了。到了吃饭时，雅娟姐一边吃着一边捂着耳朵，雅豪问她怎么了，她恨恨地回："也不知道是谁吃饭声音这么大，几百年没有吃过饭似的。"雅君与雅豪笑起来，偷眼看留灯。留灯这才反应过来是说自己，当时他碗筷放下不是，不放下也不是。等吃完饭，雅娟姐又说："地上谁漏的饭？嘴巴长窟窿了？"留灯急忙弯腰去捡饭粒，二姑这时走过来说："你是个大姐，嘴巴怎么这么不饶人？"留灯不敢抬头，拼命地忍住眼泪不要让它流下来。

那个时候雅楠笑了吗？他努力地搜刮记忆，好像没有。她只是缩在一角吃饭，没有跟着大姐嘲讽，也没有随着妹妹弟弟傻笑。想到此，他心生一阵感激之情，虽然雅楠未必不在心里笑他。但与此同时，他又觉得内心有刺痛，或许雅楠那么漠然，只是压根儿就没看得起他。是的，雅楠从未正眼瞧过他，实在目光不可避免地扫过他时，也不带任何情感地划过去，就像冰刀轻盈地溜过冰面。他其实很想跟二姑说，他不想跟两个女孩睡在一个房间，但二姑只当他是个小男孩。雅楠和雅君睡觉前关了灯才脱外套睡，而他窝在自己的被窝里，不敢随意伸出头来。二姑意识不到这其中的尴尬。他为什么不可以跟雅豪一个房间呢？他没敢问。有时候还没睡，雅君一边让雅楠帮她梳头发，一边说着班上今天发生的事情，说着说着笑起来，留灯也跟着笑。雅楠推了雅君一下，雅君转头冲着留灯说："你笑什么？"留灯说："我没笑。"雅君大声说："你刚才就是笑了！"雅楠又推了一下雅君："不要理撒谎精。"留灯说："我没有撒谎！"雅楠没有理他，雅君也不理他。留灯只好自讨没趣地缩进被窝。

撒谎精。原来雅楠是这么看自己的。他想否认，却无力反驳。在家里，他怎么样都可以，爸爸妈妈从来没有责备过他。自从到了这里之后，他像是大象闯进了瓷器店，随便动一下就会碰碎一些东西，那摔在地上的响声让人心惊胆战。有一次他在卫生间洗漱，没找到刷牙杯子，他扭开水龙头直接对着喝了一口水，正好被雅楠看到，但她没有说话。等他回到厨房吃饭，二姑过来说："你不要用嘴那么喝水，大家都还要用呢。再说多不卫生啊。"留灯说："我没有那样！"二姑撇头看看坐在那里吃饭的雅楠。留灯趁机再次强调："我真的没有！"二姑走过去，拿筷子敲了雅楠头一下："谁教你告恶状的！"留灯吓了一跳，他担心雅楠跳起来跟他对质，但是她静静地坐在那里承受着。留灯坐下来吃饭时，偷眼再看雅楠，她的眼泪一滴一滴落在碗里，一点声音也没发出来。

每回想到这里时，留灯像是怕烫似的赶紧让记忆跳过去，实在跳不过去，就默默地唱歌，要不"哼哈哼哈"乱喊几声，再不行就跺脚，扇自己耳光。这一切都是他下完晚自习走在回去的路上发生的。二姑家哪儿哪儿都是人，很难找到一个独处的空间，不像自己家里有那么大的卧室，要怎么样就怎么样。他已经看到雅楠坐上了公交车往家里去了，但是他就想走走，反正半个小时就能到。二姑父上夜班，到十二点才能回，二姑都是等他回了才睡的。如果早回去，还要等雅楠、雅君、雅豪洗完澡，他才会去洗漱。当然没有人故意让他最后，是他自己选择的，还是尽量地让着他们比较好。这个道理之前爸爸妈妈就跟他一再叮嘱过的。但来这里的第一个周日，爸爸妈妈从广州打来电话，二姑让他接，他却死活不接，二姑把他拽过来，话筒塞到他耳边，电话那头妈妈在问："你有没有听话？有没有好好念书？"他一概不回话。电话挂了后，二姑气呼呼地问："你怎么这么不懂事！你爸和你妈每天都在厂里忙得脚不沾地的，好不容易星期天放个假，跑出来给你打电话，你还这个态度！"留灯绷着脸不回应。他非要恨一个什么才行，那样才有力气把自己撑住，不至于陷入无依无靠的境地里去。他有点羡慕自己的哥哥留明，他足够大，在爸爸妈妈离开之前，就去市里读中专了，也就避免自己所要面对的这一切。

四

十月的风吹在身上，略带寒意。法国梧桐的叶片染上了秋意，黄绿交错，煞是好看。马路上一开始是热闹的，骑车回家的学生你追我逐，铃铛声此起彼伏，渐渐地也安静了下来。马路对面的大排档还亮着灯，喝醉的男人们一边碰杯一边叫老板再上几个菜。爸爸会不会现在也在跟他的工友们喝酒呢？应该不会的，妈妈管他管得那么紧，肯定是每一分钱都会攒着，做什么用呢？供他和哥哥念书。他后悔那一次通话时闹小孩脾气，没有多问问他们在那边的生活。可真要问了，妈妈会说一切都好，他猜都猜得到。而妈妈要问他在二姑家过得怎么样，他也会说一切都好。二姑没有饿着他冻着他，还偷偷给他开小灶，哪一点都是说得过去的。可他知道自己明明是不开心的，还得强装开心，因为既不能辜负二姑一家的好意，也不能辜负爸爸妈妈的期待。想到此，留灯兴致低落下来，一脚接一脚地踢着路上的塑料瓶。

回到二姑家，走进堂屋，瞥了一眼雅豪的房间，意外地发现二姑父正在给雅豪辅导作业。留灯招呼了一声，二姑父站起来笑道："我还担心你迷了路呢。"留灯说："二姑父今天下班好早啊。"二姑父又坐下来说："厂里没什么事情，就提前回了。"雅豪匆忙地跟留灯打个招呼，又摇摇二姑父的手："这道题我不会。"留灯几乎是怀着一阵嫉恨的心情上的楼。爸爸从来没有辅导他写作业，妈妈也不会，虽然有哥哥留明，却一直在外面读书，回家后也不会跟他玩。题目不会了，只能无奈地空在那里，没有人会来帮。快要上到二楼时，留灯止住脚步，听到一串既熟悉又陌生的声音，熟悉的是那显然是二姑在说话，陌生的是每个音节都压扁了，锐利了，扎在耳朵里很不舒服。二姑在骂人。再侧耳细听，是一连串指责的语句，让人莫名地想起电视里打仗的机枪，嗖嗖嗖地射向一个人，却没有得到任何回应。

　　留灯渐渐从这些杂乱的话语中拼凑出一个事实：雅楠耳机丢了，她想再买一个，而二姑认为她是故意来气人的。二姑历数了给她买过的鞋子、衣服、营养液、钢笔……每一样，她最后不是丢了，就是弄坏了。雅楠终于回了一句："我睡觉了。"这一句更是火上浇油，招来二姑新一轮的劈头痛骂。留灯从未听到如此让人难堪的话。废物，垃圾，养不熟的白眼狼。生下来不如掐死。老祸害带个小祸害。雅楠忽然又回了一句："钱我都会还给你的。"接着是猛地关上门的声音，二姑的骂声随之更加猛烈。这一切楼下的二姑父听不见吗？还是听见了却故意不上来？留灯发现自己处在一个尴尬的境地：下楼去要面对逃避的二姑父，上楼要看见暴怒中的二姑。在他没有来这里之前，这家人经常会这样吗？还是因为他是一个外人，所以每个人都假装是正常的？他有些庆幸，又莫名感觉失落。

好不容易等到了看似各方停歇的当口，留灯鼓足勇气进了二楼客厅，二姑正蹲在那里就着脚盆搓洗二姑父的厂服。留灯招呼了一声，二姑抬头看他，脸上有掩藏不住的疲倦神情："回来了，怎么这么久？"留灯回："没赶上车。"二姑没有追究下去，又低头搓衣服领子："你快洗漱睡吧。"可是他那边房门是锁着的，他扭了几次都没开。二姑见状，走过去敲门："雅君，开门。"等了片刻，房门打开，雅君仰头，睁大眼睛，惊魂未定地看看二姑，又看看留灯。二姑没有进去，也没有朝里看，只是说："都早点睡。"又转身去了脚盆那里。关上门后，雅君爬上了床，小小地叫了一声："二姐。"雅楠闷在被窝里没有回应。雅君隔着被子，贴着雅楠，又叫了一声："二姐。"有窸窸窣窣抖动的声音，那应该是雅楠在无声地哭。房间没有开灯，从门缝里透进来一线光。留灯躺在床上，不敢乱动，怕床会发出声响。

半睡半醒之间，听到窸窸窣窣的声音。留灯睁开眼，借着朦胧的夜光，看到雅楠穿好衣服往外走。万籁俱寂，除了雅君的磨牙声，就是雅楠下楼的声音了。她可能去上卫生间了吧。留灯翻身继续睡。可是不对，再细听，楼上有走动的声音，也就是说雅楠上三楼去了。她要做什么？不会是想不开吧？留灯头皮一阵发麻，猛地坐起来。但那脚步声并没有继续下去，而是停住了，之后再也没听到声响。可能她是坐了下来。只要不是往走廊的方向去就好。留灯又一次躺下，睡意全无，只能盯着天花板看。三楼他从未去过，他记得进三楼的楼梯口处有一扇门，平日都是关着的。那雅楠跑上去，一个人待在那里不害怕吗？如果现在他跟着上去，会不会吓她一跳？还是算了，她本来就讨厌自己，何必自讨没趣。天真的凉了，从窗户缝隙里渗进丝丝缕缕的寒气，盘绕在脖颈间，让人忍不住想打喷嚏。留灯往被窝里钻了钻。

五

　　雅君总让留灯想起兔子，活泼机警，一双小眼睛总是滴溜溜地观察每个人，一有风吹草动，就立马钻到洞里去。所以，留灯从未见过雅君挨过二姑的责骂，她总是一嗅到危险的气息就躲开了。如此说来，雅楠在家里就是一头牛，沉默倔强，低着头只干自己的事情，哪怕二姑骂她凶她，她都要按照自己的想法行事。而雅豪呢，他是尊贵的小羊羔，被二姑和二姑父精心地保护着，虽然嘴上没有说什么，分到每个人头上的东西，比如吃的、穿的、用的，都做到了公平公正，但待久了就渐渐能感受到这一层虚假的公平壳子里大人们难以掩藏的偏心。而雅君和雅楠也心知肚明，她们就像是参与了一场游戏，二姑父分蛋糕时，雅君会嘟囔着说分给自己的少了，分给其他人的多了，但是二姑父这些天提前下班辅导雅豪作业时，雅君却没有闹，她只找雅楠来帮忙解题。她明白这是她要不到的，如果要的话会遭到委婉的拒绝："你弟弟马上要参加市里竞赛了，你问你二姐去。"雅君此时是不敢多嘴的，也不敢委屈，她跟着雅楠站在二楼的走廊背课文。雅楠靠在墙上，雅君站在对面，一边背一边轻轻跺脚，头顶上晒着一大排二姑早上洗好的衣服，鲜暖的阳光照了过来。

虽然是周末，却没有放松的迹象。一大早吃完饭，二姑父急匆匆地带着雅豪去市里参加竞赛，二姑也要去厂里上班，临走前她站在屋场上，冲着雅君说："午饭自己热一下，菜我留在锅里了。"雅君点头道："记得带铅笔刀回来。"二姑挥挥手说知道了，快步地赶公交车去了。雅君靠在栏杆上，高呼道："自由咯！"雅楠拿手敲了一下她的头："背你的书。"雅君兴奋地拍手："我们去看电视！"两人离开后，很快从左厢房传出放电视的声音，随即又无声了。留灯本来坐在客厅看书，等了许久，禁不住好奇心，悄悄地走过去往门里瞥。电视就摆放在靠窗的矮柜上，雅楠和雅君几乎快要贴着电视了，声音调得非常小。说雅君像兔子不为过，她立马扭头问："你鬼鬼祟祟地干吗？"雅楠吓一跳，侧过脸来。留灯本来以为她要骂人，但雅君起身要过来关门时，雅楠拦住：

"你要是实在想看，就进来吧。"留灯本来想推脱说去上厕所，雅君急道："看不看？"留灯随即进了房间，按雅君要求关上了门。

是电视剧，一个女人跟一个男人正在激烈地吵架，由于声音过小，只能看到他们激动的动作和一张一合的嘴巴。留灯问："这是什么？"雅楠与雅君同时回头"嘘"了一声，留灯知趣地闭了嘴，坐在离她们一米远的椅子上。平日电视几乎是不开的，难得几次开，都是二姑父端坐在电视机前看《新闻联播》，天气预报完后，他就关了电视，出去跟在外忙活的二姑说："明天下雨。"二姑回："早听到了。"二姑父就返回去看书。留灯从未在这间房里待这么久，他环顾了一周，在那张大床旁边的小立柜上放着黑色座机，爸爸妈妈已经好久没来过电话了，紧接着一排枣红色的衣柜挨着墙，再往下走是一个带玻璃门的书柜，里面全都是二姑父的书。以前听妈妈说过，二姑父读书很厉害，还读过高中，后来家里实在困难就没有读下去，爱书的习惯倒是留下了。这个家里，二姑父就像是一个隐形人，平日沉默寡言，下班回家后要么坐在雅豪房间辅导作业，要么坐在房间里看书。二姑忙得昏天黑地，也从来不叫他来帮忙。不像是自己的妈妈，在厨房切菜，还要支使着爸爸扫地挑水。他们是在生我的气了吗？留灯又忍不住看了一眼座机，每一个按钮按下去都会发出"嘟"的一声，可是他并不知道爸妈的联系方式，即便能打过去，他们也可能接不到，毕竟流水线上的工作那么忙。

雅君，雅君。楼下一连串的叫声。雅君迅速起身，待要关电视，雅楠说："是美玲叫你。"雅君到走廊上，跟楼下的人说话，不一会儿转身回来："我去跳绳子了！"雅楠叮嘱道："你不要跳得一身汗。"雅君火速跑下楼去。电视剧播完，汽水广告开始了。雅楠没有动，留灯也没有动。电视画面跳闪，留灯没有看，他的目光落在了雅楠身上。她穿着米白色薄外套，深蓝色长裤，干瘦的双手拄在膝盖上托着头。留灯察觉到她的变化，准确地说，是她对自己态度上的变化。她居然允许自己进来坐下一起看电视。这让他惊讶，同时也有点惶恐。这个变化是怎么开始的？他一点头绪都没有。雅君走后留下的空洞，被窗外叽叽喳喳的鸟鸣声、马路那边传来嘀嘀的车喇叭声、隔壁邻居的狗吠声填满。风吹来，走廊上的衣服轻轻摆动，阳光的光斑在窗玻璃上闪烁。雅楠忽然起身说："要是想看你就看，别被发现就行。"她往楼梯口那边门走去。留灯问："你要去哪里？"雅楠停住，白他一眼："你是我妈？"留灯脸红一阵，白一阵，没说话。雅楠口气松了下来："我出去转转，我妈要是回来问起，你就说我去书店了……算了，她不会问的。"

　　等了两分钟，留灯来到走廊上往下看，雅楠已经走到了青果巷，很快就远离了视线。现在只有自己一个人了。留灯激动得直咽唾沫，心扑通扑通跳。他先是跑到了客厅，纵跳了几下，又"啊——喔——哩——哩"乱叫了几声，担心被外面路过的人听到，连忙忍住，随后迅速跑到二姑父的书架前，打开玻璃门，底下是一摞摞杂志，看年份都是十来年前的了，往上的两层是书页泛黄的老书，苏联小说、会计原理、中俄词典、笑话大全、养生秘法……留灯抽出一本《钢铁是怎样炼成的》，翻看第一页，有二姑父的名字和"购于春华路新华书店"的字样。书页很脆，留灯担心翻坏了，小心地放回原处。书架下面带抽屉的柜子，留灯试了试，显然是锁上了，打不开。电视还开着，他坐在雅楠的位置上，电视里的声音勉强能听到，他试着把声音调大，再调大，终于到了清晰可闻的程度。外面传来叮当叮当声，他立即关了电视，弹起来，等了一会儿，那声音走远了，他松了一口气，笑自己太胆小。

起初的兴奋劲儿过去后，留灯感觉到无聊。他关了电视，先到走廊上吹了会儿风，又去客厅里看了会儿书，忽然想起钥匙的事情，又火急火燎地在二楼和一楼都翻找了一遍，还是没有找到。他又一次上楼，站在二楼楼梯口，听到门吱呀吱呀响，循声看去，原来是三楼的小门。前几天夜里雅楠上去过，待了不知多久，后来他醒过来时，人家又一次睡在了床上。三楼究竟有什么，才会让雅楠偷偷跑上去？留灯一边想着一边往上走。推门进去扫了一眼，不像是下面两层，三楼没有做任何装修，红砖墙裸露，在客厅的水泥板地面上满是断了一只腿的椅子、破了一角的塑料桌、脏污的床垫、十几年前的一大摞报纸、老鼠屎、破风筝……往右边房间看，也一样是乱堆的杂物，留灯觉得没什么意思，正待要走时，忽然注意到靠窗的位置搁着一个黑皮沙发，靠近瞧，裂开的沙发垫子绽出内里的海绵，不过相比其他物件上蒙着灰尘，它还算是干净。他坐下来，看向窗外。太阳西移，阳光收起，絮状云一条条横在蓝天上。

雅楠那天晚上就是坐在这里的吧，正下方恰好是自己睡觉的地方。留灯摩挲着沙发扶手，上面的黑皮剥落了不少，他不敢多摸，怕掉落一块新皮会被发现。他有一种小偷闯进别人家里的感觉，既兴奋又害怕，甚至有点跃跃欲试，想翻出一些了不得的东西来。沙发后面是一堆捆扎好的棉花秆，侧面靠墙的是两个装满杂物的纸箱子。环顾一周，没有什么好翻的。留灯怕雅楠会突然回来，起身要走，却踢到一样东西，捡起来一看是一支圆珠笔，蹲下来再看，在沙发靠里的地方还有撕碎的纸片，不像是老鼠啃的，从撕痕上可以判断是人为的。把沙发往后推了一下，有更多带字的碎纸片，这张上有一两个字，那张上有三四个字，拼凑不起来。再推开一点，一个墨绿色塑胶皮外壳的本子出现在眼前，比手掌略大一点，翻看第一页，只有一句话："谁要偷看烂眼珠子！！！"一看是雅楠的笔迹，哪怕是咒语，写得也极工整。一开始十几页都是抄写的歌词，雅楠平日在耳机听的都是这些歌吧；再往下看，是各种课外知识，最高的山、最深的海、最长的河流、最大的沙漠……每一个问题后面跟着一个正确的答案；再往后翻，是几十页的日记。

六

1986 年 5 月 3 日　　　　星期六　　　　晴转多云

送妻丽蓉到县中心医院，预产期就在这几日了，心里颇紧张。回家拿衣服时，母亲已经炖好鸡汤，让我一并带过去。雅娟懂事，小小年纪能帮母亲烧火了，深感欣慰。走之前，母亲说："这胎看样子是个男孩儿。"我回不清楚。母亲坚持说："我去庙里问过菩萨，就是男孩。"我应付了几句，匆匆走开。母亲的心意，我是知道的，心理压力很大。回到医院，丽蓉没喝几口汤就说喝不下去，躺下来睡觉得难受，坐起来也不舒服，脸色也差。心情更添一分压抑。

希望孩子早日出生，丽蓉也少一分磨难。至于是不是男孩，就看天意了。

1986 年 5 月 5 日　　　　星期一　　　　多云转小雨

今天本来不想写日记了，还是抽空记一笔吧。妻丽蓉今日上午十点零八分，产下一女。唉，又是女孩。生产时，母亲带雅娟也来到医院等候。听闻是女孩后，母亲没有进去看一眼丽蓉和孩子，就带着雅娟走了。丽蓉知道是女孩后，躺在床上默默流泪。护士把孩子抱给她看，她也不看。只有我抱着孩子，看她小小模样，好生心疼。她哭闹起来，丽蓉让我抱走，她需要休息。

下午到晚上，一直在下雨。

1986 年 6 月 18 日　　　星期三　　　中雨转小雨

忙乱了一个多月，日记也荒废许久。这段时间一直心情不好，又无人诉说，只好写写文字打发了。二女雅男归家后，每日每夜啼哭，让人难以成眠。妻丽蓉产后，身子一直不见恢复，也无奶水，只好请同村的志玲帮忙喂奶。丽蓉脾气大变，易怒，易骂人，稍微有不到之处，就会发火和哭泣，任我如何宽慰都无济于事，实在是烦闷！

我因为白天要上班，让母亲前来照顾丽蓉和雅娟、雅男。丽蓉和母亲个性都强悍，两人向来处不来，我夹在中间，好生为难。但现在实在没有办法，工作和家庭，实难兼顾！下班回家，要面对的是一个可怖的境地。母亲和丽蓉白天常有拌嘴，丽蓉不吃饭，母亲又生闷气。雅娟一身脏，也无人管。雅男嗷嗷大哭，听得让人心焦。真是想逃开不管！却只能硬着头皮走进去。

晚上在厨房洗碗，母亲过来跟我说："你爹跟我托梦说，一定为张家留条根，不能绝后了。这是你爹去世前一直都放不下的遗愿。"我说丽蓉这个身体情况不能再生了。母亲说:"养养就好了。"我没有话讲,就觉得空气凝重,让人无法呼吸。母亲又说:"可以把雅男送走。"我问她送到哪里去,她说:"望湖镇那边有一家没有子女的,我去问清楚了,送到那里没问题。"我不知道说什么好。心里很乱。

雅男又哭了,就此搁笔吧。

1986 年 11 月 30 日　　　星期日　　　晴

妻弟建成小儿满月酒,特去送贺礼。丽蓉身体不佳,在家休养,我带雅娟和雅男去建成家。雅娟有做大姐的模样了,懂得如何照料雅男。雅男亦乖,不像平日那么哭闹,我对她有愧疚,她满月时,我提出办满月酒,丽蓉拒绝,我也只好作罢。

建成小儿名字颇有意思,叫留灯,留乃辈分,何以取"灯"字?建成说他命中缺火,所以取"灯"。是个雅名字。雅男的名字,不好,但是母亲坚持用"男"字,我懂她的意思。我心里虽然不愿,但终究是个懦弱之人,听从了母亲。有时我也希望雅男是个男孩,这样无论是母亲,还是丽蓉,当然还有我,都会省事很多。不过这样想,的确太自私。

吃席时,有人提议:"建成这边缺个女儿,你家女儿又多,不如送一个给建成家。"我敷衍过去。雅娟人小心细,说:"我不要被送走!"那人开玩笑说:"那就送你妹妹。"雅娟又说:"我妹妹也不行！"刚说完，就哭了起来。在场的人都纷纷笑起来，这让我很难堪。

吃完席回家坐车，本来已经平静的雅娟又哭起来，问她原因，她说："我不想被送走。"小孩子真的什么都明白啊！我安慰她不会被送走的，她才不哭。

疲倦的一天。

1987年3月3日　　　星期二　　　多云
雅男发烧三天，今天终于退烧了。记一笔。

1987年4月13日　　　星期一　　　晴
今日回家，一大高兴事发生。一回家，雅娟兴奋地跑来告诉我妹妹会说话了，我还不大信。雅娟发誓说她听到了。抱雅男在房间走动，雅男嘴里叽里咕噜不知在念什么，但也不是说话。到晚上八点左右，雅男忽然说"爸爸"，我以为是自己听错了，过来一会儿，她又叫了几声"爸爸"，眼睛看着我。这让我心情大好。我去告诉丽蓉，丽蓉说："前几天就会叫妈妈了，你不知道而已。"看来我错过了雅男的重要时刻，而丽蓉看起来也没有我这样高兴。

丽蓉不喜欢雅男，甚至可以说讨厌她，这让我担忧。雅男一直吃着别人的奶，后来改换奶粉。丽蓉也不像当年照顾雅娟那样用心照顾雅男。我也不好批评丽蓉，只好尽量对雅男好一点。这段时间，我发现雅男手臂有瘀青，这让我很担心。不知道是不是生病了。先观察两天再看看。

1987 年 4 月 18 日　　　　星期六　　　　多云转雨

现在写的时候手还是有些发抖，心情之差，让人想大喊一气。

今天上午带雅男去医院，她这段时间，手臂、背部、大腿内侧，时常有瘀青。跟我相熟的卢医生仔细看过后，认为是手掐所致。他提醒我说："应该是有人不断地掐她，才会有这样的瘀青。"我听完，大为惊讶。拿了药膏回来后，本来想跟丽蓉说，但我觉得她有嫌疑，虽然我不愿意如此想她。私下问雅娟，雅娟支吾半天，才说："是妈妈掐的。妹妹一哭，她就打妹妹屁股，掐她身子。"怎么会有这样的母亲！这让我又震惊又气愤！

丽蓉下班回家，气色很不好。本来想说她，也说不出口。她自从生完雅男后，身体一直欠佳，脾气也坏了很多。平日我都让着她，但这样对待雅男是不行的，我终究还是忍不住跟她心平气和说以后不能这样。丽蓉这次没有发脾气，反倒是突然哭起来。她掐自己胳膊，掐自己大腿，把雅娟都吓哭了。我过去阻拦她，她也不肯停。我死死按住她的手，她就头往墙上撞。要不是雅娟机灵，去喊来隔壁的清芳嫂子过来劝，这一场闹剧不知道何时才能结束！

这样的日子什么时候是个头啊！

1987年5月5日　　　星期二　　　多云

今天是雅男一周岁生日，给她买了鸡蛋糕。早上跟丽蓉说，要不要一起去老屋看孩子，她本来说好，临出发前又说不去了。我不懂她怎么想的。为了避免她再次伤害雅男，我只能把孩子送到母亲那边照料。也没见她想念过孩子，搞不懂她。

去老屋那边，雅男躺在地上哭闹，鼻涕眼泪一把，身上衣服滚得很脏。我抱起雅男，她抽抽噎噎，让我非常心疼。母亲在后面三婶家打雀牌，孩子哭得这么大声，她不管不顾，我也不好说她。毕竟是我有求于母亲。

吃完鸡蛋糕后，雅男靠在我身上睡着。母亲回来做饭，跟我说话，我没有理会。母亲生气地说："你要是赌气你就回家，你把这个好哭鬼扔到我这里，我每天都睡不好觉。"

僵持到午饭时间，跟母亲说起丽蓉怀孕的事情，所以雅男还得继续寄放在她这里。母亲兴致很高，连说没问题，又问这次会不会是男孩。我心生厌烦，没有理会。母亲这回也不恼，让我带只鸡回去给丽蓉吃。

临走时，雅男还没有睡醒。

1987年7月8日　　　星期三　　　多云

雅男拉肚子，请假带她去看医生，医生说要注意饮食，不能吃腐坏食物。送她回母亲家。母亲不在屋，估计去打牌了。陪雅男玩了半晌，母亲回来，跟她交代医生的叮嘱，母亲说没有给雅男吃不好的东西。我不好多说什么。记一笔。

1987年8月16日　　　星期日　　　晴

忙乱的一天。雅娟发烧，雅男也发烧，两边跑动，苦不堪言。

1987年9月5日　　　星期六　　　小雨

跟春华兄借钱，好在他慷慨，极大缓解我的焦虑。家里处处要用钱，丽蓉时常呕吐，雅娟上学，雅男又总发烧，真是捉襟见肘。借完钱回来的路上，忍不住找个角落哭，不能让人看见。我真没用。没用。没用。没用。没用。没用。没用。没用。

1987年10月1日　　　星期四　　　晴转多云

国庆节，母亲带雅男来家吃饭。雅男已经认不出丽蓉是妈妈了，让她叫，她扭头哭。丽蓉生气骂她，雅男哭得更凶。我怀疑母女二人上辈子是仇家。过一会儿，母亲与丽蓉又开始拌嘴，母亲担心上头有人会来找麻烦，要赶紧找个地方躲起来，丽蓉说反正也不想生。两人争吵时，雅男又哭，母亲打她一耳光。我过来把雅男抱到厨房，继续做饭。

我是个没用的人。

1988 年 4 月 2 日　　　星期六　　　多云

我的第三个女儿出生，时间是下午两点零三分。记一笔。

1988 年 5 月 5 日　　　星期四　　　小雨

雅男两岁生日。忙得没有时间过去，身体昏沉沉的。

1989 年 3 月 22 日　　　星期三　　　晴

又荒废许久。病了十几天，咳嗽、头疼、胸闷。岳母过来帮忙照料丽蓉和三女雅君。雅男又发烧，过不去，让母亲带到诊所去。

快没钱了，向谁借？苦恼。

1989 年 3 月 24 日　　　星期五　　　多云

建成听闻我生病的事情，前来探望。问及留明留灯，建成说："留明成绩还可以，留灯特别调皮，喜欢在家里搞破坏。"他也细心，给我家三个孩子都各自带来了礼物，雅娟和雅君她都见着了，问及雅男的情况，我趁丽蓉走开的时候告知他说不是太好。我这边孩子太多，丽蓉又身体不好，我很难兼顾得到。建成提议道："我家只有男孩，没有女孩，可以收雅男做女儿，会当宝贝来心疼。"看来此次建成来看我是假，想说这事是真。

建成走后，我跟丽蓉商量此事，丽蓉没有意见，母亲那边早就想送人了，肯定也没有意见。我心里忽然松弛了很多，雅男如果能成为建成的女儿，会比在我家幸福很多。但雅男毕竟是我的亲生女儿，我这样做会不会太自私？她小小年纪，就要被送走，以后长大了会不会怨恨我和丽蓉？我不敢深想。

咳嗽又加重了。睡不着觉。

1989 年 4 月 9 日　　　　星期日　　　晴

今天送雅男去建成家。雅男很高兴，母亲难得地做了一顿好吃的给她，还买了新衣服。丽蓉没有来。

到建成家后，见到留灯，果然如建成所讲，活泼好动，跑来跑去，见到雅男就扯住她新衣服不放。建成笑说："他们一见面就这么熟了，以后应该可以好好相处。"

吃完饭临走时，本来在跟留灯玩耍的雅男忽然起身要跟我走。我跟她说："我给你买好吃的去，待会儿就回来了。"雅男听信了我的话，又跟留灯去玩了。当时，我眼泪差点落了下来。建成催我赶紧走，否则就更不好走了。我只好匆匆逃走。

回来的路上，心非常痛。

我对不起我的孩子。

1989 年 4 月 16 日　　　星期日　　　阴转多云

今天去建成家接雅男。原本以为雅男在建成家会待得很开心，没有想到她一直哭闹不停，又加上留灯老是推她打她，跟她说："你怎么还不回去啊？你怎么老是赖在我家？"建成一家这几天没有安生过。没办法，看来雅男跟建成家没有缘分。

把雅男送回母亲那里，母亲已经提前知道了，脸上都能看出来不高兴。但是我实在没有办法带回家，丽蓉是个随时会炸的人，又加上雅娟和雅君要照顾，只能对不起雅男了。我走时，雅男过来拉我的手，不让我走。我没办法，让母亲把她抱走。雅男又哭，我又一次逃走了。

我对不起我的孩子。

七

日记到此就结束了，看笔迹，还是雅楠的。留灯推测她可能是从二姑父原来的日记里摘出关于自己的部分，一个字一个字抄了下来。有些地方字迹模糊不清，像是被水浸润过又干掉了。那原来的日记本在哪儿呢？留灯忽然想起那个书架下面锁着的抽屉，会不会藏在那里？雅楠会不会跟自己一样，趁着无人之时，偷偷翻看大人们的东西呢？留灯越想越觉得有这个可能性。他想象着雅楠一个人在屋子里转悠的样子，油然升起一阵同谋者的兴奋感。再往后的显然已经被人撕掉了，只留下纸茬子。留灯把那些碎片拢到一起，尝试拼接了一下，渐渐地能看出一些完整的句子来。唉，又是女孩。我是个没用的人。我对不起我的孩子。唉，又是女孩。逃走。女孩。唉，又是女孩。没用。对不起。拉我的手。你怎么还不回去啊？女孩。女孩。女孩。唉，又是女孩。留灯听到楼下有人语声，赶紧把本子放回原处，字片再次撒到相应的位置，最后把沙发推到最开始的地方。刚溜回二楼房间，楼下就传来叫声："二姐！二姐！"很快随着咚咚咚上楼声，房门推开，雅君探头进来，见是留灯，问："我二姐呢？"留灯回："她说她去书店了。"雅君立马转身跑走："去书店也不叫我！我找她去。"

又一次安静下来，唯有阳光里的灰尘在舞动。留灯躺在床上，看一会儿书，心里总感觉堵得慌。他又跑到走廊上走动，还是憋得难受。唉，又是女孩。这句话一直追着他不放，走到哪里跟到哪里，甩都甩不掉。他再次回到床上，捂住被子。留灯老是推她打她，跟她说："你怎么还不回去啊？你怎么老是赖在我家？"他一点都不记得自己说过这样的话，也不记得雅楠寄养在自己家里的事情。那时候我还太小。雅楠，我不是故意这样对你的。唉，又是女孩。我终于知道了你为什么对我爱理不理。女孩。唉，又是女孩。我也知道了你为什么在这个家里总显得格格不入。我在这里也格格不入。"你怎么还不回去啊？你怎么老是赖在我家？"我没有办法。我回不去。妈妈。我回不去。我没有回家的钥匙了。我丢了我的钥匙，妈妈。唉，又是女孩。我妈妈一直想要个女孩。雅楠，你本该可以做她的女儿。我也成了他们中的一员。但我真的不记得了。女孩。女孩。女孩。唉，又是女孩。妈妈，我想回去了。妈妈，妈妈。我没有钥匙了。妈妈，妈妈。

"妈妈。"留灯伸出手，去够妈妈的手。"留灯！留灯！"他的手被握住了，暖暖的，紧紧的。睁开眼看去，二姑的脸浮在上面，留灯立马醒了过来。"你怎么哭了？"二姑关切地问道。留灯坐起来，有一片刻是恍惚的，脸上的确有泪痕。"你是不是想家了？"二姑坐在床畔，摸摸他的头。留灯很羞愧，低下头看二姑一直握着的那只手，粗糙黝黑，一只干惯了粗活的手。"你收拾一下，我给你做午饭去。"二姑说完，就下去了。太阳已经挪走了，房间里阴阴凉凉。不知道何时就这样睡着了，枕头上都濡湿了一片。到了厨房，二姑正在煎蛋饺。"你先吃，我再做几个。那两个不知道跑哪里去了。"留灯坐下来，说："二姑，你不是要上班吗？"二姑回："你爸妈寄了东西来，中午反正没事，我就拿回来了。"留灯兴奋地问是什么东西，二姑让他先吃完再说。蛋饺煎得刚刚好，吃起来十分可口，忍不住就吃完了一盘，二姑又端上了一盘。留灯偷眼看二姑，她略胖的身躯，行动起来却十分敏捷，跟日记里那个身心俱疲的"丽蓉"简直判若两人，跟狠狠责骂雅楠的那个妈妈也不像是一个人。这实在太让人困惑了，不知道哪一个才是真的二姑。

妈妈寄来了过冬的衣服，还有一封信。

灯儿：

第一次给你写信，妈妈还有点手笨，好久没有拿笔了，字也歪歪扭扭的，你不要笑妈妈。爸爸也在我旁边，他也很想你。

想问你好不好。有你二姑和二姑父在照顾，生活上我不担心。你是个心思细腻的孩子，就怕你心里不开心，又碍于不是在自己家，憋在心里难受。妈妈每回想到这里，就特别担心你。上次打电话过来，你不肯跟我和爸爸说话，我心里很难过。我知道你对爸爸妈妈的离开，心里不开心。家里的情况，你也看到了，你哥哥和你念书，房子破破烂烂需要重盖，都需要钱。实在是没有办法的事情。希望你不要怪我们。

我和你爸爸上班的这个工厂，环境很好，你爸爸开叉车运货，我在流水线上，每天也很忙，有时候也要加班，但能挣到钱，心里还是很开心的。你不要担心我们，好好念书，好好听二姑二姑父的话，听老师的话，争取考个好学校。这样我们在外面也有个奔头。

冬天快来了，趁着放假，我和你爸爸给你买了几件过冬的衣服，你要记得穿。不要惹二姑二姑父生气，也不要跟你的表姐表妹表弟闹脾气。好不好？

　　下次打电话过来，你要多多跟我和你爸爸说说话，我们出来一趟打电话也不容易。

　　爸爸让我加一句话：不要跟坏学生去上网打游戏。

　　就写到这里了。

　　　　　　　　　　　　　　　　　妈妈　　爸爸

　　信的落款处，爸爸和妈妈各自留下了自己的签名。留灯一点点折好信纸，塞到信封里。二姑把衣服从包裹袋里取出，让他试一下衣服，有点偏大。二姑笑道："你妈心细，知道你在长个子，过不了多久就刚刚好了。"衣服上有好闻的香气，一定是妈妈清洗晒干后才寄来的。"雅君，你鬼头鬼脑的做什么？"二姑问完，雅君跑过来，又转头冲着外面喊："二姐！你也来看看啊。"见没有回应，雅君又转身跑出，拽了雅楠来。留灯没有转头，他透过穿衣镜，看到雅楠靠在门口往这边看。雅君过来摸摸床上的新衣服："有我的吗？"二姑瞪他一眼："过年不是给你买新衣服了嘛！"雅君瞥了一眼留灯，又问："他是要回去了吗？"二姑举手作势要打："你再乱说话！"雅君迅速逃到雅楠那里。二姑问："你们跑哪里去了？不吃饭了？"雅君回："我们吃过了，二姐买的。"二姑问："哪儿来的钱？"雅君待要回答，被雅楠一把拽走了。

八

二姑一直催留灯回信，留灯却不知该如何写起。他在家里时写过信，不过从来都不是自己要写的。哥哥留明每回寄信回来，爸爸妈妈让他读，读完后，就让他坐在饭桌前写回信。爸爸一边搓麻绳一边口述，有时候妈妈在门口脚盆里洗衣服，也要补上几句。留灯还记得堂屋里的光昏昏暗暗，他必须低着头离信纸很近地写。有时爸爸说一句，妈妈补上一句，有时妈妈说一句，爸爸说："这个提它干嘛！"两人便你一句我一句地拌起嘴来，留灯看一眼爸爸，又看一眼妈妈："那我要写哪一句？"爸爸说："写我那句！"妈妈不甘示弱："我那句要写！"留灯就写上"爸爸说……妈妈说……"哪边都不得罪。写好了信，留灯站起来念。爸爸说："我那句说得不好，改一下吧。"留灯不乐意了，说："我还要写作业呢！"妈妈说："别为难他了。"于是继续往下念。留明的信常常写得很长，结尾总是要钱，爸爸说："大手大脚地乱花钱，当我们的钱是抢来的啊！"妈妈那边已经在准备衣服、小吃，准备连信一起寄走。这回轮到自己来写信，他最想写的是："你们快回来，我想回家。"但二姑在旁边，他不敢这样写。

一天早上，二姑又说起信的事情，她说："我其他东西都打包好了，就等你写完信，一起寄过去了。"留灯不敢吭声。坐在一旁的二姑父说："要不我来回一封信吧！留灯有什么话，我加在里面好不好？"留灯抬眼看过去，二姑父正等着他回应，他慌乱地说好。等他收回目光时，瞥了雅楠一下，雅楠回应了那一眼，又低头去夹菜。吃完饭，到二楼卧室，二姑父掏出一大串钥匙，找出其中一把，走到书架前，弯腰开了下面的抽屉。留灯瞟过去，见一大摞笔记本整整齐齐地码在里面，这些会不会就是他过去的那些日记本？如果是的话，雅楠又是怎么打开抽屉拿到的呢？正想着，二姑父已经拿出一沓信纸和一支钢笔，端坐在电视旁边，默想片刻，开始动笔写。他的字迹刚劲有力，不一会儿就刷刷刷写了半页纸。他过去写日记时，应该也是这副模样吧。留灯感觉背后有动静，回头是雅君探出半个头看向自己这边，他预感雅楠就在他身后，因为雅君总是扭头去招手。渐渐地，雅楠的半个头也凑过来，见留灯盯着，也没有回缩，反而是把目光落在了二姑父身上，而二姑父浑然不觉。

　　信写完，二姑父看样子很得意，他拿起信纸默念了一遍，点点头："很多年没有写信了，都生疏了。"留灯说："字好看。"二姑父笑道："我当年读书时，黑板报都是我写的。那时候也是个文学青年啊！还在报纸上发过文章呢！"说着，他从抽屉里拿出一张发黄的报纸，指给留灯看："我的名字，看到了没？"雅君忽然跑过来说："我也要看！"二姑父把报纸递过去，雅君兴奋地说："果然是爸爸的名字！二姐，你快来看啊！"雅楠靠在门口没有动，二姑父招招手："你过来嘛。"雅楠往外看看，确认没有其他人，这才慢慢地过来。雅君把报纸递给雅楠，雅楠看了一眼，又还了回去。雅君说："爸爸字真好看！"二姑父听得越发高兴了，在纸上写下："张雅君好好学习。"想了想，又写："张雅男天天向上。"雅楠突然说："是楠木的楠。"二姑父一愣，连忙说："对对对，忘了你改这个字了。这个改得好，楠木是珍贵的树木……"说着，他又重新写道："张雅楠天天向上。"雅楠说："这个能送给我吗？"二姑父说好，把纸递给雅楠。雅楠拿在手中，认真地看了片刻，才慢慢叠好，放在口袋里。

留灯忽然说："雅楠的确很向上，这一次月考她是全年级第三名。"雅楠惊诧地看过来，留灯没管。雅君说："二姐，你怎么没说！"雅楠略扬起头，淡淡地回："有什么好说的，一次考试而已。"二姑父点头道："这个我知道的，我问过你们班主任。雅楠一直很会念书。"雅楠抿抿嘴，一只手盘弄着雅君的发梢。雅君嘻嘻笑："二姐，你……"雅楠忙拍一下她的头："就你多嘴！"二姑父笑笑，又转向留灯："不过你有点偏科啊，数学要加强。雅楠我其实不担心的，倒是你还得加强基础。你班主任提到你是个很乖很努力的孩子，成绩方面要讲究方法……"留灯深感意外，与此同时心里又涌起一股暖流。二姑父看看他，又看看雅楠："你们要相互督促学习才是，毕竟是表姐弟。知道吧？"雅楠哑着声说了声好，留灯也说知道。二姑父站起来，从抽屉里拿出三个墨绿色硬皮本："我过去没有用完的笔记本，都是没有写过字的，你们一人一本。写写日记、笔记什么，随便你们。"三人接过后，二姑父起身把剩下的信纸放回抽屉，锁好："我去寄信了。你们玩去吧。"

二姑父走后，雅君兴奋地拿着本子跑下楼要给雅豪看，房间里雅楠和留灯各自站在原地，留灯不安地咕哝了一句："我去看书了。"雅楠忽然问："你为什么要说？"留灯停住道："什么？"雅楠手摸着本子的外壳："考试的事情。"留灯耳根子发烫，没有说话。沉默片刻，雅楠说："嗯……谢谢哦。"刚想走开，留灯鼓足勇气说："雅豪去市里竞赛得了个优秀奖，二姑就做了一大桌子菜，高兴坏了。你明明考得也很好嘛，他们为什么就没有表示呢？我不服气！"雅楠笑了笑："所以你是要给我打抱不平？"见留灯没说话，叹了口气接着说："我习惯了……说和没说，没什么区别。考得好，是应当的。考不好，他们也不在意。"留灯忙说："二姑父不是知道吗？"雅楠点头说："所以说还是要谢谢你，要不是你这么一说，我也不知道他知道……"一时间，两人又陷入了沉默。雅楠走到桌前，把二姑父没有收起来的钢笔夹在自己的本子上，随后发怔了许久。留灯假装没有看见，悄悄地走开了。

九

球状闪电，极光，幻日，幻月，爱尔摩火，海市蜃楼，地光，流云，雷达副波，反常折射，散射，多次折射，照明弹，信号弹，信标灯，降落伞，秘密武器……留灯在二姑父送的本子上每抄写一个名词，都会有一种莫名的兴奋感。二姑父不知是否感知到了留灯在书架上流连的目光，有一次留灯在房间里写作业，他拿了一摞《科幻世界》来："你以后要是想看，自己去拿就好。"二姑父一走，雅君奔过来："我也要看！"雅楠坐在床上喝道："又不是给你的！"雅君冲着留灯一笑："我可以看吧？"留灯忙说好。雅君拿了两本过去，扔给雅楠一本，雅楠说："我才不要看。"雅君说："你看这 UFO 多好玩！外星人好丑哦！"留灯感觉到了空气中的松动，过去他与这个家隔着一层透明的玻璃罩，虽然在一起生活，但他们是他们，我是我，现在雅君也好，雅豪也好，都很自然地跟他说起话来，二姑父也会来检查他的作业。雅楠虽然还是冷冷的，去学校的路上，也依旧保持着相当的距离，依旧无人知晓他们的关系，但那种坚硬感已然消弭。这些都让留灯绷紧的神经松弛了下来。

留灯留意到雅楠也在用本子。他在后排偷眼看她，同学们在旁边嬉闹，而她静静地坐在位子上，用那支钢笔在本子上写字。前排有女生跟她说话，她笑着回应，双手自然地盖住本子。女生转过身，她继续往下写，写着写着看向窗外。几场秋雨过后，操场旁边的香樟树叶子落尽，只露出光秃的枝丫刺向天空。大喜鹊蹲在双杠上，腾地一下飞走，一排水珠从铁杠上扑簌簌坠下。天气冷了，也不敢多在外面走。放学后，坐在公交车上，沿边的路灯一团团光流过雅楠的头发，又滑到自己这边来。有时候公交车只有他们两个人，雅楠从不看后面，她戴着耳机，依旧看向窗外。她居然有了新的耳机？不知道是不是二姑后来给她买的。到站后两人下车，雅楠走在前，他隔一段距离跟在后。雅楠可能意识不到自己哼出声来。啦啦啦——哦哦——啦啦啦——没有人——哦——可能会得救——哦哦哦——是吗——啦啦啦——是吗。留灯忍住笑。反正到了夜晚这个时刻，也没人出来。秋风吹起，巷子里的水洼泛起涟漪，落叶堆在墙角。是吗——哦哦——是吗——我问你——我问你。

临到家门口，雅楠收声，把耳机盘好塞到书包里，等留灯过来。两人并肩走了一段短短的路，以免大人们老问他们为何不一起回。两人形成默契，谁也不说话，走路的声音渐渐合拍，进了家门，雅楠上楼，留灯直接去洗漱，留灯上楼后，雅楠换好衣服再下去洗漱。都忙完了，各自躺在床上，翻看《科幻世界》。雅君不耐烦看，要雅楠讲。一开始雅楠不耐烦讲，留灯说我来讲吧。讲着讲着，雅楠打断道："这里不对，我记得不是这样的。"留灯回道："哪里不对？"于是翻看那一期，一比对果然是雅楠记得没错。很自然的，雅楠接着讲起来了。留灯插话道："那艘飞船型号不对！"又翻看，这回留灯对了。两人轮番讲着讲着，雅君顶不住瞌睡，不一会儿睡着了。两人相视一笑，也不说话。二姑和二姑父都轮班到夜里，还没回来。雨又一次下起来，淅淅沥沥，偶尔几滴斜斜敲打在窗玻璃上。雅楠说："关灯睡了。"留灯说好。夜色重新弥漫开来，雅君的磨牙声又一次响起。半睡半醒之间，留灯感觉有人给他掖被角，窗户也重新关好。等那人稍稍走远，他偷偷睁眼，瞥见二姑到了那边床，把雅楠和雅君的被子也掖好，然后悄悄地出去，关上门。紧接着，听到客厅窸窸窣窣的走路声、扫地声、整理书本声，之后是二姑父过来小声地说话："太晚了，休息吧。"二姑说："雅君的校服我熨一下，太皱了。"这段时间二姑一直回来得晚，厂里可能在赶活儿。

清早起来，二姑已经买好了早餐，放在锅里温着，而她跟二姑父都已经上班去了。大人们不在，雅楠开始显露出在学校里的那一面。她和雅君打闹，从楼上追到楼下，又从左厢房奔到右厢房。雅豪抱怨道："吵死了，我还要写作业！"雅楠扑哧一声，笑道："那几个题，简单得要死！你还做不出来！"雅豪握紧拳头，喊道："我会做！"雅楠不屑一顾地扭头走开，坐在堂屋哼起歌来。啦啦啦——哦哦——啦啦啦——没有人——哦——可能会得救——哦哦哦——是吗——啦啦啦——是吗。雅君也学会了，跟她一起合唱。哦哦哦——是吗——啦啦啦——是吗。雅豪捂着耳朵越说难听，雅楠雅君越发大声地唱。雅豪说："等爸妈回来，我要告诉他们！"雅楠立马起身走到雅豪房间门口，警告道："你敢！"雅豪委屈地瘪瘪嘴，不敢吭声，埋头继续做题。

过一会儿，他们正在楼上说话，雅豪跑了上来："我要跟你们一起玩！"雅楠问："你不住你的大房间了？"雅君有样学样地问："你不怕我们影响你学习了？"雅豪小声说："我一个人在下面很害怕。"雅楠说："好吧，那你把他们偷偷留给你的东西拿给我们吃。"雅君说："对，我看到了，就藏在那个书桌第三个抽屉里，还以为我们不知道！"雅豪急忙辩解："是奶奶不让我说的！"雅楠声音大了起来："奶奶对你这么好，你跟奶奶玩去啊！"雅豪着恼了："奶奶不要你了，你才回来的！"雅楠腾地一下奔过去，拧着雅豪耳朵："你听好了，不要惹我。"雅豪疼得眼泪都出来了，雅君怯怯地喊了一声："二姐……"雅楠这才松开手，猛地推了雅豪一下："你回你的房间里去啊！这里不要你了！你回去啊！"雅豪跌倒在地，哭了起来。雅楠还是不解气："你告诉他们去啊！让他们打我啊！你这个告状精，好哭鬼！"雅君吓得愣在那里，往留灯这边投来求救的目光。留灯硬着头皮过去，把雅豪扶起来，然后对雅楠说："他们要回来了……你消消气。"雅楠眼眶湿润，胸口剧烈地起伏："受够了！"说完，径直往楼下跑去。

留灯在青果巷追上了雅楠，但是他不敢太过靠近，默默尾随。出了巷口，雅楠往学校相反的方向走去。路面空旷，几只流浪狗慢慢腾腾地穿过马路。偶尔有摩托车，轰的一声从身边掠过，吓人一跳。走了有半个小时，雅楠停住，留灯也停住。雅楠回头问："你干吗跟过来？"留灯小声地回："天太晚了，回去吧。"雅楠立住，定定地看望虚空的一点："烦。"留灯走来，跟她并肩："我明白。"雅楠"咦"了一声："你明白什么？"留灯没回答，忽然说："二姑恐怕又要骂你一顿。"雅楠淡然地说："我就是她的出气筒。她谁都不骂，就骂我……其实，我没比你早来这个家多久。你九月份来的，我七月份来的。我在我奶奶那里一直待到小学毕业，然后我奶奶说你该回去了，我就回来了。到了这个家后，我妈就没给过我好脸色。我一直搞不明白她为什么这么讨厌我。"说到这里，雅楠苦笑了一声："家里孩子多的，像我这样的老二都是最不招人待见的吧。我妈苦不苦？她苦，我知道。她有苦没处说，就发泄到我头上。"留灯点头道："我明白。"雅楠又"咦"了一声："你真明白，还是假明白啊？"留灯沉默片刻，说："太冷了，我们还是回吧。"

寒气一点点地沁入身体，留灯双手抱胸，雅楠也跟着做同样的动作。两人跺着脚往家里走，远远地听到有人喊自己的名字。雅楠，留灯。留灯，雅楠。留灯问："那是二姑父吧？"雅楠点头说是。二姑父还穿着厂服，可见出来时的匆忙，见到雅楠和留灯后，这才松口气："真是的！怎么走这么远！"雅楠没有回应，留灯说："就出来透透气。"二姑父打量了两人一番："人没事就行。赶紧回吧。"雅楠和留灯走在前面，二姑父跟在后面说："以后可不要这样了！出了事情怎么办？"留灯连说知道了，雅楠始终沉默以对。到家后，二姑还没回，二姑父说："她往学校那边找你们去了，我去找她。你们快去洗漱吧。"临走时，二姑父想了想，对雅楠说："今天的事情过去就过去了，你不要再惹你妈生气了。知道吧？"雅楠低头，小小地"嗯"了一声。二姑父伸手想拍拍她肩头，雅楠躲开，转身往楼上去。二姑父讪讪地收回手，对站在一旁的留灯说："还好有你跟着她。"等二姑父匆匆离开后，留灯上楼进了房间，雅君贴着雅楠坐在床畔。留灯说："你们先去洗漱啊。"雅楠说："你先去吧，我……"雅君打断道："二姐在笑哎。"雅楠故意绷起脸："我哪有！"雅君手指雅楠的脸："你看！嘴角都翘起来了，还说没有。是不是有什么高兴的事情？"雅楠挥手说没有。留灯见无事，下楼洗漱去了。

十

入冬后的第一个周末，下了一场雪，留灯穿上了妈妈寄来的羽绒服后，并不觉得很冷。二姑父在屋场铲雪开辟出一条通道来，附带堆了一个雪人。雅君在雪人的脸上插上一根胡萝卜当鼻子，雅豪用两个瓶盖做了雪人的眼睛。雅君往楼上喊道："二姐！留灯！快下来！剩下的靠你们啦！"雅豪也跟着喊："二姐！留灯！留灯！二姐！快下来！"雅楠和留灯也把作业扔到一边，跑下楼。雅楠找来两根棉花秆，分别插在雪人两侧当手，而留灯给雪人戴上了毛线帽。雅君兴奋地拍手道："给它取个名字吧！"雅豪说：

"雪儿怎么样？"雅楠撇嘴道："他这么丑，肯定是男雪人！就叫他大宝吧！"雅豪讨好地点头说："那就大宝！"雅君跟着喊："大宝！大宝！丑大宝！"大家哄然一笑。二姑父把屋场铲干净后，二姑招呼大家进厨房吃午饭。大家团团坐下，桌子正中央搁着红泥小火炉，炉上是一锅咕噜咕噜冒着热气的炖鱼汤，炉内炭火毕剥作响，炉子周围被烟笋炒腊肉、苔粉丸子、爆炒鸡丁等菜环绕。大家兴致高涨，菜一扫而光，连汤都喝得一滴不剩。

饭后，二姑父在二楼卧室准备了火盆，大家又一次团团坐下。雅君怯怯地问："可以看电视吗？"二姑父看看二姑，二姑说："你们别以为之前偷看电视我不知道。今天你们看个够吧！"不等语音落下，雅豪已经跑过去打开了电视。雅君喊道："调到第五个台！"雅豪说："我要看动画片！"两人吵吵闹闹间，二姑已经搬来了小桌子，上面搁了炒好的花生、蚕豆，又在火盆里埋了土豆和红薯。二姑父说："别忙了，坐下歇歇。"二姑坐在留灯旁边，拿火钳翻转土豆，见留灯要试试，便把火钳递给他："这些吃的，都是你爸妈送过来的。"留灯问："什么时候？"二姑说："他们走之前，就都拿过来了。"留灯夹着土豆对着红炭火慢慢地换面烘烤。二姑柔声问："是不是想他们了？"见留灯没说话，摸摸他的头："找个时间给他们打个电话，好不好？"留灯颤声回："我不知道怎么联系他们。"二姑笑道："我留了他们厂宿舍的电话，改天我约个时间，让他们打过来就好。"

到了冗长的广告时间，等着也是等着，二姑父提议道："要不就玩个猜谜游戏吧，猜对最多的那个有奖。"雅豪问："什么奖？"二姑父笑笑："先保密。"大家说好。二姑父环视房间一周，扫到镜子："镜中人。"留灯想了想，问："是不是人？"二姑父点头说对，再出题："这次的简单，一加一。"雅豪立马回："等于二！"二姑父笑道："这不是算术题。"雅楠此刻插话道："王？"二姑父说对了。"八九不离十。"雅楠答"杂"，对了。"十张口，一颗心。"留灯答"思"，对了。二姑也出了一个："一只黑狗，不叫不吼。"雅楠立马回："默！"二姑父接着出："四面都是山，山山都相连。"留灯立马回："田！"雅君与雅豪早就退出了比赛，一会儿看看雅楠，一会儿看看留灯。两人你抢我答，不分胜负。二姑又拿了云片糕过来，大家都没空吃。留灯有点儿流汗，同时也很兴奋，雅楠脸红红的，双手挂在膝盖上，耳朵竖着，随时做出战斗的姿态。二姑父说："最后一个了，谁猜对了，谁就赢。北方没有这棵树。"一时间，留灯和雅楠都被难住了。二姑说："你这是现编的吧？"二姑父笑而不语。雅楠尝试地问："不会是楠吧？"二姑父一拍掌："对了！冠军是你。"雅君欢呼起来："二姐好厉害！"留灯偷眼看雅楠，雅楠双手搓着膝盖，脸上抑制不住地笑起来。二姑父从口袋掏出五块钱递过去："这是奖金。"二姑拦住："怎么乱给钱了？"二姑父"哎"了一声："该奖励就要奖励嘛。"二姑没再反对。雅楠刚一接过钱，雅君立马说："二姐你要请客！"二姑瞪了她一眼："这钱只能用在学习上。不要乱花！"

留灯下楼去卫生间方便完后，走到屋场上，雪又一次落下来，二姑父铲干净的地面又一次积了薄薄一层。空气清冽，让人忍不住想深呼吸几口，再一次听到"嗫——呃——嗫——呃"的鸟鸣声，留灯想起找钥匙的那个晚上，月光如水，恍如隔世，其实也就是不久之前的事情。"好冷！"雅楠也下来方便，完后一边搓着手，一边走来："你不看电视了？"留灯说："出来透透气。"两人默契地没有再说话，静静地看雪花飘落。从青果巷那边慢慢走来一个人，脚踩在雪上吱嘎吱嘎响，直到跟前才收起了伞，露出一张苍老的面容。雅楠惊讶地喊了一声"奶奶"。奶奶先打量了留灯一番："这是哪家的小子？"雅楠说："是我小舅家的儿子，叫留灯。"奶奶"哦"了一声，突然举起伞来打在雅楠身上："你个坏女子！我今天要不是收拾屋子，都不知道你偷了我两百块钱！"雅楠一边躲闪一边说："我没有！我没有！"奶奶说："你趁着我不在家时偷偷溜进去，还以为没有人看见？我跟你讲，隔壁就有人亲眼见到过你！"雅楠叫道："肯定是搞错了！我没有偷钱！"

二姑和二姑父赶过来时，留灯已经拽住奶奶的手，雅楠躲在一边哭泣。奶奶气恨地想推开留灯："不管你事，你走开！"直到二姑父上前来，留灯才松开手。一行人到了二楼左厢房，电视已经关了，火盆里烤好的土豆和红薯搁在盆沿。奶奶坐在椅子上，指着雅楠骂："从小就爱偷我东西！我钱无论藏在哪里，她都能找到，比老鼠还精！"二姑父转身问："雅楠，是不是你拿的钱？"雅楠摇头说没有。二姑忽然扭头看向靠在墙边的雅君："那次你二姐请你吃了什么？"雅君吓了一跳，结结巴巴地回："炒……炒粉……还有……冰棍……"二姑又问："那你看到她掏钱的时候，是不是有很多钱？"雅君偷眼看雅楠，不敢说话。二姑声音大起来："说！"雅君眼泪滚下来："看……看到……有很多零钱……"二姑忽然起身，拽着雅君走出房门，过一会儿雅君在外面哭，而她自己拿了雅楠的外套和书包进来，先是从外套里面掏出耳机，又从书包的最里侧摸出一张五十块和三张五块，然后递给雅楠看，"你自己说说看。"雅楠没有说话。二姑推了一下雅楠："你说啊！说啊！有脸偷，没脸承认是吧！"二姑父上前阻拦："算了算了……"二姑不听，又推了一次雅楠。雅楠靠在桌子上，没有退路。

留灯本来一直在旁边看着，此时站了出来，大声说："是我借钱给雅楠的！"大家都转头看他，包括雅楠都诧异地望过来。二姑走近留灯，低下头问："你哪里来的钱？"留灯心跳得特别快，但还是硬着头皮说："过年的压岁钱，我自己攒了一些。那个耳机是我跟雅楠共用的，我们要学英语练听力，所以就买了一起用。"二姑又问："那多的钱呢？"留灯回："多的钱……多的钱，我……"雅楠忽然开口了："是我从奶奶那里拿的。"奶奶拿起伞又要来打，二姑父立马去拦住："妈，妈，我把钱还给你。你别动气！"二姑没有动，留灯知道那是暴风雨前的平静，她把耳机扔到了火盆里，很快传来塑料烧焦的难闻气味。雅楠看着耳机渐渐变成一团黑乎乎的东西，双手紧抠桌沿。二姑动了一下，留灯以为她要上前打雅楠，但她没有，反倒是转过身出了房门。奶奶还在数落着雅楠历年来偷她的那些钱，二姑父没有理会，走到雅楠跟前："你这样太不对了。"雅楠怔怔地看二姑父，眼眶湿润，但没让泪水滑落出来。二姑父躲开了那目光，咕哝道："你不知道你妈妈有多难……"从客厅传来隐隐的抽泣声，时断时续。二姑父叹了一口气，缓缓地往门口走去。

十一

　　雪下到晚上八点多才止歇，晚饭也才吃上。二姑父先把奶奶送回了家，回来后，下了一锅面，叫大家出来吃。二姑睡在床上说没胃口，雅楠和雅君关在房间里也不愿意下来，唯有雅豪和留灯坐在厨房，二姑父给他们一人盛了一碗面，自己却不吃，拿着铲子去屋场铲新的积雪。面汤过咸，面条夹生，留灯吃不了几口，就放下了碗筷。雅豪也一样，瘪着嘴说："我想吃妈做的……"沉默了一会儿，面汤上面结了一层膜。雅豪小声说："二姐不会要被送走吧？"留灯惊讶地问："送到哪里？"雅豪看看门外，说："奶奶不要她，妈妈也不要她……"留灯心头一酸，安慰道："不会的。她能去哪儿？"雅豪想了想："去打工？"留灯说："那也不行，未成年呢。"雅豪"哦"了一声："那怎么办？"留灯摇摇头说不知道。勉强吃完后，上楼来，二姑房间没有声响，自己这边房灯未开，雅君蜷缩在床头抽噎，雅楠躺在被子里一动也不动。留灯钻进被窝，听着楼下铲子刮着水泥地面发出的刺耳响声。嚓嚓，嚓嚓，嚓嚓。

半夜，留灯又一次听到楼上发出的声音，他起身往那边床看，雅楠果然不在。声音很快消失了，留灯想象着雅楠已经坐在了那个破沙发上。这样冷的天在上面，要冻坏的。但唯有在那里，她才能独自一人透会儿气吧。过了一会儿，听到开窗的吱呀声，留灯心头一紧，她不会想不开吧？声音又消失了，留灯的心却始终悬着。再等了一会儿，留灯终究还是睡不住了，他起身穿好衣服，极轻地开门和关门，再屏住呼吸慢慢地穿过客厅，来到楼梯口，左厢房传来了呼噜声，这才松了一口气，往三楼上去。雪光映照，一口冷风吹得人清醒过来，雅楠坐在沙发上，把笔记本一页页撕下来，然后再把每一页撕碎，抛到地上。风把碎纸片吹到了脚边，留灯想也没想，就走过去把窗户关上了。雅楠吓得要叫出声，留灯立马摇摇手："是我。别怕，是我。"雅楠小声地问："你怎么跑上来了？"留灯说："你不怕感冒吗？这么冷的天，你还吹风！"雅楠手上还捏着的本子只剩硬壳了，她放在一边，镇定下来："你怎么知道这里的？"留灯指指下面："就在我头上，你说我怎么会听不到。"雅楠没吭声。过了好半晌，雅楠说："下午的事情谢谢你了。"留灯叹了口气："我嘴太笨了……"

雅楠不想下去，催留灯走，留灯说："你不下去，我就不下。"雅楠气笑了："你这不是要赖吗？"留灯站在一旁挺直腰板说："我就要赖。"过了一会儿，雅楠问："你是担心我想不开吧？"留灯瞥了一眼窗户没说话。雅楠叹了一口气："我要是想不开，在我奶奶那里早就……"语音未落，哽了一下，但雅楠控制住了，手托着腮，继续说："很多次我都觉得活着没意思，真没意思……但我又觉得很不甘……所以我一定要考出去，离她们越远越好。"留灯问："你想考到哪里去？"雅楠想了想："离这里越远越好。"留灯感叹道："你想得好远。"雅楠说："我不为自己做打算，就没有人会为我做打算了。"留灯点头道："我也要做打算。"雅楠笑："你们男孩子容易多了呀，你只管往前读就好了呀。考得好不好，你家人都会供你读的。我要是考得不好，可不会有这个机会的。"留灯问："怎么会！"雅楠"嗤"了一声："太会了。我早就看明白了。"说了一会儿，两人冻得直哈气。留灯提议下去，雅楠说要把这碎纸片捡起来，她不想被发现。两人便蹲下身，一人一头，借着雪光，把碎纸片一点一点地收拢到一起，然后塞到了沙发底下。留灯问："你为什么要撕掉？"雅楠说："不想再看到它了，心烦。"

早上起来后，是二姑父从外面买回来的油条、肉包和豆浆，二姑身体不舒服还躺在床上。雅君眼睛红肿，雅豪问她怎么回事，雅君小心地瞥了一眼雅楠，瘪瘪嘴，低下头来又落了几滴泪。雅楠装作没看见，一小口一小口吃着冷掉的油条。二姑父催促道："时间不多了，你们快吃完。我上班要迟到了。"急忙忙地出来后，走到巷子口，雅君忽然撵上雅楠，拽着她的手说："二姐，你别怪我……"雅楠愣了一下，才说："我没怪你。"雅君贴着雅楠的身子："你别不理我。"雅楠拍拍她的头："好了，理你了！"雅君这才恢复了往常的活泼神色。在站台上等车时，看着雅君走远，雅楠发了会儿呆，留灯一如既往地为了避嫌站在一个离她很远的地方。上车后，留灯还是坐在最后面的位置，雅楠也依旧坐在前面。开过两站后，雅楠忽然起身，往留灯这边走来。留灯问："你这是怎么了？"雅楠笑道："我就不能过来？"留灯扫了一眼车厢，还好没有同学。雅楠坐在留灯旁边："我们今天要不逃课吧？"留灯问："今天？为什么？"雅楠回："去你家，怎么样？"留灯更惊诧了："我已经很久没有回去了。再说……我也没有钥匙。"雅楠说："那你不用管。你就说你去不去？"留灯既惶恐，又兴奋，深呼吸一口气："那就去吧！"

十二

　　两人在下一站下了车，过到马路对面，坐上了去留灯家里的5路公交车。路面结冰，车子开得很慢，到了留灯家门口，已经快十一点了。看到家门口未曾清扫过的积雪和落叶，留灯心头一阵酸楚。大门紧锁，雅楠从书包里掏出一把钥匙："给你。"留灯看到钥匙上的蓝色尼龙绳，惊问道："怎么在你那里？！"雅楠回："你自己马虎，怪谁？你把钥匙落在卫生间了，是我捡到的。"留灯捏捏钥匙，又摸摸尼龙绳："那你既然知道是我的，为什么不早点还给我？"雅楠跺脚搓手道："冷死了，先进去吧。"屋子里的一切都跟离开时没有两样，留灯摸摸妈妈临走前坐的那个绿皮沙发，上面蒙了一层薄薄的灰尘。雅楠在堂屋里走动了一番："你家真宽敞啊！"留灯把沙发擦干净，坐下来："你随便看。"妈妈在墙壁上贴的字母表，自己小时候在墙壁的涂鸦，哥哥留下的地理书，爸爸那双黑色皮靴……一切都静默地等在原处。他已经收到了妈妈再次寄来的信，信中告知过年回不来，一个是厂里工期紧，工资也会高很多，一个是票太难买了；而哥哥留明，找到一家实习单位，过年就在当地过了。家人四散在外，他油然升起一阵被抛弃的感觉。雅楠过来问他怎么了，他这才发现眼泪滑落下来，忙扭过头去说没什么。

留灯等情绪平复后，带雅楠在屋子里转了转。雅楠感慨道："你一个人睡这么大的卧室，难怪你一开始在我家住的时候别别扭扭的，看来真是委屈你了。"留灯红着脸问："我哪里别别扭扭了？"雅楠啧啧嘴："晚上躲在被窝里哭的是谁？别以为我没听见。"留灯说："你也躲在被窝里哭过啊！"雅楠没有说话，慢慢往堂屋走。留灯跟在后面说："雅君多好啊，还安慰你。"雅楠别过头看他："是啊……你别看我妹活泼可爱，其实是个很紧张的人。因为大人们心也不在她身上，她只能跟我亲。"留灯想起早上雅君怯怯的眼神，心像是被戳了一下。雅楠在堂屋的长椅上坐下，环顾了一番："真羡慕你有这么大的地方，都是你的，没有人来要跟你抢占，跟你平分，想怎么样就怎么样，反正你哥哥也早出去了。"留灯苦笑道："我还不是借宿在你们家？我现在自己又做不了主。"雅楠长吁一口气："这要是我的家就好了！不用天天看见那么多人。"

午饭是雅楠做的，留灯出门用自己的零花钱买了菜和水果，回来后又去帮着烧火。雅楠一看就是个做饭老手，熟练地切着白菜丝，还会剁肉馅、烫蛋皮、炖菜汤。留灯问她从哪里学的，雅楠一边翻炒肉片，一边回："自学啊。以前在奶奶家里，她经常不在家，我就只能自己做饭。"留灯忽然想起雅楠差一点儿成了自己的姐姐，如果不是当年自己那么打她的话。要是她留在自己家里，境遇会不会好很多呢？答案可以说是肯定的，爸爸妈妈一定会好好疼她的。想到此，留灯心里涌起一阵深深的愧疚。把做好的菜搁在爸妈卧室里的小桌子上，打开电视，看武侠片。吃完后，碗筷收拾好，接着看另外一个台的搞笑节目，雅楠笑得眼泪都出来了。留灯又把洗好的苹果递给她："不用平分，你一个大的，我一个大的。"雅楠也不客气，大口大口地吃。天光一点点暗下，开了灯，雅楠又下了一锅肉丝面。留灯说："这比二姑父做的好吃多了。"雅楠笑笑："他就是个书呆子。"

天完全黑了下来，留灯开始有点不安起来："我们该回去了，他们要担心的。"雅楠坐在椅子上，嘴上说着好，身子却没有动。留灯心软了下来："那就再看一集电视？"雅楠连说好。电视看到了一半，留灯听到了开门声，他警觉地站起来，问："哪位？"大门打开，二姑拿着钥匙走进来，见到留灯和雅楠，大大松了一口气："要是再找不到你们，我就要报警了！"她一下子跌坐在绿皮沙发里，抚着心口："要不是你们班主任到家里说起，我都不知道你们逃学了。"说着，她剜了雅楠一眼。留灯忙说："是我太想家了！她担心我，就陪着我过来了……"二姑挥手截断留灯的话，说道："不用护着她了，她什么鬼点子，我会不知道？"留灯见二姑头发蓬乱，脸色苍白，身上一侧是湿的，问怎么回事。二姑说："找你们找得着急，车子翻了……留灯你要是出了什么事情，我没办法跟你爸妈交代。"留灯小声地说："对不起。"

末班车早就没有了，留灯和雅楠坐在三轮车后面，二姑蹬着往镇上骑去。留灯打着手电筒，帮着照亮前方的路。寒风吹来，冻得人直哆嗦。临到镇上时，二姑已经骑不动了。留灯和雅楠下来，两人一人握住车把的一头，往前慢慢推，二姑跟在后面慢慢走。雅楠回头看二姑落下了一段距离，才跟留灯说："今天是我人生中最开心的一天。"留灯笑道："人生还长着呢，别说这么早。"雅楠也笑:"以后的事情谁说得准。"留灯从口袋里摸出钥匙递给雅楠:"你以后要是想一个人透透气,就直接去,总比躲在三楼强。反正我爸妈不在。"雅楠迟疑了一会儿,才接过来:"你知道我为什么不想把钥匙还给你吗?"留灯说:"我想我知道。"雅楠"哦"了一声:"你说说看。"留灯说:"讨厌我呗!能为难我一下就为难一下。"雅楠笑道:"说对了。"两人说话间,二姑父从青果巷那边迎了过来,一边挥手一边叫着他们的名字。留灯,雅楠。雅楠,留灯。

2022 年 5 月 9 日　一稿
2022 年 5 月 21 日　二稿

清水

一

后山死了人的事情，王峰说的时候并未露出稀奇的表情。男性，约莫十七岁，死在后山山顶上，今早由后山村村民发现并报了警，现在警察已经赶过去封锁了现场。王峰说完后就出门到楼道尽头的卫生间去了。寝室里安静极了，其他六个室友都回了家，隔壁有人在唱歌，"啊——哩——啊——"夹杂搓衣服的刮擦声，常书卿听出那是同班同学卢俊的歌声，此刻他该是在自己宿舍的盥洗池搓洗衣服。一个人死了。这句话在心里念了一下，有点不真实感。门外秋光正好，正对着宿舍窗口的那一株银杏，满树金叶随风轻摇，楼下篮球场上你呼我喊的喧闹声阵阵荡漾开来，人

- 127 -

的心也随之轻盈地飘到无云的蓝天上。但一个人却死了。

决定去后山，是一瞬间的决定，本来收拾好的行李留在床铺上，换双能登山的鞋子，穿上外套就出门了。王峰正哼着歌从卫生间走出来，招手问要去哪里，常书卿说："去转转。"王峰停下，眯着眼打量他一番，笑问："你是要去看死人吧？"常书卿不置可否，继续往前走。王峰的声音追过来："那你快去，待会儿尸体要是抬走了，就没得看了。"走廊暗绿色的地，泛着一层薄光，走一步，脚步声清晰可闻。有些宿舍门是敞开的，有人在床上睡觉，阳台上晾晒的红绿衣服随风摇晃，像是一群无形的人在轻舞。常书卿顿时觉得骇然，逃也似的跑开，下了三层楼后，奔到宿舍楼外的水泥场上，人声升起，回家的同学背着书包骑着自行车丁零零骑出车棚，心里才落定下来。

穿过操场快到学校东门时，常书卿驻足看了一眼沿着围墙而建的一排平房，靠近操场这边的学子餐馆只有那个胖硕的老板蹲在门口抽烟，老板娘则到旁边的小卖铺跟一个女人嗑瓜子晒太阳。难得的闲暇时光。平日一放学，餐馆里挤得水泄不通。食堂的饭菜太难吃，稍微有点钱的同学，都跑了过来。常常吃着吃着，听到一声吼："他妈的！找死！"紧接着一张桌子掀翻了，碗碟乒乒乓乓砸在地上，一个人箭步往门外逃，一个人跟在后面喊："别跑！"跟着的人走在门口顺手抄起案板上的菜刀追了出去，胖老板急了，把锅铲扔下，也随之撺了出去："把菜刀还给我！还给我！"老板娘站在餐馆门口尖着嗓子喊："要出人命了！你回来，胖豆！回来！"大家哄然一笑，老板娘回头叫道："没结账的人不要走！不要走！"

大家已经习惯了学校里打架斗殴的场景，久而久之，变成了闹剧。常书卿一想起胖老板奔跑时浑身颤动的肥肉，忍不住想笑出声。但一个人却死了。这句话忽然又冒出来，常书卿心头一沉。或许死的这个人，就是学校里某个年级的学生。闹剧最终变成了惨剧，这样的事情耳闻了不少。路过餐馆时，胖老板问："同学，你是去看死人吗？"常书卿讶异地看他一眼，没说话。胖老板把烟头扔到地上，笑嘻嘻地说："好几拨人都过去了，你快去噢，晚了没得看。"常书卿点头说好。胖老板又说："年年后山要收人，今年也不例外。"老板娘隔着老远回："你莫瞎说！"胖老板喷一下嘴："去年六月份死了一个，高一（五）班的。前年三月死的那个，还经常到我们这里吃饭，你忘记了？大前年的那个，歪着嘴，老是赊账的那个，叫王乐高的，不是在山上被砍死的吗？"说着，他又把目光聚焦在常书卿身上："今年这个一死，就太平了。"常书卿加快步伐往东门走去，胖老板在后头补了一句："同学，走快点哦！"

常书卿几乎有点恼火起来，他甚至想转身回到宿舍收拾好东西，赶紧坐公交车回家。毕竟每周只有周六下午和晚上是放假的，其他时间都要上课。难得的休息时间，去看一个死人，有什么意思呢？有这个时间，在家里睡个懒觉也是好的。但有一种莫名的引力，像是一根透明的绳子一般，把他往后山那边拽过去。也许会发生些什么？不知道是好事，还是坏事，但有一件事在等着自己过去发生。这是可以确定的。常书卿往前看去，一条宽阔的土路贴着一条清澈的小河往后山村退去，河水淙淙，圆溜溜的石子沉在闪烁着金光的水底。河对岸的田地被蒲苇遮挡住了，一群麻雀扑啦啦地飞到高而直的白杨树上去。常书卿几乎要雀跃起来，在学校里闭锁了一周的沉闷一扫而光。

这份高昂的好心情到了后山村村口，因为一辆警车而沉落下来。警察不在车上，也没有拉警戒线，常书卿沿着穿村而过的土路径直往前走。这个村子他是第一次来，路两旁的农舍前面晒着白灿灿的棉花。没有人，唯有狗吠声穿过竹林，听久了像是一个老人在咳嗽。很快到了山脚下，听得见人语声，微茫的一小团，轻盈地落在耳朵里，分不清具体的语义。声音来自山坡，很快一群看样子是村民的人从山坡上走了下来。常书卿让到路旁，村民们打量了他一眼，有人问："要看死人哦？"常书卿没说话，那问的人也不介意，扭头跟其他人说："才死不久咯。几年轻的伢儿，爹娘都还没有找到是哪个。"等他们走后，常书卿抬头看山，那条土路开始延到山上去，在松林与灌木丛中辟出狭小的一条，那根牵引着他的无形绳子拽着他往上走去。

二

爬上山顶时，又一波人开始下山，一看多是村民。十米远处，有一处缓坡，警戒线围起，透过稀疏的围观人群，能一眼看到一具年轻人的尸体躺在草坡上，他身上的校服不是自己学校的。线外的几个警察大喊道："回去了，回去了。不要围观了。"大家略微往后退了几步，但并没有散。常书卿站在人群后，探头看那尸体，蓝底白边的校服上洇染了一大片血迹，脸色惨白，颧骨、下巴、额头都有擦伤的瘀青，法医正低头看他折断的手臂……一阵想呕吐的欲望涌上来，常书卿忙转过身去。山那边是一片开阔的平原，村庄散落在斑驳的绿田之中，接近天际起一层灰白的雾气，仙女湖水库含在天地交界处，泛着蓝光。再扭头过来时，警察又一次来驱赶围观人群："走走走！不要妨碍我们办案了。"人群开始散去，的确也没什么可看的了。常书卿的目光也不敢再落在尸体上，可是现在就随着人流下山未免太早，他不甘地看看对面的山头，有一个小小的人立在那头。他又一次感受到那根绳索的牵动，他决定过去看看。

后山是有个名字的：马鞍山。说起来也形象，从这个山头到那一个山头，要经过一个和缓的鞍部。爬向那个山头时，那人已注意到了常书卿，他站在山顶俯身看下来，脸上没有表情。常书卿气喘吁吁登上山顶时，那人坐在一块山石上，扭头看他："你，二中的？"常书卿点头。那人抬眼看对面山头："死的那个，一中的。昨晚被人砍死的。"常书卿走过来，爬上山石，看到自己走过的那条土路像一根极细的黄线通往自己的学校。风吹来，鼓起他的衣摆，他感觉自己快要被刮下去，便急忙坐了下来。那人闭上眼睛，让风掠过他的额头，还有他齐耳的卷发。兴许是感知到了常书卿的目光，那人睁开眼，目光锐利地扫过来："你要马上下山了吗？"常书卿愣了一下，没等他回复，那人往他身后指去："我们去爬到最高那个山顶——玉峰山。"这几乎是不容置疑的口吻，常书卿点头说好。那人起身，拍拍屁股，抬脚就出发了，常书卿跟在后面。跳下山石，那人回头又打量了常书卿一番："你能爬山吗？"常书卿抬眼看，从现在这个山头要爬过四个山头才能到玉峰山头，但连迟疑的时间都没有，那人已经出发了，常书卿随即跟了上去。

张清宇。相互介绍时，那人告知了名字。常书卿说自己名字时，张清宇喷了一声："这么书生气的名字？"常书卿那时正吃力地爬上一块石头。到了第三个山头，不再有现存的山路了，取而代之的是嶙峋的山石。"我妈喜欢看点儿言情小说。"常书卿说完后，张清宇笑道："我看也是。"说着伸出手，拉住常书卿的手，几乎是半拖着把他拽上去。他个子瘦高，腿脚灵便，走在山石上，几乎不费劲似的，从这一块跳到那一块，顷刻之间就能闪到很远的地方，就像是一只鹿。而常书卿每一步都是艰难的。他大汗淋漓，气喘吁吁，双手双脚并用，衣服上蹭的全是灰，如果妈妈看到会骂死他的。"快点！快点！"张清宇在远处招手，"没有多远了！"常书卿叉着腰，大口大口喘气。张清宇还在催促，他也不去理会。那催促声像是被风刮断的蛛丝，断断续续地飘过来："到这边就好走了！"常书卿恼火极了，想转身回去，但回路跟去路一样难走，只得硬着头皮往前走。

果然如张清宇所说，爬过这一段石路后就好走多了。从这个山头到那个山头之间的鞍部，是一段从密林之间穿过的土路。杉树、榆树、桦树的树冠把天空遮挡住了，树荫匝地，阳光从树缝间漏下，落在低矮的灌木上。常书卿感觉自己走在幽深的水底，阴凉之气袭上身来，皮肤起一层细密的疙瘩，与此同时一阵恐惧感突兀地冒出来。捆扎的手脚、深深扎入心口的刀刃、惨白的脸色……一帧帧就像发生在眼前，抬头看那个叫张清宇的人远远走在前头，矫健如风，时不时回头过来催促自己。我为什么要跟这个陌生人走？我对他几乎一无所知，甚至连他的名字，都有可能是假的，不是吗？但我傻乎乎地跟到了这里，现在连逃都不知道往哪里逃。路两侧是极陡的斜坡，一不小心滚下去，后果不堪设想。光收起了，树冠沙沙，连一只飞鸟都没有。那个被杀的人昨晚经历了什么？他是不是被人拖入这样的林子里，然后叫天天不应，叫地地不灵？常书卿觉得嗓子很干，想咳嗽，想叫喊，但没有力气。

"你怎么了？"一张脸挤占了视线，常书卿忍不住"啊"了一声，往后退了一步。"你是不是累咯？"张清宇站着离他几步远的地方，"要不在这里歇息一下？"常书卿没有留意到张清宇可以如此快地返回来："我没事。"张清宇摇头道："你有事，你脸白得很。"常书卿心跳得厉害，他往下掠了一眼，张清宇双手空空，牛仔裤的两个兜子里也并无凶器，黑色外套的兜子浅浅的，放不了什么东西。"我慢慢跟在你后面好了。"张清宇点头说行，转身又速速地走远："穿过这个林子，就快到了。"常书卿等他走远一些，才慢慢地跟上去。约莫半个小时后，才爬上了玉峰山顶。张清宇已经坐在了山顶的草地上等了许久。果然是最高峰，视野一下子开阔起来。仙女湖那边浮起大朵蓬松的白云，太阳往西边走去，风汩汩如水，要把人托起。汗收了，流过的地方皮肤略紧了一些，手上擦伤的地方隐隐作痛。刚才在密林中的幽闭恐惧，一扫而光。张清宇鼓掌欢迎："欢迎来到我的地盘。"常书卿一听"地盘"二字，心头猛地一紧，但脸上并未表现出来，问话时声音也控制住没有发抖："怎么就成你的了？"张清宇指了一下他身后："这里平日没有人会过来，而我经常来，可不就是我的地盘了。"常书卿回望过去，第一个山头几乎看不到人，尸体估计已经被抬下山去了，警察也跟着走了。真的就如张清宇所说，这里不会再来人了。

三

有一段时间，大家并没有说话。张清宇坐在原地不动，双脚盘起，双手随性地搭在大腿上，脚上是一双破旧的黄色球鞋，大脚趾的地方鞋面快要被顶破了。常书卿坐在离密林路口近的一块草地上，做着随时能逃走的准备，而边上还有零碎的小石块可用。说来真是好笑，明明可以拔腿就走的，可是就走不了，也走不动，爬了两个多小时，脚和手都不愿意再使出一分气力了。沉默渐渐如固体一般，压在常书卿身上。他觉得自己有交谈的义务，但要说什么却毫无头绪。张清宇扫过来一眼，又是锐利的一下，像是一把刀，在空气中划了一道。常书卿不由得缩了一下身子。"你是不是很害怕？"张清宇问话时，目光并不挪开。常书卿低声回："怕什么？"张清宇头往密林的方向扬了扬："死人。"常书卿快速地回："不怕。"说时，他感觉嗓子又一次干得很，同时手忍不住往旁边的碎石伸去。张清宇突然起身，常书卿同时也跳了起来。张清宇讶异地瞟了他一眼："你也要撒尿？"常书卿跺跺脚："我活动一下。"等张清宇转身往另一边的斜坡走下去后，他松了一口气，紧接着心又提起："他不会去拿工具了吧？"他探头往张清宇走的方向看了一眼，没有见到人，大概是躲到林子后头去了。现在就走！他转身往密林的方向去，走到林子口时，身后响起张清宇的声音："你要走？"常书卿后脑勺一阵发毛，他有一种想要撒腿就跑的冲动，可是腿像是灌了铅似的定在那里。张清宇的脚步声近了，甚至能感受到他近在咫尺的呼吸声。"我知道一条近路。"常书卿强装淡定地扭过身来，一眼看到张清宇手上拎着一个黑布袋子："那是什么？"张清宇举起袋子："这个吗？"常书卿呼吸急促，他希望自己没有表现得太过明显，便缓慢地点点头。张清宇笑了一下："说了，这是我的地盘，自然藏了很多宝贝。"

　　常书卿不情愿地又跟着张清宇走到了山顶的空地上。张清宇自己坐了下来，也让常书卿坐下，离远了还不行，得坐在其旁边，然后打开袋子，从里面掏出一包烟和一个打火机，自己点了一根，递给常书卿一根，见常书卿摇手不要，又重新塞回烟盒里，再往里掏了一下，拿出来的是一本书："你看过这本吗？"常书卿接过书来，是一本薄薄的发黄的旧书，乌纳穆诺的《生命的悲剧意识》，北方文艺出版社出版。"没有。"张清宇一边极娴熟地吐出烟圈来，一边眼睛眯起，望向仙女湖的方向，大声朗诵："不管有没有理由，我都不想死。当我最终死去的时候，不是我死了，而是人的命运杀了我。我并没有放弃生命，是生命废黜了我。"现实中突然听到这一段书面语，让常书卿极为讶异。张清宇朗诵的声音洪亮有力，每一个字都是清晰地蹦出来，由不得人要认真去听，但同时也会有些不好意思起来。常书卿正发愣，手上忽然一松，张清宇已经把书拿了过去，翻到某一页，递过来："喏，他这一页写的。"说着，他又让常书卿翻到另外一页。"既然我们生活在矛盾里，并且靠矛盾才得以生活下去，既然生命是一场悲剧，一场持续不断的挣扎，其中没有任何胜算的希望，那么，生命便是矛盾。"一字不落地背诵了下来，且在句子下方画了线，还有旁注。"所言甚是！"常书卿草草地翻看了一下，每一页都密密麻麻用圆珠笔画了线，有的词下面标了三角符号以表示非常重要，书的空白处写满了字。背诵完后，张清宇又让常书卿翻到新的一页，接着大声背一段话，同样是一字未错，显然平日是熟读过的。

背完了五段话后，一根烟也抽完了，张清宇把烟头扔到地上踩灭，站起身来，深呼吸了一口气："痛快！"常书卿没敢说话，他觉得这个人有点像疯子，自己稍有不慎，便会招来未知的风险。太阳的光弱了下来，空气逐渐转凉，手臂上、脸上，被风拍得生疼，一阵沮丧涌上心头。张清宇又一次坐下来，兴奋地说："这还是我第一次带人到这里来。我每天都要来这里的。"常书卿指指黑布袋子："你把东西藏到这里吗？"张清宇点点头。"放在那边——"他指了一下坡下的林子，"有一块石头，下面有个小洞，我就放在里面。没事儿，我就爬上来，读读书，抽抽烟，再放回去。"常书卿忽然松了一口气，刚才他还在害怕，现在浑身放弃了戒备状态："在家里读不行吗？这里也太高了。"张清宇瞅了一眼他，沉吟了一下："不行。在家里很难有状态。就得在这里，大声地念出来才带劲！"

常书卿注意到那个锐利的眼神变得柔和下来，既而像是燃烧起来，释放出狂热的能量，连带着那张冷峻的瘦尖的脸庞也泛起了红晕，连带着那双手在空中挥舞。世界之所以创建，就是为了意识，每一个意识。爱的本质，既不是观念，也不是意志；爱或是欲望，是感觉。最具慈悲和善的愿望莫过于是：当生命的寒冬即将到来的时候，仍然可以发觉那转变成为记忆的春天的甜蜜梦境依旧甜蜜如昔，而往昔的记忆终将萌芽再现为新的希望……如此书面、如此绕口的话语，在那人的口中念出来，都能理所当然地发出炽热的气息。米格尔·德·乌纳穆诺。张清宇如梦呓一般念出这个名字，紧接着他又念出了一段外语，见对方听不明白，又耐心地一个字母一个字母拼出来。Miguel de Unamuno。西班牙语，还是乌纳穆诺。科学与信仰、理性与情感、逻辑与人生之间的种种矛盾冲突。你懂吗？不懂。你不懂，就要读读米格尔·德·乌纳穆诺。Miguel de Unamuno。

忽然间，张清宇不说话了，他歪着头在想什么，接着看着常书卿："你根本不会去看的，是吧？"没等对方回复，他又急急地干笑了一声："你们根本没有时间读这种闲书的吧。"常书卿不服气地回："想读的话总有时间的。"张清宇听罢，立马把书塞到常书卿手上："那送给你好了。"常书卿连连推让："那怎么可以？"张清宇坚定地把书推了过去："我都背得滚瓜烂熟了。"常书卿推不过他，只得捏在手中。张清宇又把袋子递过去："你装起来吧。"

又是一番推让，常书卿不得不接了过来。唯有烟和火机，张清宇自己拿着，他又点燃了一支烟，兴奋地问："你能不能帮我一个忙？"常书卿问是什么忙，他接着说："你们二中图书馆，是不是有很多藏书？"常书卿迟疑地回："我不清楚……我没怎么去过……""你怎么可以不去？！"张清宇大叫了一声，那只拿烟的手在空中劈了一下，"你怎么可以不去？！那么多那么多好书！"常书卿有点吓到了，没有说话。片刻后，张清宇自己也意识到了："不好意思，我有点太过激动了……我是想请你帮我借书。"常书卿讶异地反问了一句："借什么书？"张清宇声音小了好多，露出了不好意思的神情。"随便什么书都行……"说着，觑了常书卿一眼，语气中多了些哀求的意味，"我快没书看了。"常书卿手里提着黑袋子，犹豫了一下，他想把袋子还回去，然后赶紧离开，以后不要再跟这个人有任何来往，但与此同时，一种莫名的好奇心攫住了他，让他不忍心说出拒绝的话来："我得空去图书馆看一下。"张清宇双手握拳，连连说好。

下山的时候，没有沿着原路返回，张清宇带着常书卿走他自己常走的那条路，即从玉峰山斜坡下去，虽然一路上荆棘丛生，但勉强有一条小路开辟了出来，那是张清宇一点点拓开的。下山途中，夕阳隐没到林子后头，夜色缓缓地荡漾过来，远处有霞光，从一抹西瓜红暗成蟹壳青，继而一轮浅白的月亮升起，城市那边的光带遥遥亮起，山脚下村庄的灯火，这一点，那一点，像是浮在夜潮之上的萤火虫。张清宇全程没有多说什么话，只是不断地回头叮嘱："小心那块石头，是松的！……躲开那个树，有刺！……蹲下来，坡太陡了……"总算到了山下，夜已经彻底接管了整个世界，四处响起了狗吠声。重新走到了那条上山的土路上，常书卿心安下来，他跟在张清宇的后面，借助月光，一步一探地走着路。大约过了几分钟，走到一个路口，张清宇突然停下来回头说："到了。"常书卿讶异地反问："到哪里了？"张清宇回："我家。"在他身后，一片竹林之间有一条路，斜插到一栋两层小楼前面的水泥场。"那我，"常书卿略带迟疑地说，"回学校了。"张清宇想了一下，继续往前走："我带你去一个地方。"常书卿问远不远，张清宇摇头说不远。

两人继续往前走，出了村口，往东走了大约百把米，钻进一片竹林中，左穿右行，正以为要被无穷无尽的幽暗给吞没掉，突然间眼前一片雪亮，原来是已经出了林子，横亘在眼前的是一条小河，月光如细密的晶粉，不仅落在潺潺的水波尖尖上，还向着一层递一层的梯田弥漫开去，而白天爬过的那一排山峰，如静默的巨人蹲伏在眼前，连呼吸都屏住了。咯——哩——咯，丢——溜——滴——滴——滴，吱——吱——哩。偶尔被惊起的鸟啼虫鸣，这一处，那一处，提醒着万物并未沉睡。走过石桥，常书卿觉得自己逐渐变得透明起来，在松软的田埂间走路简直轻盈如云。张清宇走在前头，月光也落在他的身上，他的影子斜斜地扫过棉花田，慢慢地落在常书卿的脚上，常书卿踩一脚上去，影子闪开又移回，再踩一脚，影子又一次挪开，笑声就忍不住了。张清宇回头看，常书卿收住了笑声。问笑什么，常书卿不说。张清宇也不再问，走着走着忽然一转身，喊道："有鬼啊！"常书卿吓得赶紧转身跑，跑着跑着，听到后面的笑声，转身一看，张清宇捂着肚子蹲在路边笑。常书卿气恨地骂："神经病！"张清宇回："扯平了！"

闹了一会儿，两人又继续往前走，这一次是并肩走，脚步声渐趋统一，像是在行军。常书卿便说起学校军训，两周时间，暴晒在大太阳下，全班人都没事，唯独自己中暑倒下了。中暑是什么感觉呢？脑子里嗡地一下，眼前突然一片白，人就倒下去了。教官吓坏了，赶紧把他背到医务室去，还送来冰镇的矿泉水，看他缓过来后才走。又说起军训完，去打水，路过招待所，只见女生们围住门前客车，一边叫教官名字一边哭，教官因命令不能下车，只能隔窗对着她们招手。而男生队的教官们都落寞地坐着，无一男生来送。教官看见他，欣喜地站起，隔着窗跟他招手，他一边好尴尬地回应教官，一边把开水瓶收到背后。车子开动了，教官还一直在招手……张清宇只听着，并无回话，以为他没有兴趣，稍一停顿，他会问："然后呢？"然后这样，然后那样，然后的然后，是高中日复一日的枯燥生活而已。张清宇看过来，又是锐利的一眼："我倒有点儿怀念这种枯燥的生活了。"常书卿讶异地看过去，等他继续说下去，但他没有说什么，而是加快了步伐，破坏了一致的走路节奏。常书卿没有紧跟上去，他不知道自己的哪一句话惹怒了前面那人。是的，那人。他忽然反应过来，自己说了这么多，而那人却几乎什么都没跟他讲。除开名字，他一无所知。而他偏偏跟着那人走到这样荒僻的地方来，像是一个十足的傻瓜。他回头看走过的路，没有一个人，连村庄也不见了，转身再看前方，张清宇停在一个地方向他挥手。常书卿停了一刹那，他想转身跑走，趁着他们之间还有几十米远的距离，但他又一次感觉到那股无形的绳子拽着他往前机械地走，走到离他几米远的地方，看到了一间小屋子，以及屋前月光泼洒的池塘。张清宇迎了上来，微微一笑："到了。"

四

常书卿在等待时，听到了噗噗声，像是一个人在淘气地吐气。循声望去，他看到窗户，说来也蹊跷，两扇窗户不一致，左边一扇是玻璃的，右边一扇却是红白相间的塑料布，那声音便来自风吹布。借助头顶那一团昏黄的灯光，仔细看室内，窗户那边靠墙的一角堆放着饵料桶、鱼苗网、网箱、鱼苗桶、捞斗、鱼筛、水泵等与养鱼相关的杂物，靠近灶屋的那边墙垒放着七八袋鱼饲料，占据屋内面积最大的还是贴着里面两边墙的木板床，一层薄褥子上铺着军绿色床单，一床薄被子叠了起来搁在枕头上，最让人讶异的是床上贴墙的位置整整齐齐码放了半米多高的书山。常书卿凑上去看了一眼对着外面的书脊：《七侠五义》《波多里诺》《论语译注》《什么是数学》《网箱养鱼与围栏养鱼》《爱的教育》《牛虻》……既有发黄的老书，也有贴着学校图书馆借阅标签的新书，甚至还有外版书，它们挤在一起，像是一群受惊的小生物缩在角落里。常书卿本来想从中拿出一本翻翻，可是又怕放不回原处，只好作罢，再看枕头边上现搁着一本打开的书，拿起来一看是罗素的《西方哲学史》，毫不意外的是，翻到的那一页写满了字，但光线太暗，看不清楚的内容。此时，张清宇从外屋探头进来说："帮我端一下菜。"

外屋比内屋小了一半，做厨房用，贴墙的是简易的煤气灶台，张清宇正把锅里煎好的鱼铲出，放在瓷盘里，而台边已经有了青椒炒南瓜片和韭菜鸡蛋饼。常书卿啧啧嘴："这么一大条鱼，哪里来的？"张清宇笑回："你忘了，外面就是鱼塘啊。"常书卿按照吩咐，把菜端到里面床边的书桌上，走过去才发现，连桌上都堆满了书，只有中间的一小块空着。正迟疑间，张清宇端着鱼过来了，他小心翼翼地把菜放下，然后再小心翼翼地把一摞摞书移到床上，就像搂着婴儿似的。常书卿庆幸自己没有随意动他的书。桌子空出来后，电饭煲的饭也熟了，张清宇递过来装满白米饭的碗和一副筷子，而他自己则拿着一个盘子盛饭，也没有筷子，找来桶装方便面用的塑料叉子代替。常书卿顿时明白这里平日只有他一个人吃饭，心里过意不去，想要跟他换，他扬起叉子说："莫废话，吃饭噻！菜要冷咯！"常书卿愣住了，直到此时他才意识到这一天他跟张清宇一直是使用普通话交流的，这一口熟悉的方言出来，刹那间让人亲切了不少。而说方言的张清宇，跟滔滔不绝说着书面语的张清宇，像是两个人，此时的他，更像是一个日常生活中的人，他做的菜散发着阵阵香气，他住的房间透露出独居的寂寥。只有一把椅子，张清宇让常书卿坐，自己则坐在床上。菜说不上有多好吃，鱼甚至有的地方没有煎熟，但因为确实都饿了，吃起来就分外香。不一会儿，饭菜一扫而光，两人打着饱嗝。

常书卿起身要去洗碗，张清宇摇摇手说不用。两人沉默不语，但这沉默不是尴尬，而是饱食之后的满足。张清宇起身把灯关了，月光从那扇玻璃窗沁进来，在屋子中央淤起一汪银来。噗，噗。塑料布那一扇不甘寂寞地呼气。张清宇察觉到常书卿投过去的目光，低声说道："有一天，我也是睡在这里。"他拍拍床，常书卿"嗯"了一声，他接着说："听到有人敲门，我没敢作声，接着他又开始踢门，我幸好睡觉时都会把门杠顶住，怕的就是有贼进来。后来那人又过来推窗户，我吓得连呼吸都停住咯。"停了半晌，常书卿忍不住问："然后呢？"张清宇右手食指叩着桌面，说："然后我躲在桌子下面，那人的脸就贴在窗玻璃上。"常书卿感觉后背发麻，脖子僵硬。噗，噗，噗噗。他猛地站起来，把张清宇吓一跳。"你做么事？"常书卿又坐了下来："坐久了，腿麻。"张清宇点点头，接着讲："他推了半天窗户推不开，就拿石头把那边玻璃给砸碎了。我当时不知从哪里来的胆子，从桌子底下冲出来，大叫了一声，拿书——"他随手从床上拿起一本书做出往外砸的动作，"扔出去。结果你猜怎么着？"见常书卿摇头，张清宇含着笑意说："那人在外面喊了一声：你个鬼儿哦，你还真在这里哦！我还以为你死咯！"常书卿忙问："是你认识的人？"张清宇点头道："是我爸。"

等了好半晌，常书卿不安地挪动了一下位置，那句"然后呢"没敢问出口。张清宇像是陷入了自己的世界里，眼睛空茫地盯着屋子的某一处，久久未发一语。吱。常书卿跳起来，一只老鼠从床底窜了出来，从他的脚边跑过去。张清宇这才回过神来，骂了一声："操！老鼠药不顶用！"一边说着，一边从枕头底下摸出一支手电筒往床底照。常书卿在后面问："箱子里会不会有？"张清宇猛拍了一下床板："你提醒我了！"他立马把床沿的两个大纸箱子拖出来，又弯腰转到床底，再次拖出两个同样大的纸箱子。常书卿过来帮他把几个箱子拖到桌子旁边，打开一看全是书，忍不住感慨："你书也太多了吧！"张清宇笑笑："我家里还有几大箱，一部分是我买的，一部分是我从旧书摊上淘的，还有一部分是我从废品站里扒出来的。"他拿出一本《生命中不能承受之轻》：

"你看这本，是我在一中门口那个旧书店买到的。"接着，他又摸出一本《中国哲学简史》："这本真好，我很喜欢。宗教和诗歌都是人在幻想的表现。它们都把想象和现实混合在一起。两者的区别在于：宗教把它所说的看为真的，而诗歌知道它所说的是虚幻的……"他像是梦呓一般喃喃地背诵着，小心翼翼地翻着，因为翻了太多次的缘故，书快散页了。

　　放下这本后，他又拿出一本叔本华的《充足理由律的四重根》，兴奋地拍拍常书卿的胳膊："这本！你看这本！我看得特别辛苦，因为实在难以读懂。我就一个字一个字抄下来。还是不懂，我就大声读。被经验的物本身不能被成为原因或结果，只有其变化才能被成为原因和结果。知性，是主体用因果规律来建立与表象之间联系的部分。其基于主观纯粹的感觉，并通过因果规律，逆推并建立外部的客观知觉……"常书卿听得云里雾里，却也不忍心打断，毕竟对面这个人又一次像是站在山顶上，眼睛里闪烁着灼热的光。虽然不懂，但还是会被感染。"你觉得你消化得了吗？"终究，常书卿还是问了出来。张清宇顿了一下，摇摇头："很多我都不懂，就先背熟。我一看到这些名词就很兴奋。主体，客体，本性，异化，衍生性，具象，抽象。"他像是报菜名一样念出这些词，脸微微泛红。常书卿尝试着问："我记得老师说过，哲学家都要搞清楚三个问题：我是谁？我从哪里来？我要到哪里去？"张清宇点头说是："这三个问题，有很多人给过很多答案。

每一种答案，都给我新的一种思考维度。"常书卿问："比如呢？"比如黑格尔如此说，比如康德如此说，再比如维特根斯坦如此说。张清宇说话时，常书卿是跑神的，那些一个个坚硬的哲学概念砸过来，就像是铺天盖地的冰雹。他感觉自己像是尽义务一般听着对方说话，看着对方从这个纸箱里拿出这本书，又从那个纸箱里拿出那本书，甚至扑到床上从一堆书山中准确地抽出某本书。那是一张语言构建的网，从一个点引到另一个点再到第三个点，渐渐连成一条线，线与线织在一起，扩成一个面，上面与下面，正面与侧面，面与面接在一起，搭建出立体来。这个小屋子不再是一个小屋子，现在说话的这个人不再是这个人，月光也不是这月光，风声也不是这风声，我也不再是我，都是符号。能指和所指。共时与历时。实与虚。天与地。阴与阳。西方与东方。梦境与现实。

就像是一条船顺着湍流急冲直下，不用费心就日行千里，可是忽然间就停住了，在沉默的旋涡中打转。常书卿抬头看了一眼，吃惊地问了一声："你怎么了？"张清宇才要开口，两行泪水滑落下来。常书卿慌乱地想找纸递给他，与此同时心里十分震动，还有一些莫名的尴尬。张清宇摇手说："没事。没事。"说着抬手抹掉泪水。"很抱歉，我有点太激动了。我……我……太久没有跟人说这么多话了。"说话时，又一次哽咽起来。常书卿从口袋里摸出一叠上午如厕后未用完的纸递过去，张清宇接过来后，捂住自己的脸。常书卿想过去拍拍他的背，又觉得太过亲昵，便默默地坐在椅子上。哽咽完后，是呜咽声，像是一个受伤的小兽发出的声音。常书卿站起来，收拾了一下碗筷，准备拿到外屋去。"你别走，好吗？"张清宇的声音小小，透着哀求。常书卿又坐下："好，我不走。"又过了半晌，张清宇抬起头来，吸了吸鼻子，不好意思地勉力笑笑："太丢脸了。"常书卿也笑笑："你好点了吗？"张清宇点点头："好多了。我感觉自己就是一个神经病，明明很高兴，说着说着就控制不住地哭起来。"常书卿试探地问："你就一个人住在这里吗？"张清宇环顾了屋里一周："很久了……很久很久了。自从那件事发生后，我就很少跟人打交道了。"常书卿迅速问道："哪件事？"张清宇愣一下，起身道："说来话长。"

两人出了门，风乍一吹来，凉意顿生。月光汩汩，从山巅蔓延到平展的田野。常书卿深呼吸了一口气，在屋里待这么久，头昏脑涨得厉害，现在可算是松懈下来了。往池塘边走，一条渔船系在岸边。张清宇笑道："要不要坐我的宝船？"常书卿迟疑了一下："太晚了，我该回去了。"张清宇点头："我有摩托车，待会儿可以送你。"他往小屋旁边的棚子指了指，果然有一辆摩托车。船往池塘中央走，张清宇划桨，常书卿坐在船尾。桨划过柔顺的水波，月光在扁平的桨叶上闪耀。到了水中央，张清宇收了桨，让船随风漂荡。水雾如烟，从塘面袅袅升起，之前听到的鸟啼虫鸣全都偃息，寂静笼罩天与地。刚才在屋子里滔滔不绝的张清宇，此刻闭上了眼睛。那些充塞在脑中的一个又一个艰涩的名词也都消散在了风中，心中空荡荡的，连人的肉身都可以忘却。"你听到没有？"张清宇忽然问。常书卿问："什么？"张清宇"嘘"了一声："你好好听。"常书卿也尝试闭上眼睛，许久许久，不知道是不是错觉，远远的地方传来簌簌簌簌的细碎声音。常书卿深感骇然："那是什么？"他睁开眼睛问，而张清宇正在看着自己："下霜了，冬天快来了。"停了片刻，他接着说："我晚上睡不着的时候，就经常坐在船上听下霜的声音。"

常书卿此时才细细地看了一下他发黑的眼袋："你经常睡不着吗？"张清宇"嗯"了一声："一宿一宿睡不着，脑子里有很多声音在吵，吵得脑袋疼，我就出来，有时候沿着这条路——"他指着刚才来的那一条路，"跑上好几圈，或者去爬山。"常书卿惊讶地问："晚上？"张清宇点头："山路我熟悉，爬上玉峰山不费事。"见常书卿难以置信地咂咂嘴，张清宇也不恼："我在山上坐到太阳快升起来时再下来。"常书卿忽然想起来一件事，便问道："今天在山上死的那个人……"张清宇不等他说完，接口道："是我报的警。"常书卿心猛地一跳："怎么？"张清宇挠挠头："麻烦死了，上午还去公安局做了个笔录。"常书卿隐隐觉得不安，但又觉得自己太过敏感，便没有接着问下去。张清宇托着腮说："我发现他的时候，他就跟你看的那样躺在那里，像是睡着了一样。我以为这一切都是我神经错乱幻想出来的。但他死了，却是真的。"

张清宇叹了一口气："你当时不怕吗？"张清宇摇头："忘记了怕。而且……那也不是我第一次见到死人。以前我跟我爸……"说到这里，他把话咽了下去。常书卿追问了一声："你爸怎么了？"张清宇干笑了一声："不提他了。"说着，他把船往回划。毕竟夜深了，寒气逼人，连月亮都躲到一片云后面。

五

常书卿半夜醒来时，发现张清宇并不在屋里，兴许人家出门撒尿去了，便没有放在心上。想要再次睡去不容易，被子太薄，而且发潮，闻起来有一股馊味。月光隐去，屋里昏暗一片，床底下有老鼠奔逐的窸窣声。本来这个时候他应该睡在宿舍的床上，盖上家里带来的厚被子沉睡在梦乡的。但张清宇说学校的校门肯定是锁着的，学校宿舍的铁门也应该不会开，只好勉强两人挤着睡一晚。现在张清宇却不见了，等了许久，依旧没有踪影。常书卿小声地喊道："张清宇！你人呢？"没有人回答。他起身穿上衣服，小心翼翼地走到外屋，大门虚掩着，拉开门往外看，又叫了几声，依旧没有人回应。实在是太冷了，常书卿搓着手返回屋里，重新钻到被窝里去。兴许人家爬到山上去了？这是有可能的，因为手电筒不见了。但这么冷的天气在外面待上一会儿，都要冷到跳脚，更何况在山顶。真是无法理解，也懒得去理解了。常书卿把被子裹得更紧了，翻身时格外小心，生怕床边那堆书山倒下来砸在身上。

早上醒来时，阳光鲜亮，心情也莫名地振奋起来。张清宇依旧没有回来，书桌上还垒放着昨晚挑拣出来被老鼠咬过的书，四个书箱敞开，接纳着阳光的抚摸。常书卿不知道几点了，但太阳升到了田埂边柏树的树梢上，推算时间不早了，早自习估计已经开始，便急急忙忙穿好衣服下了床。在桌子上留一个纸条，写明了自己的班级和有事先走的缘由。到了屋外，空气清冷，放眼望去一片雪白，还以为是薄雪，走近看原来是霜。船系在木桩上，池塘靠岸的位置结了一层薄冰。常书卿大喊了几声："张清宇！张清宇！"有回声过来，预料之中无人回应，倒是有麻雀从远处的麦田里扑簌簌地飞到天上去。常书卿没奈何，撒腿往学校的方向跑去。跑过石桥，跑过竹林，跑到去往后山的那条土路上，后面有人喊自己的名字，常书卿扭头看去，居然是张清宇骑着摩托车赶了过来。"快上来吧。"张清宇说完，常书卿没有理会，他也不跑了，就贴着路边走。张清宇问："你生气了？"常书卿说："我有什么好生气的。"张清宇说："你这样走，你们学校第一节课就快开始了。"常书卿停了下来，想了想，上了摩托车后座。张清宇加快了车速，往学校飞驰而去。到了学校东门，常书卿下了车，正准备走时，张清宇叫住了他，让他打开后座的储物箱，里面有一袋温热的小笼包子和一杯豆浆，另外还有那个装书的黑布袋：

"你都拿上。"常书卿听话地拿上后，张清宇调转车头："你赶紧吃完，去上课吧。之后你要是想来找我，就去池塘。"常书卿点头说好，正想问他晚上去哪里了，还未开口，张清宇已经驾车远去了。

上了一整天课后，晚上回到宿舍，王峰凑过来问："你去看个死人，居然能看到彻夜不归噢？被公安局给抓走了？"常书卿含糊地说："我后来回去了。"王峰"咦"了一声："你回哪里去？你妈打电话到宿舍来了，问你怎么没有回家。"常书卿不耐烦地挥挥手："哎呀，去我亲戚家了。"王峰没有再追问下去，只是笑了笑，上床看习题书。抬眼看其他几位室友，有的趴在桌子上，有的靠在床头，都在忙着复习。期中考试临近，紧张的氛围笼罩下来。常书卿洗漱完毕后，也上了床，枕头边上搁着一摞参考书，随手拿起一本数学习题辅导书，看了几行，眼皮打架，又换了一本语文辅导书，还是看不下去，接着在枕头另一侧摸到那个黑袋子，从里面掏出了那本乌纳穆诺的《生命的悲剧意识》。"在我自身之内，所有企图阻断我生命的统一性和连续性的事物，必然会毁灭自我，同时它也会自我毁灭。"旁边有张清宇的批注："保有自我的重要性，何其重要。任何阻断的企图，都不能允许！！！"那三个感叹号标示得特别大，可见当时张清宇的激动之情。又翻看一页，有一小段话："生命便是矛盾。"旁批了一句"每个人逃脱不了的悲剧"……常书卿能想象得到张清宇亲口说出这些话的语气和语调，他手臂挥舞，眼睛放光，激烈地说出一个个斩钉截铁的句子，像是劈砍虚无中的敌人。但那敌人真的存在吗？还只是他幻想出来的？常书卿忍不住想。

寝室的灯突然灭了，学校统一规定十一点钟准时熄灯，所以没有人抱怨，各自开了床头的台灯继续复习，唯独常书卿没有开灯，他把书合上，小心地放进黑布袋里，然后连袋子压在枕头下。雪白的光，暖黄的光，其他每个人的床头开出不同的光圈来。张清宇是不是也在那个小屋里开着灯看书呢？虽然就是昨晚的事情，想起来却恍如隔梦，如果不是有枕头下那本书的存在，他几乎都觉得连张清宇都是不真实的。渐渐地，台灯也都各自熄灭了，窗外的月光斜照进来，窗棂的影子落在了棉被上。鼾声此起彼伏，磨牙的声音也响了起来，再过了一会儿，连这些声音都没有了，只有自己的呼吸声和心跳声。一张脸从朦朦胧胧的意识中突然凸显出来，那是一张责备的脸，严厉的眼睛瞪过来，嘴角紧紧抿着。完了。常书卿被一阵不安揪住。王峰说妈妈打过电话来，而他那时候并未在意。这周末没有回去，妈妈肯定空等了一场，而他却连个电话都没有打回去。真是该死，该死该死。

到了下个周六下午，常书卿正在宿舍里收拾东西准备回家时，他妈妈却过来了。先是吃饭，一个不锈钢保温饭盒，三层，一层青椒肉丝，一层麻婆豆腐，最下面一层白米饭；一个保温桶，里面是猪蹄炖花生，汤浓肉烂，备了一根汤勺。常书卿这边在吃，他妈妈那边在做清洁。室友们都回家了，留下一地的垃圾，他妈妈都收拾了起来扔到外面的垃圾桶，又回来拖地，拖到地面露出原有的光泽来才罢休；再来洗衣服，每个床底下桶里泡着的脏衣服，都搓洗干净了，晾在阳台上；还没忙完，床上乱得跟猪窝似的，掀开床单，被子都发潮了，也不晓得晒一晒，那枕头都黑了，枕套要换了，就知道会这样，打开带来的大提包，掏出干净被单、床罩、枕套，把那些脏的叠好塞回包里去，得带回去狠狠洗干净才行……常书卿默默啃着猪蹄，妈妈说的这些话，他"嗯"一声"啊"一声，庆幸室友们都走了，否则真是尴尬死了。

　　"这是么子哦？"常书卿抬头看，他妈妈正拿着那个黑布袋问。"一本书。"常书卿正准备起身接过来，他妈妈已经打开了袋子，掏出那本书，翻了一下："这是你们要学的？"常书卿正要摇头时，立马换成点头："嗯，老师要求看的。"他妈妈又把书放了回去，继续铺床单："你莫骗我，高中是关键时期，时时刻刻要抓紧，晓得啵？那些课外书，要少看！莫乱了心智。你没考上一中，我心里几不甘心哩，你要是……"常书卿打断道："妈哎，你又来咯。说了几多遍了，二中也不差，这里每年也有考上清华北大的。"他妈妈停住，扭头直直看着他："上回二中上清华北大的，是五年前的事情咯。一中每年都有！你现在不抓把紧，落后人家会更远。我跟你说，我跟你爸都希望你……"常书卿"嗯嗯"几声："晓得晓得。我晓得。你莫说咯。"他妈妈换好了床单，下到地上来，环顾了一圈宿舍，比起她刚进来时，可以说是焕然一新。

她过来摸摸常书卿的头："头毛长咯，该去剃一下。"常书卿心头一酸，自己也不知道为什么眼眶一湿，可他及时忍住了，扭头看门外："我找个时间去剃。"他妈妈收回手，从提包里又掏出一包生鸡蛋，搁在桌子上："这个你每天早上起来用开水冲了喝，是土鸡蛋。"常书卿又说了一声"晓得"，声音一抖，没有说下去。

妈妈走时，没让常书卿送，带上提包、保温盒和保温桶，走时又拿出三百块："晓得要考试咯，你这几周就好好复习，不想回去就不回去。自家保重。"常书卿说好，站在宿舍楼上，看着妈妈走远，消失在了教学楼后，转身回宿舍，阳台上衣服还滴着水。啪，啪，啪。眼泪忽然间就落了下来。他自己也不知道为什么哭得这么厉害，身体一抽一抽。在得知自己的分数线离一中只差八分，他也这样把自己锁在房间里哭过。妈妈在房门外忙来忙去，等他哭完后打开门，她什么也没说，就做了一桌子好菜。他那时候说了一声"对不起"，说着又忍不住哭出声。他妈妈就拍了拍他的肩头，单说了一句："不是还有高考么？你怕个么子嘞。"现在他得对得起妈妈这句话才是。他坐了下来，身体像是被抽空了一般，深呼吸了一口气后，爬上床去拿参考书，又一次看到那个黑布袋。他感觉有一丝荒诞。现在，至少现在，我不想弄明白生命是不是悲剧，自我是不是要毁灭，现在我只想弄明白一道道习题。每个习题都有答案，而张清宇想追寻的那些玄奥的概念则没有答案。如此想着，他把黑布袋又一次塞到枕头下面，拿着书去教室自习去了。

六

期中考试结束后的那个周六，下了入冬后的第一场雪。起先只是零星的雪粒子，夹杂在霏霏细雨中，等常书卿跟王峰、卢俊在学子餐馆吃完午饭后出来，雪已经下大了，屋檐上、车棚顶、树杈间，早已经积了厚厚的一层。操场上人声鼎沸，同学们纷纷跑出来赏雪，相互之间在雪地上追逐打闹，小小的雪人站在围墙边，鼻子上插了一根烟，惹得大家笑个不停。王峰搓手哈气提议道："我们去后山村走走，那里有一大片竹林，下了雪后一定很好看。"卢俊连连说好，倒是常书卿犹豫了一下："我妈让我今天回去的。"王峰"哎呀"一声："你打电话跟你妈说今天雪太大，坐车危险。"这也不算假话，又加上卢俊在一旁怂恿，常书卿便去餐馆隔壁的小卖铺打电话给家里，他妈妈在电话那头倒也没有什么责怪的话，只是让他多穿点衣服，快挂电话时，那头突然问了一声："考试成绩出来了啵？"常书卿心头一紧："下周一才出成绩。"那头说好。挂了电话后，常书卿发怔了一会儿，有一种莫名的牵扯，让人心生惆怅。王峰过来问怎么了，常书卿说没什么。两人略等了片刻，等卢俊从宿舍拿来照相机后，大家一起往东门走去。

新雪落在河水上，激起一圈又一圈小小的涟漪，乌鸦肃然地停在白杨树枝上，黑羽泛着紫蓝色金属光泽，等人一走近，"嘎"

的一声振翅飞走，积雪扑簌簌地撒了人一头。土路的前方无人走，一片平展的纯白，叫人都不忍心踩上去。但绿色并不退让，那山上的松林、田里的冬麦，还有村边的竹林，在白雪的衬托下更显苍翠。村中狗吠声不断，有村民探头出来，见是三个学生在竹林边拍照，喝止了狗后，又缩回头去。卢俊给王峰和常书卿拍了各种姿势的照片后，又去拍村庄边柴垛上未摘下的南瓜，蹲在木栏杆上打盹的母鸡，屋檐下悬挂的冰凌子。王峰和常书卿则沿着竹林边慢慢地走，雪陷下去的声音吱嘎吱嘎，偶尔风来，竹竿轻摇，雪粉散开，两人一边笑一边躲避。正玩闹间，王峰忽然停下，仔细听了一下："好像有人过来。"果然踏雪而来的声音从竹林另一头传来，没过多久，那人穿过竹林间的小路缓慢地走过来，因为穿着厚厚的藏青色羽绒服，戴着兜帽，低着头，所以看不清模样。等到了跟前，那人抬起头来，常书卿叫了一声："张清宇，是你呀！"

几周不见，张清宇消瘦了好多，两颊削下去，眼睛越发显得大而无神，眼袋沉沉，颧骨高耸，嘴唇干裂。但一看到是常书卿，他流露出既惊讶又高兴的神色："没想到啊！"他双手抓住常书卿的双臂，又立马放下，兴奋地跺着脚："我今天还在想你呢，这么好的雪景，不看多可惜！"说着，又看了一眼王峰和不远处拍照的卢俊："你同学啊？"常书卿点头说是，然后给两边相互做了一番简单的介绍。王峰打量了张清宇一番，"咝"了一声："我好像

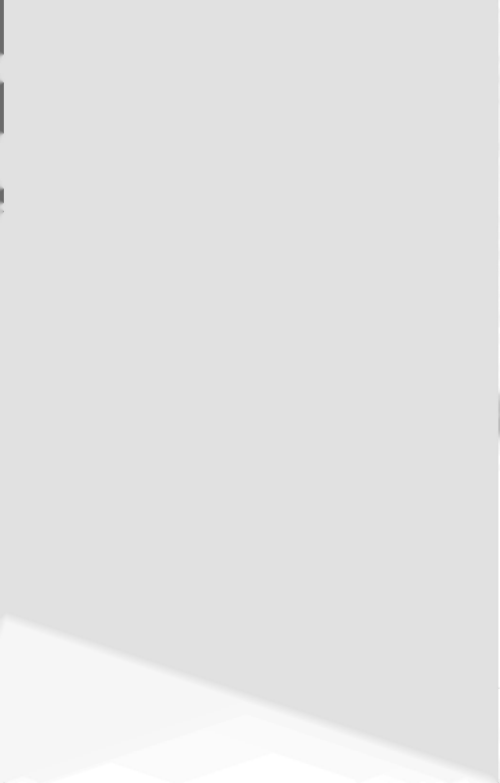

看的。不过去年下学期，他突然就退学了。"常书卿忙问为什么，王峰笑笑："你不是认识他吗？你可以问问他嘛。"常书卿摇头："不好问这个吧。"王峰点头："大家都觉得蹊跷啊。我哥说这个事情当时闹得特别大，他各科的老师，还有校长都出动了，可以说是给足了他面子，也没劝服他。你说他怪不怪？"卢俊举起相机，远远地抓拍了一张张清宇的背影，然后说："快走吧，他在等我们。"

张清宇带他们看的是村里供奉的土地庙，一个袖珍民居式建筑，面阔两米左右，进深约一米，上有楹联："天高日月长，庙小乾坤大。"其外墙白灰细粉，画轮廓墨线，屋面砌马头墙盖小青瓦，瓦上覆一层雪，庙内塑土地神石像，庙前掘一水井。今天想必已经有人来参拜过，石像前的香炉里插满了香。王峰和卢俊夸那石像雕刻得惟妙惟肖，上前凑近细细地观赏。常书卿故意落在后面，如此便能跟张清宇并排在一起："你最近怎么样啊？"张清宇踢着地面上的积雪："睡不着觉。"常书卿瞥了他一眼："看得出来。"张清宇摸了一下羽绒服的口袋，掏出一根烟自己点上："没意思。"王峰那边接口道："很有意思啊！我看这庙得有上百年历史吧？"张清宇吸了一口烟吐出："有什么意思呢？"他环顾了土地庙一周："我看不出有什么意思。"王峰被怼了几回后，有点着恼："没意思，你还带我们来？"张清宇转身往外走："或许你们会觉得有点意思。"王峰还要回话，常书卿打断道："好了，你们说的不是一回事。"张清宇看过来，锐利的一眼，常书卿心紧缩了一下："你要是不舒服，早点去休息吧，我跟他们回学校了。"张清宇迅速地回："别走。"常书卿停住了，问："什么意思？"张清宇语气从之前的冷硬变得柔和，甚至说哀求："我现在蛮怕一个人的。"常书卿小声问："你怎么了？"等了片刻，张清宇没说话，常书卿轻叹了一口气："我不走。"张清宇匆忙地说了一个"好"字，扭身对还跟在后面的王峰与卢俊说："我带你们去看看更有意思的地方。"说话的语气倒是比起刚才友好了很多。

山脚下一棵大槐树，明朝时候就有了，等明年夏天到了你们再来，浓荫匝地，蝉鸣震耳，再看树根盘根错节，伸到河边去，那河流下去就是你们在土路看到的那条了，河也有名字，叫"清水"。秋容清水色。宋朝有个和尚释正觉写的，你们知道吧？不知道没关系。李白总是知道的吧。清水白石何离离。这个也没听说过？还有一句，特别贴合这里，你看槐树前头那石桥，小桥清水共盘桓。冯延已写的。也没听说？哦哦，没关系。我们到桥上走一走……张清宇跟在庙前判若两人，极热情，极饶舌，生怕常书卿他们跑了似的，紧紧跟在他们旁边。王峰与卢俊站在石桥上兴趣盎然地听他讲这讲那，还问了很多问题，这一问，又勾起了他更多的话。卢俊探头看桥下，咕哝了一句："这清水河有鱼吗？"王峰笑着接一句："水至清则无鱼。"张清宇正在讲桥的历史，没有留意他们的话。常书卿小声地说："你们好好听他讲。"王峰悄声说："他讲的，我听不懂。"卢俊连连点头附和。常书卿抬眼看张清宇，他站在桥上，拍着石栏杆，引经据典，从天文到地理，从唐宋到明清，眼神仿佛穿透了他们三人，去到一个虚空。常书卿熟悉那个眼神，在山顶上，在小屋里，在渔船上，他仿佛不在这里。那在哪里呢？不知道。隐隐的不安感，又一次升起，说不清缘由，但就是觉得心里绷着一根弦。

等回到了竹林那边，天已经暗了下来。卢俊说相机没电了，王峰说："我们得回去了。"常书卿瞥了张清宇一眼，迟疑地问道："那我们走了？"张清宇又一次恢复到冷峻的模样，像是潮落之后露出的石头，没有发一言。三人于是道了谢，挥过手，转身往学校走去。张清宇忽然追上来："要不去我家吃个晚饭？"王峰和卢俊讶异地看看张清宇，又看看常书卿。王峰说："那怎么好呢？太麻烦了。"张清宇眼睛灼灼地盯着常书卿："不麻烦！我很快就会弄好。他吃过我做的饭。"王峰挑了一下眉头，饶有兴趣地看了一眼常书卿，再看张清宇。常书卿点头，小声地说："是的。"他没看他的两个同学，眼睛落在虚处："你们要是觉得可以的话……"卢俊说："可是……"王峰打断话头，兴致勃勃地说："好啊好啊，那就麻烦你了。"说着一手拽起卢俊的胳膊，一手拉着常书卿的衣袖，跟着张清宇往回走。过竹林时，并没有像上次那样穿过去，反倒是往村里走。常书卿赶上前去，跟张清宇并排走在一起，悄声问："怎么不去那边？"张清宇嘴巴抿了一下："那是我的秘密基地。"常书卿笑道："那我怎么去了？"张清宇侧头认真地看过来："你不一样。"常书卿"咦"了一声："怎么不一样？"张清宇笑笑，没有说下去，又走了一会儿，忽然说："谢谢你。"

七

红泥炭炉上坐一暖钵，炉内炭火红旺，钵里鱼汤滚沸，冻豆腐、豆果儿、佛手山药、土豆、宽苕粉，桌上摆满，四个人面前瓷碗里的芝麻油，还是村里油坊榨的。手也暖了，脚也暖了，王峰甚至吃得满头汗，其他人的脸在升腾的蒸汽里红扑扑的。张清宇起身说："不能光吃菜，还得喝点酒才行。"又从橱柜上拿出小桶装的谷酒，一一斟上了，四人一口干了。酒辣喉咙，有了后劲，精神随之振奋，大家的话也随之密了起来。卢俊拿筷子敲酒杯，哼了一句："春天的花开秋天的风以及冬天的落阳……"王峰接着唱："忧郁的青春年少的我曾经无知的这么想。"轮到常书卿："风车在四季……嗯，风车……"张清宇接过来："风车在四季轮回的歌里它天天地流转。"大家哄然一笑。王峰又起一句："每个人心里一亩一亩田……"常书卿又不会，卢俊接道唱："每个人心里一个一个梦。"唱到副歌部分，大家都拿筷子敲着酒杯："用它来种什么？用它来种什么？种桃种李种春风……"一曲唱罢，张清宇突然踉跄地起身，昂头唱："Starry, starry night..."这次大家没办法接了，他径直唱下去："Paint your palette blue and grey, Look out on a summer's day..."王峰小声问："这是什么歌？"卢俊回："Vincent。"张清宇的歌声不能说好听，低音和高音都没有唱到位，却意外地动人。大家都默默地放下筷子，听他唱完。常书卿又一次看到张清宇的眼泪流下，王峰和卢俊也看到了，刚才热烈的气氛渐渐地低沉下来。张清宇坐下来后，常书卿说："喝酒喝酒。"另外两人附和道："走一个走一个。"

　　天彻底地黑了下来，但并非伸手不见五指，窗外雪光浮动，炉内炭火绯红，羽绒服脱了，额头沁出汗，钵里的菜无人吃，徒劳地在滚汤里翻起。大家默契地没有开灯，夜色让人感受到一种温柔的包裹。不知是谁提议讲鬼故事，大家说好。张清宇让大家移步到前厢房，准备好火盆，等大家围盆坐好后，又拿来炒好的花生、蚕豆搁在盆沿，盆内也不闲着，生土豆、毛芋头搁在炭火里，拿火钳不断翻转，免得烤煳。王峰开始讲了，说起有一次他跟他哥哥王亮去长江边捡柴，前方十米外有个穿大衣戴黑毡帽的人缓缓而行，王亮好奇那人走路的姿势，不像是在走，倒像是飘在离地几公分的地方，两人想上前去确认，却无论如何都赶不上前方那人，距离始终是十米远，王亮气恨，拿起小石块砸过去，那人回头了。说到这里，王峰顿住了。大家等了半晌，卢俊忍不住问："然后呢？"王峰幽幽地说："那帽子底下没有人。"常书卿问："就单是衣服？"王峰点头："可能有个透明的人吧，那衣服、裤子，就像是一个人在穿着，我们却看不到。"卢俊又问："然后呢？"王峰一拍手，"嘻"了一声："然后我们转身就跑啊！生怕那东西追过来，到了家后跟大人说，大人说我们肯定是瞎编的。"卢俊啧一下嘴："我看你就是瞎编的！"王峰拿花生壳砸过去："你有本事就讲一个，我看你是不是瞎编的。"大家哄然一笑。

卢俊待要讲时，张清宇说了一声："好了。"烤熟的土豆，表皮黑黑，一捏开香气四溢，四个人一边说着好烫一边小口啃完，张清宇又拿火钳放了红薯到盆里，用炭火盖住。卢俊要讲的鬼故事跟这火也有关。这火不是炭火，是鬼火。小学三年级考试考得差，怕回家被父母打，就想躲到外婆家去。天黑路远，路过一片坟地，前后一个人都看不到，忽然见坟地鬼火荧荧，心里怕得慌，赶紧撒腿跑，却无论如何都跑不动，身体像是被某个重物死死地按在原地。意识是清醒的，身体却动不了，连声音都叫不出来。那鬼火有红、有蓝、有白，来回窜动，后来聚在一起，往自己这边飘过来。正想着自己要死了的时候，忽然身后有声音："鬼伢儿哎，你么在这里？"有人从背面把自己抱起来，送出了坟地好远才放下，然后那人拍拍他肩头："赶紧回吧！"等身体能动了，扭头看，一个人都看不到，也不知道那人长什么样子，那时候也想不了那么多，赶紧往外婆的村里跑。王峰扑哧一声笑："你是不是吓得尿裤子了！"常书卿附和笑道："童子尿可以辟邪！"卢俊伸脚要踢两人："你们才尿裤子嘞！"

说到尿裤子，大家都有了尿意。出前厢房，穿过堂屋，推开大门，一片银白世界，雪花零星飘落，风似有似无地吹来。大家走到稻场周边找个角落撒完尿，聚在稻场中央，一边搓手一边踢雪玩，实在冻得不行，又一次返身回屋，红薯正好烤熟，吃起来甜软可口。王峰看向常书卿："该你了。"常书卿摇头道："我不信鬼。"大家"咿"了一声："这就没意思了！"正闹着，张清宇说："我来讲一个吧，也不知道里面有没有鬼，不过也够诡异的。"大家说快讲。张清宇拿火钳把烤好的毛芋头放在盆边，慢慢地翻动："有一天晚上我爬山……"卢俊插嘴问道："晚上爬山？"张清宇点头。卢俊又问："哪里的山？"常书卿说："就是后面那一排山。"张清宇冲常书卿笑笑，说："进了一片松林，有一条小路可以通往山顶，我就继续往前走。走了大约一刻钟，还是没到山顶，我心里就觉得很奇怪，看看四周，依旧是松林，再仔细一看，是我走过的地方。我又继续往上爬，爬了大概半个小时，转了很大一圈，再一看，还是我刚才来过的地方。"王峰呲巴一下嘴："鬼打墙了。"张清宇"嗯"了一声："我当时就明白这是鬼打墙了。我试了好多次，还是没有走出那片林子，心里又害怕又着急，直到天微微亮，我才慢慢地摸了出去。"大家松了一口气，卢俊说："这事情我也遇到过……"张清宇没理会，继续说："走出那片林子后，我发现我爬到了马鞍山斜坡上，看到了一具尸体。"常书卿"啊"了一声，问："就是那晚你说的，那尸体是你发现的那次？"张清宇眼睛定定地看着常书卿："对，就是那次。"王峰急忙问："你们在说什么啊？"常书卿说："有一回周六，你说后山死了一个人，你还来看过了，回来跟我说……"王峰"哦哦"了两声："我想起来了。那个死的人，不是一中的吗？我哥王亮认识，那人叫吴什么来着，高二的学生，被社会上混黑道的人砍死了，扔到马鞍山上的。听说有三个凶手，都抓到了。"常书卿说："学子餐馆的老板说起咱们学校每一年都要在后山死一个，真要是有鬼的话，那山上到处是横死鬼。估计清宇在林子里走不出来，也是鬼闹的。"卢俊抓住常书卿的胳膊说："你别说了，我觉得瘆得慌。"

一时无话，说到了真正的死人，气氛蓦地沉重起来。炭盘里的炭火暗了下去，为避免中毒而开了一条缝的窗户随着风磕托磕托摇晃。张清宇手托着腮，陷入沉思中，手中握着的火钳一开一合，一合一开。王峰向常书卿和卢俊使眼色，嘴巴无声地开合："我们回去吧。"常书卿担心地看看张清宇，没有回应，卢俊那边连连点头。王峰才要起身，张清宇突然开口说："小时候我常跟我爸我妈跑车。"常书卿心猛地一跳，这是张清宇第一次主动提到他的父母。王峰又一次坐下，问："你爸妈是跑货运的？"张清宇"嗯"了一声："他们跑了十几年了，现在这会儿他们估计在广西。不知道你们了不了解跑车这个行业，非常辛苦，出门一趟十天半个月回不了一次家。那时候我小，家里没有人照顾，他们就把我带到车上去。"卢俊"哇"了一声："那多好玩！一路上能看到不少风景吧？"张清宇苦笑了一声："风景是看了不少，死人也看了不少。"大家一时默然。"经常看到车祸现场，有的车子撞到桥墩上了，有的车子冲下悬崖了，还有的车子起火爆炸……所有你能想象到的，我基本上都见过。虽然我妈会捂着我眼睛，不让我看，我还是看到了。"说着，他捏起火钳，拨动了一下炭盆里的木炭，"死有各种死法，烧死的，撞死的，压死的，脑浆撞出来的，胳膊飞出去的……后来我去上学，不跟他们在车上了，他们每回一出车，我就会失眠。那些死亡的画面就一直会浮现在我脑海里，只是死的人换成了我的父母。我不敢闭上眼睛，一闭上那些画面就会冒出来。我让他们不要再去跑车了，他们不听，这个挣钱多，其他本事他们也没有，所以还是要跑。再说不跑车，我读书的钱哪里来？全家的生活费哪里来？"

又沉默了一会儿，常书卿小声问："所以你是因为这个退学的吗？"张清宇锐利的眼神扫过来："退学当然有很多原因，这是一个很重要的原因吧。我在学校里，每天都失眠，到了半夜，心里头闷得透不过来气。偶尔能睡着的时候，就是各种车祸的噩梦。再一个我觉得自己活着就是父母的负担，是因为我，他们才这样没日没夜地跑车，我多吃一口饭都是在剥削他们。如果他们万一出了什么事情，也都是因为我。"常书卿连连摇头："你这样想不对！他们也不希望你这样想吧！"张清宇抿紧嘴唇，想了想，说："我不知道对不对，我那时候就是那样想的。我那时候在想活着是为了什么？我觉得太累了。每回失眠，我就看书，看很多很多书，也许书上会给我答案。"常书卿点头："我知道。我知道。"王峰此时插话进来："我记得王亮跟我说，你退学是跟老师起了冲突？这个事情当时闹得很大。"张清宇没看王峰，捏紧火钳："你哥说得没错。那时候我们来了一个实习老师，我特别喜欢他的教学方式，又活泼又生动，而且对我们也很好。我有时候把我写的东西给他看，他都能给出很好的建议，也能懂我的心。但是学校容不了他，让他提前结束了实习，这让我很愤怒。我向学校提出抗议，当然，"他苦笑了一声，"没有什么用。总之……各种事情夹杂在一起……我忍受不了学校，忍受不了自己，忍受不了各种忍受不了……我就不想再念书了。"王峰喷喷嘴："多可惜啊。你是读名牌大学的料啊，又是在一中。你爸妈同意你退学吗？"张清宇久久直视着王峰，没有回答。王峰尴尬地笑笑，往常书卿这边投去求助的眼神。常书卿说："天太晚了，我们也该回去了。"王峰连忙起身说："好好好，再不回去宿舍楼都进不了了。"张清宇这才像是回过神来，也随之起身："我也该走了。"常书卿问："你要去哪里？"张清宇闷闷地回："我不住这里。"

推门出来，雪没有再下了。大家搓手跺脚，哈着白气。张清宇把大门锁上后，穿过稻场往土路上去，其余三人跟随其后。一路无话，唯有雪从树梢落下的扑簌声，还有此起彼伏的狗吠声。

常书卿故意大声地说："我们都习惯用'吱吱'这个拟声词，但就我实际听到的并非如此，当然脚踩上去有'吱'声，脚踩下去发出暗哑的'咕'声。可能雪的干湿度、厚度不同，踩的声音都不同吧。听说爱斯基摩人对冰的命名有上千种，踩雪声音的那些细微区分会不会专门有一种语言来命名呢？"卢俊忙回应道："还真是的！"常书卿冲着前面说："张清宇，你要不要说说看嘛。"张清宇像是没有听见似的，继续往前走。王峰小声嘀咕道："好神经！就是个闲聊天，至于嘛。"常书卿"嘘"了一声。走到竹林处，张清宇等在那里，兜帽戴上了，双手插在口袋里，也不看他们，低头踢着地上的雪："谢谢你们，路上小心点儿。"大家也忙说些感谢今晚招待的话。张清宇抬头特意看常书卿一眼："谢谢你。"没等回话，他就转身往竹林间的小路走去。常书卿叫了他一声，他立住回头。"你一个人没事吧？"张清宇嘴巴咧了一下，做出个笑的意思："能有什么事？"说完，转身大跨步地往前走。直到人消失在竹林后，王峰拍拍常书卿肩头："再不走，我们就真进不了宿舍门了！"三人继续往回走，水声淙淙，不绝于耳，卢俊问："这河叫什么来着？"王峰回："清水河。"卢俊笑道："清水白石何离离。我想起来了。"王峰也笑："亏你还记得，那个神经病在念诗的时候，我一直在忍着笑……"常书卿落在后面，他回头看一眼，村庄里亮着点点灯光，狗吠声停歇了，再转头看学校，宿舍楼一排排窗口也零星亮着灯，一阵莫名的惆怅涌上心头。卢俊回头看他："你走快点儿啊。"常书卿说了一声好，加快步伐跟上了他们。

八

雪化的那几天，耳边总有水落下时滴答滴答的声音，看向窗外，操场上的积雪东一堆西一堆，斜对面的图书馆屋檐下冰凌子越化越小，走在路上的人都缩着脖子躲着冷风，再抬眼看学校后面那一排山，在碧空之下愈发显得苍郁，常书卿不禁发了一会儿呆。一滴水珠从上面落在窗玻璃上，慢慢地蜿蜒成一道水痕，快到下面的窗框时，又一滴水珠落下。好一会儿后，把目光收回来，往教室里扫了一圈。同学们都在沉默地埋头自习，老师要求每一道试卷上做错的题，都要在作业本上再做一遍。期中考试的成绩已经出来了，班级排名第七，年级排名五十一，也算是能给家人一个交代，接下来又会有月考，再之后新年将至，离期末考试也不会太远了。论理应该抓紧时间复习才是，但一个字都看不进去，用王峰的话说是"丢了魂"一般，晚上睡不着，白天无心听课，别人当面说话好半天才反应过来。究竟为何如此，连自己也不甚清楚。

下了课后，去学子餐馆吃完饭，然后去宿舍把踩得一脚泥的球鞋刷干净，放在阳台上晾着，转身时卢俊正好推门进来。"去街上把照片取回来了，耳朵都要冻掉了！"卢俊把装满一叠相片的纸袋子搁到常书卿桌上后，双手搓着通红的耳朵。常书卿把暖手宝递给卢俊焐着，然后拿出照片翻看。卢俊说："我把你的照片都理了出来，然后还有他的照片，你有空带给人家吧。"常书卿看了半晌，问："他的怎么都是背面照？"卢俊大声说道："你傻啊，他的我都是偷拍的！当然只敢拍个背部啊。"常书卿说："可惜，要是能拍个正面照……"卢俊打断道："他那么凶，我不敢。"常书卿讶异地问："他很凶吗？我不觉得啊。"卢俊噘一下嘴："对你说话很柔和，对我和王峰，就是不耐烦。"常书卿把照片理好，又重新塞回纸袋子里："他人其实很好的，只是……一个人太久了。"卢俊饶有兴致地看过来："你倒是很懂他嘛。"常书卿把暖手宝夺过来："你瞎说什么啊。"卢俊搓着手过来抢："他好什么好啊！"常书卿心头一跳："什么意思？"卢俊又一次把暖手宝夺过去："你没注意到吗？准备火锅时，你们忙其他的事情，我跟他洗菜，他手腕上有好几处烟头烫过的伤疤，我都看到了，只是没有声张而已。"常书卿半晌没有说话，他靠在壁柜上，那个让他恍神的原因似乎也找到了。

好不容易熬到了周六下午，给家里打了电话，通报一下期中考试的成绩，又找个借口说学校有活动就不回家了。背上书包，里面放着卢俊拍的照片和从图书馆借来的六本书，往后山村奔去。天气阴冷，冻硬的土路走起来很是滑脚，就连清水河都结了一层冰，河水在冰下发出喑哑的呜咽声。到了村口的竹林处，一辆庞大的重型大卡车停放在那里，车厢里扫得干干净净。先到张清宇的家里，门虚掩着，叫了半晌，有人走了出来，是一个蓬头大肚中年男子，穿着秋衣秋裤，睡眼惺忪地问："你是么人？找我宇儿做么事？"常书卿猜这应该是张清宇的父亲，便赔着笑说："我是你儿子的朋友。"中年男子"哈"了一声："他还有朋友？！"常书卿尴尬地回："他不在是吧？我下回再来。"中年男子打了一个大大的呵欠："我也不晓得他跑哪里去咯！他哦，就跟个孤魂野鬼似的，鬼晓得他荡哪里了。说他还说不得！"常书卿一边连连点头，一边往外走："叔叔你接着困醒。莫送莫送，我晓得路。"

又一次回到竹林处，常书卿准备回校，想了想，还是决定去鱼塘那边看看。穿过竹林，走过石桥，沿着麦田边的土路疾步了好一会儿，脚都走暖和了。远远地看到小屋上空飘着炊烟，心头一喜，等走到屋前，叫张清宇的名字，推门出来的却是一个健壮的中年女子，手上拿着擀面杖，满脸惊讶地看过来。"你找我屋宇儿啊？"她问道。常书卿心想这应该是张清宇的妈妈，便点头说是。女人说："你进来坐，他去买菜了，很快就回来。"常书卿本想走的，但架不住女人的热情，进到屋里，坐在书桌前那个椅子上，迅速地扫了一圈，跟他第一次来有了大变样：那扇塑料布窗户换上了新玻璃，窗下杂物也都不见了，地面扫得干干净净，床上换上了簇新的床单，铺了厚厚一层棉被，原先摞在床边的书不见了，再一看，原来都整整齐齐地放在了两个手工做的书架上，那地方没记错的话本来是放鱼饲料的。正看着，女人端来一杯热水过来："要不了好久，他就会回咯。摩托车，几快哩！"

女人在外屋一边擀面团，一边跟常书卿说话，先问他姓名，再问他学校，跟清宇怎么认识的，常书卿做了简单的回答后，女人叹息道："我屋宇儿要是跟你一样，我心里不晓得会几高兴哩！他也是个爱读书的伢儿，我跟他爸天天跑车，他小时候没得爷爷奶奶带，我就带到车上去，他就坐在车上拿着书看，看完后还给我们讲，讲得一板一眼的，跟个小老师一样。每到一个新城市，他爸爸也疼他，再么样忙都要到新华书店去给他买书。嚯，拿到新书，高兴没得法子，睡觉都不肯把书拿开，一拿开就哭……"等了半晌，没有话语，常书卿探头看过去，女人抬起胳膊擦眼泪："长大了，不晓得为么子变成这么个样子！我想不通咯。"常书卿走过来，想要帮忙，女人忙挥挥手："不消帮忙的！我也是发神经，说这些丧气话。"常书卿摇头说："他很厉害的，以后么样走的，他肯定有自家的主意。"女人抬眼凝望着常书卿，脸上浮起柔和的笑意："唯愿如此！你们都是年轻人，相互之间好说话。他有么子话，都不肯跟我们说的。我们也只能干着急，管么样做的，他都厌烦。正好你在，待会儿你多劝劝他。要得啵？"常书卿点头说好。

张清宇把摩托车停好，拎着一袋子菜推门进来时，常书卿正跟女人在包猪肉大葱馅儿的饺子。那显而易见的高兴劲儿，洋溢在张清宇的脸上。脸还是瘦削的，但没有上一回看到的那么灰败，反倒是有了红润的气色，头发也剪短了，人看起来精神了不少。女人嗔怪道："你么去那么久哦？小常等了好半天了。"张清宇瞥了一眼常书卿，笑道："小常？哈哈，小常！"常书卿瞪他一眼："笑么子笑？"张清宇把菜搁在新添的饭桌上："菜涨价咯，我转了好几家菜市场才买到。"女人回："你也晓得柴米油盐贵咯？"张清宇从袋子掏出排骨、肉丸、青菜、豆芽、蘑菇、香肠。常书卿问："今天是么日子？这么丰盛？"女人说："今天他生日，你来得几巧。"常书卿"呀"了一声："我不晓得。要是晓得，我……"张清宇打断道："又不是么子重要日子，你饺子包完咯，帮我来择菜。"女人说："你要死哦，人家是客人！"张清宇笑："我不当他是客人！"

午饭汤煮饺子，常书卿推说在学校已经吃过，女人说那就稍微吃点，端过来依旧是一大碗，汤汁中卧了两个荷包蛋。女人转身离开，常书卿悄声说："我吃不完这么多。"张清宇笑道："我帮不了你，你看我碗里。"常书卿看过去，跟自己碗里一样，只好作罢。吃完后，常书卿要洗碗，女人说："你跟宇儿玩去。"张清宇却不在里屋，出门一看，他站在土路边上。常书卿走过去问："你在干吗？"张清宇回头时，嘴里噙着烟，他迅疾往屋子那头瞟了一眼："吓我一跳，还以为是我妈。"常书卿笑问："我帮你把风。"张清宇几口把烟抽完，把烟头扔得远远的，长吁了一口气："还不能回，我妈会闻到烟味。"常书卿问："你几时学会抽烟的？"张清宇仰头想了一下："去年我退学的时候，心里头烦躁，就抽起来了。"常书卿斜眼看张清宇的手臂，被厚厚的衣服包裹，想也没想就抓住了。张清宇诧异地看过去，常书卿不管，径直把他左手的衣袖往上薅，在手腕的地方，果然有五个圆圆的疤痕，集中在手腕往下的地方。僵持了一会儿，张清宇缓缓地收回手臂，把衣袖放下去后，双手插在兜里："以前的事儿了。"常书卿问："你真没事？"张清宇撇过头去："说没事就没事。"常书卿顿了半晌，说："希望如此。"张清宇转头过来："你没事吧？"常书卿顶回去："我能有什么事情？"张清宇默然片刻，笑了一声："如果有事，我去找你。"

再回到小屋时，女人正要出门，手中拎着保温盒，她先冲常书卿笑了笑："没得么子好吃的招待你哦。"又叮嘱张清宇："我先回去一趟，给你爸送点儿吃的。"走出了几步，女人又转身，怯怯地问："宇儿哎，要不你去送？"张清宇没有听见似的，进了里屋。女人又说："高压锅里炖了肉，你盯牢咯，冒了气赶紧关火。我待会儿再过来。"张清宇回了一声："晓得了。"女人笑骂道："我还以为你是聋了耳朵！"又嘱咐了几句后，这才慢慢走远。张清宇倒在床上，松了一口气："真是不得清净！"常书卿笑着点头："跟我妈一个样。"几本书都拿出放在书桌上，张清宇兴奋地坐起来："你真是救了我！"一本皮亚杰的《发生认识论原理》，一本大江健三郎的《人羊》，还有几本科普类小书。"我也不知道你喜欢读什么，就随机借的。"常书卿坐下来，看着张清宇翻了这本，又去看那本，嘴角眉头都浮出笑意，这才放下心来，相片也拿了出来，张清宇又一次笑："真的跟个鬼似的！"常书卿打趣道："谁要半夜里看你在山上，都会以为碰到鬼了吧？"张清宇摇摇头："他们在家，我就不上山了。有时候大半夜了，我妈还会跑过来看我在不在。我有时候在看书，她就给我煮面条。我让她回去，她要唠叨半天不肯走。"常书卿问："那你就回去住嘛。"张清宇拿着那本《发生认识论原理》靠在床上翻看，没有回话。

外屋高压锅嗤嗤地响了一会儿，张清宇起身去把锅盖上排气阀的重锤拿掉，一阵肉香弥漫开来。再回来时，张清宇拿了一大包生花生过来："你也别闲着，帮我剥一下花生，晚上可以炖汤。"两人便剥着，有一搭没一搭说着话。常书卿问窗户怎么换上玻璃了，张清宇说她妈妈叫人换的；又问书架哪里来，妈妈叫人开车送过来的；又问原来的鱼饲料、杂七杂八的东西去哪里了，妈妈叫人拖走了。你妈妈叫的人是哪个，这么勤快？没有回答的声音了。剥好的花生一粒粒搁到白瓷盘里，剥了一半，入肚一半。又说起各地吃花生的习俗，那些年跟车跑了不少地方，吃得不算少。绍兴、宁波一带，把带壳的花生放入盐水里煮，大料熬制的盐水，又鲜又咸，将内里的花生仁完全包裹。吃起来软熟，满口香甜，却又丝毫不腻。广东的卤水花生呢，清水浸泡后的花生米，在特制的卤水中大火煮开后，小火慢炖即可，吃起来有肉香味。山西的油炸花生，配上老陈醋，花生酥香，老醋酸甜，解腻又清爽。常书卿笑问："那你最爱吃哪里的花生？"张清宇回答："我妈做的猪蹄炖花生，今晚她要做的一道大菜，你吃过就知道了。"常书卿摇头道："我得回学校了。"张清宇回："你不准走，今天我生日。"常书卿啧啧嘴："那不是要蹭两顿饭了吗？"张清宇笑道："我以后也去蹭你的饭吃好了，那样就扯平了。"

九

有光照进来，常书卿回头看窗外："太阳出来了！"张清宇起身说："走，我们出去兜兜风。"两人出门，张清宇推出摩托车，常书卿在后座刚一坐好，车子就发动了。冲上了土路，绕过玉峰山脚后，上了一条公路。只有零星的大卡车开过，余下的时间唯有摩托车碾过路面的沙沙声。沿路看过去是一排排蔬菜大棚，张清宇说了什么，常书卿回："我听不见你说的话。"张清宇放慢车速："这些大棚里的菜，都是我家货车运到省城去的。"阳光稀薄，一点温度都没有，风从耳畔刮过去，幸好有耳罩护着，膝盖上也有护膝，手套自然不能少，所以冻的只有脸，一直僵着，连说话都费劲。而张清宇却毫不惧冷，他把所有御寒的装备都给了常书卿，迎着风，握着车把的手和裸着的耳垂都冻得通红，也没抱怨一句。回头看山，从玉峰山到马鞍山，之前从未在这边看过，起伏的山线凝固在天空之下，后山村在山那边，学校也在山那边，所有熟悉的都在山那边，车越开越快，山越来越小，心里莫名松快起来，想要喊，想要笑，甚至想要飞起来。

到辛安镇的广利街上，找了位置把车停好，沿着街道往东走五百米一拐弯，到了辛安大街，喧嚣声扑面而来。正逢半个月一次的集市，四里八乡的人都过来了，挤挤挨挨，你推我让，讨价还价的声音此起彼伏。这里一切都是有活力的，商贩们撑起的顶棚红红绿绿，玻璃水缸里的鱼游来游去，骑坐在大人肩头的小孩咯咯笑个不停，卖衣服的女人高喊着"一折优惠，不买后悔"，站在卡车上卖鞋子的男人拿着喇叭一遍遍宣告"最新潮款式，最心动价格"。两人费力地走在人群之中，东看看，西瞧瞧。张清宇说："我最喜欢来这里了，一个人待久了，就想出来吸吸人气。"常书卿笑回："也没见你买东西啊。"张清宇指着斜对面一家包子铺："怎么没买？上次给你的包子，就是在那儿买的。一大清早排了好长的队才买到的。"常书卿"喔"了一声："跑这么远！"张清宇笑说："正好我自己也想吃，顺带就给你一份。"

逛完集市，买了电热毯和枕套，张清宇说："再带你去看我另外一个秘密基地。"常书卿笑问："你究竟有多少个？"张清宇回："反正有空带你慢慢转。"又一次上车，穿过辛安镇，再沿着省道开了两公里，岔进一条石子路，上到堤坝上，风吹着碧绿的湖水，一浪接一浪拍打着坝脚。把车停好后，两人沿着堤坝慢走。张清宇指向远方的山峦："你还认得出来吗？"常书卿随即看过去："那是玉峰山？"张清宇点头："这就是我们在山顶看到的仙女湖。等春天的时候，我们可以再来，到时候湖边芦苇中有很多野鸭，很多鸟也会飞回来。"常书卿问："这里你也是经常来吗？"张清宇点头道："我喜欢晚上来，有时候山爬腻了，我就骑摩托车过来到湖边坐坐。我真想把池塘里那艘船运过来，在这里划到湖中央去。等到了满月，湖水闪着银光，一个人都没有，那才叫好呢！"常书卿打趣道："你在集市上，不是说要吸吸人气吗？"张清宇噘一下嘴："我就是这么矛盾的人哪！黑格尔不是说嘛……"常书卿挥一下手："打住，不要提黑格尔，不要提康德，不要提海德格尔。这些我都不懂。"张清宇略感意外地看过来："这么说之前我说那些，你都是忍着哦？"常书卿扑哧一声笑："也没有忍，就没在听。"张清宇打了一下常书卿的胳膊："那你怎么不早说？"常书卿抬眼看湖面，阳光从云层的缝隙间洒落下来，薄薄的一层金光浮荡。"我哪里有机会讲，都是你在滔滔不绝地说个不停嘛。你要是这样跟女生说话，你会打光棍的！"张清宇撇一下嘴："你说话倒是跟我妈一个腔调了。"

"其实，我以前说那些，是掩饰自己的紧张。"见常书卿露出诧异的神情，张清宇有些不好意思地笑笑，"我那时候太久没跟人说话，碰到愿意跟我交流的人，我就忍不住话越说越多，自己心里头也讨厌，但就是控制不住。"常书卿问："你怎么就判定我是愿意交流的呢？"张清宇想了一下："那么多人来看尸体，看完热闹就走了，唯独你是往我这边来的……在林子转了一晚上，出来后碰到死人这种事，我心里其实非常沮丧，就特别特别想找个人说说话。正好你来了，又正好你愿意陪我爬到玉峰山上去。"常书卿忍不住笑起来："其实我当时怕你要谋杀我。"张清宇愣了一下，随即大笑："我说呢，我一跟你说话，你就往后躲！我还以为嫌弃我身上臭，毕竟那时候我好多天没有洗澡了。那你为什么不逃跑呢？"常书卿想了一下："山上你熟，我哪里跑得过你？再一个，我就想看看你究竟是个什么样的人。你身上有一种，怎么说呢，跟我认识的那些人都不太一样的东西。"张清宇认真起来："怎么说？"常书卿又想了片刻，才说："大家都在乎的，你不在乎。你在乎的，大家又都不在乎。"张清宇连连点头，又问："那你呢？"常书卿摇摇头："没想清楚……大家的，你的，我好像都在乎，又好像两边都没做好，所以这两边有一边做得好的人，都让我羡慕……总之，我也是个矛盾的人哪！"

云层又一次挤占了空隙，阳光收起，湖上的风飕飕刮过来，两人哆哆嗦嗦地往停车的地方走。张清宇说："春天一定要再来一次！"常书卿说好，并肩走了一会儿，脚步声渐趋一致。"你以后打算怎么办？"张清宇摸出一支烟费力地点上，眯着眼睛想了半晌："我睡不着的时候，就在想这个问题。老实讲，我不知道……

可能开大货车？"说着做出驾车的姿势。常书卿笑说："就是子承父业了。"张清宇没说话。"你这么讨厌你爸吗？"常书卿小心地试着问道。张清宇又沉默了好大一会儿，常书卿几乎以为他要生气了，但他却说话了："不讨厌。甚至……感觉愧疚。他去学校求过情，找过关系，但学是我自己退的，我自己不答应，他做任何努力都白搭。所以他就打我。那个玻璃你还记得吧？他打破后，钻了进来，把我狠狠揍了一顿。我只要不答应回校，他就揍我。他越揍我，我就越不想答应。到后面，他每次运货回来，我们都要大吵一顿，吵着吵着他就动手，有时候拿棍子，有时候拿船桨，要不是我妈拦着，我都被他打死了吧。我们现在不说话，也不住在一起，就当对方不存在。"常书卿拍了拍张清宇肩头。张清宇声音低了下去："就觉得痛苦，看到他我觉得痛苦，看到我妈我也觉得痛苦。我觉得自己的存在，对他们来说也是个痛苦。很长时间，我躺在那个小屋子里，连起身的力气都没有。就觉得一切都好没意思，不知道为什么要起床，也不知道为什么要呼吸，全身痛得很，翻身都痛，感觉再躺下去，屋子会塌下来。塌下来也好，我也算解脱了……"后面的话接近于喃喃自语，常书卿要很认真听才听得清楚。

回去的路上，两人没有说话。天一点点暗下去，马路两侧的路灯，如一蓬蓬绽开的金花。到了小屋时，摩托车还未停好，女人就冲了出来，看到两人下车，松了一口气，又去瞪了张清宇一眼："死哪里去咯？"张清宇上前搂了一下女人："逛了一下。"女人打量了一番："你也不晓得戴个帽子和手套。"常书卿不好意思地回："清宇都给我了。"女人回身拉常书卿进屋："该当的！"这边两人在里屋坐好，女人在外屋开始炒菜。米饭早已煮好，鸡汤熬了又熬，猪蹄炖花生米盛在大碗里了。他们要出来帮忙，女人不让。直到需要端菜时，才叫他们来帮忙。饭桌上摆了一桌子菜，女人让他们赶紧吃。她自己没有坐下，而是又一次拎起保温盒往外走。张清宇叫了一声"妈"，女人停下。"晚上走？"女人点头："去贵阳。下午你爸去拉货了，现在估计回了。我们待会儿走。"张清宇没说话。女人等了一下，常书卿看过去，她笑笑："小常，没得么子好菜！"常书卿说："哪里！几好吃哩。"女人又笑笑，看了一眼埋头吃饭的张清宇，叫了一声："宇儿。"张清宇小小地"嗯"了一声，但没有抬头。女人说："钱在你枕头下面。"张清宇又"嗯"了一声。女人走远了好久，张清宇才抬起头。天彻底黑了下来，常书卿说："我去开灯。"张清宇说了一声"不要"，声音抖了一下。常书卿舀了一碗汤，放在张清宇面前，轻声说："生日快乐。"

十

三天之后，是王峰的生日。下晚自习后回到宿舍，王峰提议请大家去市区唱卡拉OK，大家都说好，唯独常书卿迟疑地说："学校不是规定……"王峰打断道："不要扫兴嘛！待会儿宿管老师查完宿舍后我们再走，早上在早操前赶回来就行了。"大家都说这主意不错，常书卿也就不好再说什么了。熄灯之后，宿管老师也走了，再等了一刻钟，大家都下了床，轻手轻脚地下楼，又跟着王峰绕到楼侧的栏杆下面攀爬过去，再一路小跑到操场围墙处翻到外面，有一辆面包车等在土路上，那是王峰提前打电话跟他社会上的朋友约好的。那一晚大家玩得极为尽兴，一个大包间，唱歌的唱歌，喝酒的喝酒，抽烟的抽烟，最后那个社会上的朋友让服务员端来一个大蛋糕，大家齐祝王峰十六岁生日快乐。到了早上六点，大家靠在沙发上睡得前仰后合，玻璃桌上杯盘狼藉，啤酒瓶几十个，唯独常书卿还残存最后一点清醒，跟王峰说该回去了。

之后的事情愈发不可收拾。他们爬学校围墙时，因为宿醉，有几个人爬不上去，便冲到东门处，大喊大叫让人开门，常书卿、王峰几个清醒些的人拉都拉不住。学校的保安来了，管纪律的老师也来了，所有参与聚会的人都被带到了保卫科，问清楚情况后，当天早操过后校长当着全校人的面严厉地进行了点名批评，紧接着教导主任让每个人写检讨书，班主任通知各个人的家长过来。等到下午，妈妈是家长里第一个到的，刚一过来就兜头给了常书卿一耳光，班主任立马拉住劝道："算了算了，他一向表现得都很好……"妈妈没有说话，久久地盯着常书卿。慢慢地，家长们都来齐了。班主任说明了情况，并告知他们学校的处理结果：每一个人记过一次。有的家长一听急了："那样会不会影响高考？"有的家长恨恨地说："老子出钱让你读书，你还花天酒地，老子把你脚都打断咯！"而妈妈却一个字都没有再说。家长会结束后，妈妈起身就离开了。

常书卿不敢打电话回去，回到宿舍后躲在卫生间哭过一次，爬上床后眼泪还是止不住。整个宿舍没有人说话，每个人睡在自己的床上，时不时这里那里传来啜泣声。好久之后，王峰说了一句："对不起。"没有人回应。常书卿用被子盖住头，被妈妈扇过的地方火辣辣地生疼。长这么大，这是妈妈第一次打他，羞耻如爪牙尖利的兽困在身体里拼命地撕咬自己的心。他突然推开被子，让自己暴露在冰冷的空气之中，寒意从光着的脚丫如藤蔓一般蔓延到全身，连续几个喷嚏打了出来，在寂静的寝室突兀地炸开。对床的王峰抬起身来小声说："你疯了？赶紧盖上！"常书卿不听，他要惩罚自己，他觉得自己不配得到温暖，毕竟这被子是妈妈带来的，枕头也是，床单也是，一切都包裹在妈妈的气息里，可是妈妈不再愿意亲近他了。一想到此，涌起一阵锥心之痛，眼泪又忍不住流出来。

跟着妈妈往外婆家走，走着走着妈妈走远了，一声又一声叫她，她停下来，远远地瞪着："叫你不要跟过来！你非要跟过来！"说完又回身往前走，自己腿短，怎么也跟不上，只好跑，跑啊跑，叫啊叫，低头看还是在原地打转，抬头看妈妈已经不见了，心里发慌，高声叫出来……醒来时，还是在寝室，被子不知道怎么又给盖上了。他坐起来，心跳得厉害，脑袋里嗡嗡响，感觉呼吸不过来，只好下床，推开宿舍门，走到外面的走廊上去，风一下子拍打过来，浑身冷得哆嗦起来。夜色之中，远处的教学楼露出方正的轮廓来，近处的楼底下墨绿色地面一鼓一吸，一吸一鼓，看久了像是在召唤自己。有一种快意涌上来，就那么一下，既是挣脱，也是报复。一切都归于空无的诱惑。他手按在冰凉的石栏杆上，身体微微发抖，额头上却冒出了汗。他想使劲儿，可身体不听话，沉沉地钉在原地。"天太冷了，赶紧回宿舍吧。"一只手拍着肩头，回头看去，是王峰。他是一直在身后，还是刚刚过来的，不清楚，也来不及想。但那只手坚决地、不带商量地把自己给拽了进去。

连续几天，常书卿都是白天昏昏沉沉，晚上却清醒无比，听着室友们此起彼伏的鼾声，翻来覆去都没有一丝睡意。他打自己脑袋，默念绵羊数，都不顶用，只好睁着眼睛盯着天花板看。跟王峰说起，王峰说那你看书好了，看最艰涩的书，准保能睡好。起身打开台灯，看看枕边只有几本习题书，此时他忽然想了起来，手伸到枕头下面一摸，那个黑布袋还在，那本乌纳穆诺的《生命的悲剧意识》也在。米格尔·德·乌纳穆诺。张清宇如梦呓一般念出这个名字，就像念一段咒语似的。Miguel de Unamuno。张清宇又念。西班牙语，还是乌纳穆诺。怕自己听不明白，张清宇还耐心地一个字母一个字母拼出来。科学与信仰、理性与情感、逻辑与人生之间的种种矛盾冲突。你懂吗？不懂。你不懂，就要读读米格尔·德·乌纳穆诺。Miguel de Unamuno。常书卿想到此，忍不住要笑出来。如果搁到现在，他是不是会让张清宇闭嘴？完全会的。翻开书，依旧是张清宇写得满满当当的字。这些字也是睡不着的夜晚写出来的吗？他只是失眠了几晚而已，而张清宇在如此漫长的失眠之夜，就是靠着读一本又一本艰深的书打发过去的吗？现在，在这个深夜里，张清宇是不是在那个小屋里看书呢？他感觉自己现在能感同身受地理解张清宇一点点。是的，只能说一点点。但就是这一点点，也够让人难受的了。他无法想象这一点点乘以十乘以百后的感受。那像是一个幽深的黑洞，被吸纳进去后就很难再爬出来。他有一种想要立马去找他的冲动，但他没动。唯一一次离校得到的后果就如此严重，不能再有第二次了。

到了周六中午，常爸爸过来了，见到常书卿的第一句话就是："你瘦这么多了？！"常书卿眼眶一下子湿润了，默默地收拾东西，跟着爸爸往车站走。常爸爸在车上叮嘱常书卿："回去给你妈妈好好道个歉，莫跟她顶嘴，晓得啵？她在家里也不好过。"常书卿说好。到家后，一桌子菜已经做好了，常妈妈看了常书卿一

眼，说："洗手，吃饭。"常爸爸过分高兴地搓着手说："今天是
过年是啵？我在屋里，哪里能吃到这么多菜！我真是沾了卿儿的
光。"没有人回应。大家坐在饭桌前，默默地吃完了饭，菜动得
不多。吃完后，常妈妈起身："脏衣裳给我洗了。"常书卿小声地
说："我自家洗咯。"妈妈没有看他："好。"没有多余的话。常书
卿又忍不住鼻酸了一下，爸爸向他使眼色，他才匆匆地说："我错
了。"妈妈端着菜往厨房走，也不知是听见了还是没听见。爸爸又
一次大声说："卿儿说……"妈妈的声音传过来："我不是聋子。
赶紧去看书！"气氛和缓了下来，常书卿松了一口气，爸爸也偷
偷笑了一下："听到没得，去看书噢！"

虽然没有明说，常书卿每个周六下午都还是回到家里，周
日早上再赶回学校。有时候王峰、卢俊邀他去市区玩，他都推脱
了。月考成绩出来，全班排名第四，全年级排名二十三，总算有
了进步，之前的压抑心情也纾解了不少，失眠的症状也随之没有
了。有一次周日过来，卢俊把一摞书递给他："那个神经病让我给
你的。"常书卿问："什么神经病？"卢俊说："张清宇啊！他周末
下午过来找你，你不是回去了嘛。我在篮球场上打球，他找到我，
说这些书是你帮他借的。"常书卿一看，果然是那次他带过去给张
清宇看的。等卢俊走后，常书卿翻看了那些书，一如他之前借过
来时那般干净，上面没有写任何字，也没有留下污痕，可见张清
宇看书时的小心。翻到最后一本大江健三郎的《人羊》，书中夹了
一张从笔记本上撕下来的纸条，上面写着："最近怎么样？怎么没

有过来玩？有空常来。另，书赶紧还了，要超期了！清宇。"

十一

　　常书卿再一次见到张清宇，是在自己家里。当时是周六的晚上八点，吃完饭后，爸爸跟妈妈去公园散步去了，常书卿自己在房间里复习，马上要期末考试了，不抓紧不行。敲门声响了好一会儿，常书卿才听到，打开门时，张清宇站在门前。常书卿惊讶地问道："你怎么了？"只见张清宇的额头、嘴角、鼻翼等多处都有打伤之后的血块和瘀青，蓝色的羽绒服上全是灰土。张清宇小声地说："我跟我爸打了一架。"常书卿让张清宇赶紧进来，张清宇一瘸一拐地进了屋，又说："他把我的书都给烧了。"常书卿拿来家里常备的急救箱，先用双氧水把伤口清洗干净，然后再用碘伏进行皮肤的消毒。张清宇一直喃喃地说："烧了。妈的，烧了。"常书卿问为什么会打起来，张清宇抬起红肿的眼睛："他想让我进你们学校。我不想。他就骂人，把我的书都扔了出来，一把火烧了。烧了。妈的，烧了。"常书卿给伤口贴上创可贴："我们学校虽然比不上一中，但还是可以读的嘛……何至于打起来？"张清宇坚决地摇头："我不想回学校。我讨厌学校。"

　　常妈妈和常爸爸回来时，常书卿已经帮张清宇处理好了伤口。如何把张清宇介绍给家长，尤其是妈妈，是个费思量的事情。"他是我朋友……"常书卿才说了一句，就卡壳了。倒是张清宇站起来大方地说："我是张清宇，现在在一中读书，跟书卿在参加市里数学竞赛的时候认识的。刚才骑摩托车回家时摔伤了，就想过来让书卿帮我处理一下。家里我已经打过电话了。"常妈妈和常爸爸也都信了，还问要不要去医院看看，张清宇说："不用不用，都是皮外伤。麻烦你们咯。"寒暄完后，常书卿迅速带张清宇进了自己房间，关上房门，这才松了一口气："你可真能编啊！"张清宇笑道："我看你倒是吓得要死。"正说着，房门又开了，常妈妈端来一盆切好的苹果片让他们吃，过一会儿又送来煮好的汤圆。常书卿说："妈，我们都饱了！"常妈妈瞪他一眼："我管你……小张多吃哈。"好不容易等常妈妈这边消停了，常书卿锁上了房门，两人才能够自在地说话了。

常书卿问张清宇怎么找过来的。张清宇笑说："你说过你妈妈是老师，就先找到你妈妈学校，然后你们肯定住在学校附近的教职工宿舍楼，再一问看大门的大爷就行了。"常书卿啧啧嘴："你够聪明的。"张清宇嘴角动了一下，随即疼得"呀"了一声。常书卿说："我再去药铺买点止痛药吧。"张清宇拦住："不用了，你陪我说说话就好。"常书卿便说起那次被处分后晚上想跳下去的事情，张清宇点头说"懂"。常书卿又说失眠之夜翻看《生命的悲剧意识》时的所思所想，张清宇笑道："我偏不闭嘴，我以后还要说。"常书卿"喊"了一声。张清宇虽然疼得龇牙咧嘴，可还是大声朗诵起来："不管有没有理由，我都不想死。当我最终死去的时候，不是我死了，而是人的命运杀了我。我并没有放弃生命，是生命废黜了我。"常书卿"嘘"了一声，往门那边瞥了一眼："我妈会听见的。"两人又压低声音笑了一阵。

晚上睡觉时，常书卿被一阵烟味呛醒，起身时见张清宇正坐在开启的窗边抽烟。常书卿问："睡不着？"张清宇立马掐灭了烟头："是不是影响到你了？"常书卿摇头轻声说没有，然后披了一件衣服坐起来，张清宇也过来坐下。常书卿借着微弱的夜光看过来，张清宇清癯的脸颊上，还贴着创可贴，眼睛直直地看着虚处。常书卿问："你在想什么？"张清宇说："没有什么好想的。有些事情反正不能这样下去了。"常书卿又问："那你要怎样？"张清宇回头看过来："没想好，心里乱得很。"常书卿突然说："你不能做傻事。"张清宇笑了一声，随即疼得啧了一下嘴："我不是傻子。"沉默了一会儿，张清宇说："书都烧了，我感觉轻松了。"常书卿问："轻松了？"张清宇"嗯"了一声："有些事情我可以放下了。"常书卿又追问："你放下什么了？"张清宇又笑："就……放下了。之前走不出来，现在可以走出来了。"常书卿说："我不懂你的意思。"张清宇默然片刻，说："谢谢你。"常书卿顿了一下："我不需要你谢我。"

早上起来，洗漱完毕，常妈妈端来两大碗肉丝面，张清宇悄声跟常书卿讲："这肉我吃不了，牙齿现在还疼着。"常书卿趁着妈妈去厨房，把肉丝都夹到自己碗里来，埋在面条底下。这边吃完，那边常妈妈已经把洗干净的衣服叠好装进了背包，又叮嘱他下周回来把床单、床罩带回来："你们男伢儿哦，不晓得几脏哩！都不晓得爱干净。"常书卿向张清宇递了一个眼神："是不是跟你妈一个样？"张清宇笑着点头，眼睛忽然一湿，不过很快忍住了，常书卿装作没看见，别过头去跟爸爸要生活费。诸事忙毕，该出发了。常爸爸提出送他们去车站，张清宇说自己有摩托车，可以带常书卿回学校，反正是顺路，而且伤口已经不痛了，走路也没问题。常爸爸说好。两人一同出了门，常妈妈追出来又塞了两个大苹果到包里："你们一人一个，我都洗干净了。"

摩托车先是穿过小镇主街，然后斜穿到长江大堤上去。冬日的阳光懒散地洒下，堤坝下面的防护林举着光秃的枝丫，喜鹊东一只西一只，西风有一阵没一阵，林间望过去是缓缓流动的长江水。常书卿说起自己在家里最爱的就是沿着长江大堤散步，一路走一路走，感觉可以走到永远，没有尽头。张清宇说："你走到一个叫清水闸口的地方，往里走是一条河，那是清水河，一路往里走，往里走，就能走到后山村，再往前你就走不了，你得爬过山，爬得气喘吁吁的，才能继续往下走。"常书卿笑说："那就不走了。"张清宇说："那你太懒了。我要走的。"常书卿说："走哪里去？"张清宇说："到处都有我的秘密基地，从这一个走到那一个。"常书卿问："你是认真的吗？"张清宇讲："不是，我就打个比方。"半个小时后，车过清水闸，下了堤坝，沿着路骑了一刻钟，到了二中东门停下，常书卿下车把包背好，走之前问："你想看什么书，我去图书馆借。到时候你来取就行。"张清宇在车上没下来，看了常书卿半晌，笑了一下："等我想好了跟你讲。"常书卿说好。张清宇说："你快走吧，要上课了。"上课铃声果然响起，常书卿忙挥了一下手："走了哈。再见！"张清宇"嗯"了一声："再见。"

三天后，班主任叫常书卿去一趟办公室。常书卿以为上次处分的事情还没完结，心里紧张得不行，等到了办公室，一个声音立马响起："小常！"常书卿一看，是张清宇的妈妈。张妈妈才叫了一声，就哽咽得说不出话来。等她平复了情绪，常书卿才知道事情的原委：前几天张清宇与他父亲打完架后，就不见了。之前张清宇也有离家出走的时候，最后都还是回来的，所以这次虽然心里着急，但还是决定等他自己回心转意。又加上要着急送货去广州，就没管这事了。昨天跑完车回来，发现张清宇在桌上留了一个条子……说到这里，张妈妈把那条子递给常书卿看，上面写着："我走了。不用找我。你们多保重。清宇。"一看到这条子就真急了，这两天问各路亲戚和之前张清宇的同学，都没有消息，后来在小屋的书桌抽屉里发现一张纸条，所以就找过来了。常书卿再一看，是他第一次在小屋留宿后清早急忙要走时随手写的便条。常书卿让张妈妈坐下，安慰道："他不会有事的。"此时，一直坐在旁边的班主任问道："你怎么可以这么肯定？"常书卿说："他答应过我的。"随后，他简略地讲了张清宇过来找他的事情。班主任接着问："那你知道他去哪里了吗？"常书卿摇摇头："我只是感觉他不会有事的。"张妈妈愣愣地念叨："那就好，那就好。"随即又站起身："不行不行，他还这么小！万一有么子事，么要得嘞？！"常书卿坐在张妈妈身旁，轻拍她的背："他会好好的，你莫担心。"班主任此时插话道："他爸爸呢？"张妈妈回："他去公安局报警了。"

送走张妈妈后，常书卿又一次回到教室，老师在讲台上讲了什么，他一个字也没听进去。他那么笃定地跟张妈妈保证张清宇不会出事，凭的只是自己的直觉，但万一，万一出事了呢？不敢想，也不能想。熬到晚自习，回到宿舍，常书卿整理书包时，摸出了两个苹果，这才想起妈妈嘱咐的话，下车太匆忙忘了给张清宇一个，心里像是猛地扎了一针，疼得猝不及防，眼泪一下子落下来。王峰悄悄过来问他怎么回事，常书卿把苹果放在桌子上，说："我知道得太迟了。"王峰问："张清宇的事情吗？"常书卿诧异地反问道："你知道？"王峰点头道："咱们学校校门口都贴寻人启事了，东门那边也贴了。"此时，旁边有个室友接口道："我也看到了。会不会惹上了黑社会，跟上次那个死的一中学生一样哦……"王峰忙打断道："你莫瞎说！"

到了周六中午，常书卿没有按照原定计划回家，他给家里打电话说要去书店买教辅书，因为近来表现很好，所以家人那边没有多说什么话。天气晴好，穿过操场时，打篮球的人你争我抢，十分热闹。卢俊在球场招手："快过来！正好缺一个人！"常书卿摇摇手拒绝了。学子餐馆里坐满了人，胖老板在门口热火朝天地炒饭。走到东门处，常书卿特意看了一下门柱，上面果然贴了一张寻人启事，上面的张清宇穿着一中的校服，站在学校的旗杆下定定地看着镜头，抿着嘴巴，没有露出任何表情。上了土路，沿着清水河的那一排树，隔着几棵树，就贴一张寻人启事，就像是无数个张清宇看着自己一般，最后一张贴在竹林处，常书卿迟疑了一下，转身穿过竹林，过桥，往小屋走去。田地里麦苗青青，一个耕作的农人都看不见，毕竟现在是农闲时节。

池塘抽干了，看上去就是一个大泥坑，船也不见了。常书卿推了推门，门锁上了，再走到窗户处往里看，昔日的床铺、书桌、椅子、书架都没有了，房间里空空荡荡。常书卿发了一会儿呆，转身往回走，又一次到了竹林处，继续沿着土路往村里走。到了张清宇的家，门也紧锁着，徒劳地拍了几下，只有空空的回音。常书卿没办法，回到土路上，一时间不知往哪里去。狗吠声此起彼伏，偶尔路过的村民，上下打量他一番，又往别处去了。此时，第一天牵引着他的无形绳子，他又一次感受到了。他决定沿着土路往上走。在松林与灌木丛中辟出的那一条狭小山路，引领着他往上爬。

又一次气喘吁吁地到了马鞍山顶，风呼呼地刮过来，寒意浸透了全身。常书卿没有逗留，继续往前，下到鞍部，又爬上另外一个山峰，当时张清宇坐的那块山石还在那里，再往前走，是极为难走的一大片嶙峋石山，手再一次磨破流了血，脚也直打战，但还是往前走，穿过那一片当时浓密现在疏阔的林子，终于到了玉峰山顶。常书卿坐下来，汗水流下来就让它流，手受伤生疼就让它疼，腿酸痛不已就让它痛。慢慢地，那根绳子松开了，人像是缓缓地落到了坚实的地面上。常书卿来不及休息，往坡下的林子走去，果然有一块石头，往下看去也的确有个洞口，确定无误后，他从羽绒服里面的兜里掏出装着那本《生命的悲剧意识》的黑布袋，塞进洞中。事情做完，常书卿回到山顶，坐了下来，无比平静。天地交界处的仙女湖，依旧泛着蓝光，而那条通往湖边的公路，像是一根极细的线伸了过去。等春天来的时候，鸟都飞回了，芦苇青青，湖水浩渺，可以去划船。那时候张清宇会不会回来？不知道。现在他会不会开着摩托车，沿着大地上那些细线飞驰而去？也不知道。每过一段时间，他都要爬到这里来坐一坐，从石洞里拿出书来看一看，这是他唯一知道的事情。

2020 年 11 月 12 日　一稿
2020 年 11 月 17 日　二稿

跟随

一

第一次跟肥肥说话是在公司外面的男厕门口。当时我刚一出厕所门，抬眼就见她徘徊在外面。她是坐在我前面的同事，不过我才来几天，连她名字都不知晓。等我洗完手，她走过来，探头瞥了一眼男厕，又收回目光看我："里面还有人吗？"我有点儿惊讶，往男厕里确认了一番："应该没人。"她面露喜色，才要进去，又止住："帮我守一下门可以吗？有人来，你就拦一下。"我懂她意思，说了一声好，毕竟对面女厕门口大排长队。她进去后，我守在门口，并无男人过来，反倒是女厕门口队排得越发长了，看来她还是有先见之明的。她是市场部的人，我来的这几天，她好像天天都在外面跑业务，坐在工位上的时间很少，哪怕坐下了，也是电话打个不停……正想着，她出来了，向我道完谢后，一身轻松地去洗了手。

回公司的路上，我犹豫着要不要跟她一起回。她走在前面，我故意落后几步。到楼梯道，她突然停下问我："抽烟吗？"见我点头，她便推开楼道门，示意我过去。我们一起往下走了一层，到转弯处停下。地面上已经有不少烟头，看样子之前大家都是这样偷吸两口的。点上烟后，她打量我一番："还适应吧？"见我不解，她笑笑："你来一周了吧？"我点头说是。她正要说什么，手机铃声响起，她拿起来一看，咕哝了一声"真烦"，随即挂断，塞进口袋。我们又说了一会儿话，铃声再响。她已经在拿第二根烟了，右手中指与食指紧紧夹住烟头，僵在半空中。在这个狭小的空间里，铃声像是一条盘旋不去的银蛇，沿着墙壁、扶梯、地面滑动。等铃声消停后，她才把烟栽进嘴里，我递给她打火机，她接过去点了几次没点着。铃声又一次响起，她恼火地把烟往地上扔，摸出手机，也要往地上扔。我拦住了她："实在不想接，就先关机好了。"她叹了一声："还真是，我都气忘了。"说着，她按下关机键，然后靠在墙上吐了一口气："清净了。"

电话的事情我没问，毕竟不熟。抽完一根后，见她捏捏空烟盒，我递给她一根，她接过时，略感意外地看我。我没说话，靠在另一边墙上。她一边抽，一边伸脚把之前大家扔在地上的散乱烟头往墙角归拢，我也跟着做同样的动作。烟头聚成一小堆，我们的脚快碰到一起时，我缩回了，她也一样。楼道的感应灯暗下来，让人无来由地感觉安心，像是有默契似的，谁也没有发出声音，唯有烟头的那一小圈红，浮在空中。或许只是过了几分钟，又或许待了很长时间，我没有看手机，也不想知道。当楼道门再次被推开，感应灯又一次亮起时，我莫名地恼火。新下来的一波人，我都不识，只知道他们都是市场部的。他们的目光在我身上停留了不到一秒，随即滑到了她身上。肥肥，你居然不叫我一起来。肥肥，你要的那个表我放在你桌上了。肥肥，你这个衣服哪里买的？很快，肥肥就被他们围住了，烟雾升腾，笑语喧哗。我退到一边，想偷偷溜走，身体却没有动弹。在公司的这几天，办公区的忙碌气氛让我深感压抑，现在好不容易出来放放风，待会儿还是跟他们一起回的好。肥肥。我默默念着这个名字，再偷眼打量她，虽然算不上瘦，但也不能说肥，却有这样的称呼，着实蹊跷。人墙中，见她眼神穿过来，我笑了笑，她也微微一笑，接着跟那些人说话。

这时门又一次开了，一个我认得是坐在肥肥旁边的女同事，她下楼梯时直嚷嚷："肥肥，你果然在这儿！你座机都快被打爆了！"肥肥探头问："你帮我接了吗？"那女同事点头道："接了接了，那人要等你回话。"肥肥缩回头，撇撇嘴："有什么好回的。烦人得很！"那女同事走到肥肥身边："你不接，电话一直响着，我听着也烦哪！"站在肥肥前面的男同事接口问："还是那个人哦？"见肥肥点头，男同事啧啧嘴："难办得很……肥肥你要当心啊！"其他人纷纷附和："是啊！是啊！"肥肥低下头，长发遮住脸，很快传来抽泣声。几位女同事过来搂住她，其中一个说："要不跟头儿反映一下吧。"肥肥摇头："还是不要了。"另外一个说："那个人还是头儿介绍来的。"大家一时间沉默下来。过了半晌，肥肥收住了抽泣声，接过那女同事递过来的手纸擦擦脸："我没事了，回去吧。"

回到公司后，大家各回各位。这是一个敞开式的办公区，各个部门都在一起办公，市场部是最大的部门，占据了最多的工位，跟肥肥一起抽烟的都是这个部门的；而我是文案组的，座位安排在市场部后面，正前方坐的正是肥肥。我刚坐下没多久，肥肥工位上的座机就响了。肥肥迟疑了一会儿，还是拿起了电话，随即声音变得极为甜美："是的是的，王总，下一次的培训是在下个周六，晚上六点开始，对对对，还是在文盛大厦那边……"刚挂了电话，又来一个电话，肥肥依旧保持着刚才甜美的声音说着下次培训的事情。连续说完五个电话后，肥肥再次接起电话，刚一说"喂"，像是被烫了似的，火速挂了电话。坐在她隔壁的女同事看过来："他？"肥肥点头。电话声再次响起，肥肥没接。如此几次，全办公室的人都看了过来。肥肥没有动，盯着电话许久，每一次铃声消失，她肩头都会松一下，等铃声再次响起，她肩头又缩了起来。隔壁办公室的门打开了，管我们的陈总走过来，不满地问："谁的电话，怎么一直不接？"肥肥突然站起身，哑着声说："我不舒服，先回去一下。"还没等陈总回应，她已经背起包往门口快步走去。

铃声执拗地在办公区上空颤动。陈总双手抱胸站在肥肥工位前面，绷着脸听了半晌，才对肥肥隔壁的女同事说："李岚，你接一下。"李岚勉强站起，走过去拿起了话筒，"喂"还没有说完，那边就传来一连串含混的声音。办公区此刻静悄悄的，唯有前台那边的传真机发出吱嘎吱嘎的声响。李岚几次想开口插话，却没有机会。她求助地看看陈总，陈总黑着脸没有回应。李岚一边手拿着话筒，一边手在办公桌上不安地划拉，终于逮住一个机会："我不是吴菲，您搞错了！……她现在不在，她出去办事情了。"电话那头还说着什么，李岚突然把电话挂了。陈总"哟"了一声："怎么回事？"李岚小声地回："我听不下去了，他在骂人。"陈总皱起眉头："骂人，就这边耳朵听，那边耳朵出嘛，你挂人家电话，是不礼貌的。"李岚扭头说："好的，我下回注意。"陈总接着说："吴菲这边再来电话，你帮着接一下。"李岚"唔"了一声，陈总转身，到了办公室门口，停了停，没有进，径直往公司门外走去。

陈总走后，办公室恢复了热闹的气氛。市场部几个人转过身来跟李岚说话。李岚拍拍手说："真的是骂得太难听了！我听得心里只打战。平白被那人骂了一顿，虽然不是骂我，但是我受着呀。肥肥要请我吃饭才是。"这边正说着，肥肥桌上的电话又一次响起。大家吓一跳，盯着那电话看，可是没有人去接。有人推推李岚，李岚摇手道："我不要！我不要！"响了七八声后，有人说："岚岚，你不接，陈总又要回来了。"李岚瞟那人："那你接啊！"那人缩回头说："我胆儿小。"李岚环顾了一番，目光落在我身上："哎！陈博青，是吧？"我点头说是。她讨好似的笑笑："你帮我接一下好不好？你是男生嘛，人家听声音，就知道不是肥肥了。"大家的目光一下子都落在了我身上。本来一开始，我是想拒绝的，毕竟这不是我的工作，但转念一想，我是个新人，未来很多工作还要跟市场部对接，得罪他们也不是太好。我起身走过去，拿起了话筒，那边传来一个女人的声音："怎么回事？这么久才接电话。"我大概说了一下肥肥出门办事，我是她同事之类的话，那女人说："哦，这样……我就想问问第三阶段的课程，我们这边有家味精厂的……"我听得一头雾水，求助地看着李岚，嘴巴无声地说"问课程"，李岚确定不是之前那个骂人的客户，迅速接过电话，说起了课程安排的事情。

二

来公司几天了，早会依旧让我不适应。九点钟一到，办公区所有的人齐刷刷站起，在前台的带领下开始做操，拍掌动作尤其多。啪，啪，啪。前台喊："加油！加油！加油！"所有的人都跟着喊："一百分！一百分！一百分！"啪，啪，啪。前台喊："努力！努力！努力！"所有的人都跟着喊："我最棒！我最棒！我最棒！"啪，啪，啪。前台问："有没有信心？"所有人立住齐声说："有！有！有！"做完操后，陈总过来讲话，手上拿着表格，说起前一天的业绩排名。市场部三十个人，分为六个小组，每一个小组负责攻克一个片区，要考核的就是每个小组每天跟客户签约的人数。排名第一的是吴菲组，但吴菲不在。陈总问："她人呢？"李岚回道："我们组长今早跑客户去了。"陈总说："她人不在，我们也要为她的小组加油！"啪，啪，啪。前台喊道："吴菲组最棒！"啪，啪，啪。所有人拍掌道："看齐！看齐！看齐！"喊完后，陈总又讲了一下今天的目标，然后宣布散会，大家这才坐了下来。

接着是部门内部的小组晨会。我所在的文案组是公司新设的部门，直接归陈总管，目前只有我一人。我要做的工作，除开更新公司网站的内容外，最主要的是为董事长写一本传记。但董事长这段时间都在外地巡回讲学，所以分到我手上的工作都是只需一两个小时就能写完的小稿件，按理来说是清闲得很，可我却深感焦虑，毕竟展现在我眼前的是各个部门都有无数的事情要做。他们部门内部，每个小组的人都在自己的那一排工位上凑在一起，组长拿着表格，给每个组员分配任务，有的组长还准备了白板，在上面写着客户的名字，这个打钩，那个画叉……开到最后，这边组长喊："有没有信心？"组员呼应："有！有！有！"那边组长问："能不能拿下？"组员呼应："能！能！能！"唯独我这里，冷清清的，就像是站在海边，看着海上波浪汹涌，传到我这里的只有呼呼的风声。

肥肥没来，陈总来他们小组开了晨会。李岚他们几个围在陈总旁边，陈总说话的声音不大，但每一个字都很清晰地传到我耳朵里来，内容都是一些需要攻克的客户名字，还有需要跟进的课程安排。会开了大概五六分钟，肥肥匆匆忙忙地赶了过来，脸色看起来很憔悴，头发也蓬乱。她冲我一笑，算是打了招呼，然后走到陈总旁边，轻声说不好意思。陈总回头，怔了一下："哦……来了。"肥肥微微退后："我迟到了。"陈总恢复了常态，皱眉问道："你不舒服？"肥肥说："没有。"陈总又问："你喝酒了？"肥肥又说："没有。"陈总没有再追问："会你接着开吧。"肥肥说好。陈总抽身离开，走之前，又说："你不能再迟到了。"肥肥闷闷地"嗯"了一声。陈总离开后，大家松了一口气。说完工作上的事情后，肥肥宣布散会。大家坐下后，李岚别过头来，嗔怪道："肥肥！你可得请我吃饭！昨天替你挨了骂，今天帮你撒了谎。"肥肥笑回："好好好，晚上请你吃饭！"

去陈总办公室把昨天的工作汇报了一下，陈总说："你把过去董事长演讲的视频都看一遍，尤其是今年上半年的重点看看。"我问他董事长什么时候回来，他没有回我，像是陷入自己的心事当中，双手扣在肚子上，眼皮下沉，双唇紧抿。我小心翼翼地说："陈总，那我去忙了。"陈总这才回过神来，挥挥手说："你忙你忙。"出门来，站在办公区的走廊上，目光穿过一排排工位看向窗外，天空湛蓝，蓬松云朵浮在对面楼群上空，飞机掠过后留下的一长条云带，让我莫名地惆怅。早上来公司上班的路上，已经能感受到了凉意，嘉陵路上两侧的白蜡树树冠染了一层秋黄。而在这里，季节丧失了意义，中央空调调控出适当的温度，绿萝沿着工位一字排开，叶片光滑，长势喜人。前台抱着一堆快递走过来，和我相视一笑，随即走开。我忽然想起早上她尖着嗓子喊："努力！努力！努力！"有点想笑出声来，但我忍住了。

把笔记本放回工位后，我往卫生间走去。没出公司前，我跟大家一样步伐急促，一出了公司门口，脚步放缓，一步一停地往卫生间方向磨蹭。公司所在的天环大厦，中间是天井，四壁是玻璃走廊，阳光从玻璃顶棚倾泻而下，像是瀑布一般从顶层流淌到底层大厅。站在走廊的栏杆往下看，人就像是站在悬崖上一般，看久了让人骇然。环视天井，四壁每一层每一家公司都能看得一清二楚，无数的人坐在工位上，无数的人沿着走廊奔走，这里那里都是声音，对面两个电梯上下移动，吐出一拨人，又吸进一拨人。我看了半晌，想起了此行的目标，赶紧往卫生间奔去。到了男厕门外，一个女人正对着盥洗池上面的镜子梳头发。我没细看，上完厕所出来，那女人正在补粉。女人斜视过来："你啊！"我这才认出是肥肥，化了妆后，猛一下没认出来。她头发往后束成马尾，宽宽的额头，圆润的脸庞，眉毛精心画过，弯弯细细，眼睛一笑起来像是有光，两个浅浅的酒窝缀在嘴唇两边。我说："男厕现在没人。"肥肥一愣，随即笑出声来："女厕也没人哪！"我一看女厕门口，果然无人。我讪讪地低头："那就好。"肥肥又笑："好啥呀！女厕就应该比男厕大上几倍才行！"我说："就是！"肥肥收起化妆包："你这人有点儿意思，所有男人都跟你这样想就好了。"此时，有人过来，肥肥说："我们回吧。"

　　我又一次落在她身后几步。她走路轻轻，几乎不发出声音，卡其色外套衣摆轻拍浅蓝色牛仔裤。天井的阳光满溢到走廊上，光浪泼溅到她身上来。她站住，立在栏杆边上，忽然回头看我。我像是被现场捉住的小偷，脸微微发烫。等我走过来，她笑着说："你走在我后面，我总感觉有点儿怪怪的。"我忙说："不好意思……"她轻轻摇头，继续笑道："你们男生可能注意不到，要是在大街上走路，后面有个男人跟着，不论是有意的，还是无意的，我们女生其实都会有点儿紧张。"我点头，没有敢说话。肥肥"哎呀"一声："很抱歉！我这几天有点神经过敏了。抱歉抱歉！"她突然这样转口，让我有些发蒙。"我老觉得有人跟在我后面，不是说你……要怎么说呢……说不清楚……就觉得身后有双眼睛……

那种感觉不是很好……你明白吧？"我愣在那里，不知如何回应她。她也感受到了，手指轮流叩着栏杆。"抱歉，我……没事了！对了——"她抬眼看我，"我听李岚说你昨天帮我接了电话……你真的帮了我几次忙了。晚上有时间吗？我们部门不是得了第一嘛，晚上聚会，你要是有空，也一起来吧！"见我还在犹豫，她又一笑："就这么定了吧。到时候叫你。"

三

下班时间是晚六点，但没有一个人走，热火朝天的场景依旧持续。六点整，前台走到办公区最前面的白板上，把今天每一组签约的客户数填写在各组的名下。办公区一下子安静下来，前台也知道大家都盯着她，每一个数字都故意写得非常慢。陈总也从办公室出来了，双手抱胸，侧着头看白板。那一刻，整个办公区像是凝固了一般，唯有笔头在白板上划拉时发出的吱吱声。前台写完后，陈总扭头问："陈曼组，你们今天为什么是零？"前头第二排有个女孩站起来小声说："王辉超市的李总今天出差去了，所以……"陈总不耐烦地挥手打断道："不用找借口了。明天李总你们组要拿下。前期工作铺垫了那么久，还是这个样子！"陈曼没有说话，也没有人敢说话。陈总又说："吴菲组今天是七个，很好！你们其他组的，看看她组里……"说着往我这边看过来，肥肥他们组的人都不在。"他们都出去跑客户了，你们光坐着打电话，客户感受不到你们的诚心，懂不懂？"大家说懂。说完后，陈总转身又一次进了办公室。

陈总不走，大家都不会走。上了几天班，我已经看明白了。每一组又像是早会那样，组员们聚集在组长身边，总结一下今天的工作进展，只是精气神没有早上那么足。天已经黑了，对面的楼灯火通明，能看见无数小小的人坐在里面。他们看我们，也是一样。地面的世界，感觉如此遥远。毕竟我已经一天没有下楼了，午饭都是叫的外卖。我很想走到窗边，打开窗户透透气。坐在这里，我有一种呼吸不上来的窒息感。董事长的视频我已经全部看完，做了两千字的笔记，明天可以跟陈总交差了，但要说一天下来有什么意义，倒像是竹篮子打了一天水，末了却是一场空。很想起身收拾东西走，一想到要穿过整个办公区，经过陈总办公室，就让人胆怯。往陈总的办公室看去，隔着磨砂玻璃，可以窥见他办公室里来回走动的模糊人影。是的，来回走动，就像是被一件什么烦心的事情所驱赶，不能在原地停留一秒。

每一秒都如此漫长，无聊感就同水一般慢慢地从脚涨到头。到了六点三十三分，陈总终于推开了办公室的门，往门口走去。再等了五分钟，确定陈总不会返回，办公区那种紧张的气氛一下子消失了。大家开始纷纷收拾起来，我也迫不及待地穿上外套，往公司外面走去。两个电梯口都站满了人，准确来说，他们都是我的同事，可我却基本上叫不来名字，他们靠在一起说着闲话，而我远远地站在后面。撇过头去看天井上下，雪白的光瀑从每一层喷薄而出，汇集到天井中央，越发衬托出顶棚之上天空的黑沉。电梯到了我们这一层后，门一打开，早已人满为患，再等一趟，还是如此。有些等得不耐烦的同事，往楼梯口那边去了。我悄悄地往电梯那边凑近了一点儿，前面有两个女孩在小声嘀咕。肥肥。听到这个词，我不由得支起耳朵，再定睛一看，一个是陈曼，另外一个是其他组的组长。陈总分片区时，明显是把最肥的那一块给了肥肥。肥肥真以为自己很厉害吗？每天狂得要死！陈总这一次还要奖励他们组五千块，上回在中层会说了这个事情，董事长都知道了……她们声音越说越小。而我觉得再听下去，会被发觉，便悄悄地往楼梯口那边走去。

刚一出大厦门口，凉气劈头盖脸砸下来，让我不由得打起了哆嗦，精神也为之一振。走到天桥上，放眼望去，嘉陵路上一条白一条红两条车流往相反的方向缓慢地移动，秋风从路两侧矗立的玻璃大厦楼群之间呼啸而过，一枚半弯的月牙簪在远处新城大厦的侧边。下桥后，从裕华大厦与如美商城之间的金禄街穿过去，光线顿时暗了下来，主街道的喧嚣声到此被城中村另外一种热闹取代：狭小的水泥路污水横流，路两边都是村民们加盖到四五层的楼房，一楼临街的地方全都开了店，手机维修店、成衣定制店、小网吧、玩具店、成人用品店……每一家店铺都会在靠近路边的位置亮起它们的各色 LED 灯。人行走其中，如同浸泡在五彩的光河之中。路过饭馆时，才想起没有吃晚饭，但馆内那脏腻的地面和吃客扔下的东一球西一球纸团，让人毫无食欲。才走到我租房的那栋楼，肥肥的电话打了过来。她先抱歉了一番，说今天在外面跑客户，这个时候才忙完，又问起我有没有吃饭，没有的话快快到如美商城。我心头一阵雀跃，连说马上就来。听得出她那头微微一愣："不急不急，我们部门的人都还没来齐，你慢慢走过来就行。"

　　肥肥定的餐馆是一家火锅店。我到的时候，她坐在店外一堆排队的人当中打电话。见我过来，她招手让我坐她旁边。趁着她通话的间隙，我去店里取了一碟多味花生和一盘小金橘过来，放在我们前面的凳子上。肥肥挂了电话后，冲我笑笑："真不好意思，刚才陈总那边问我事情……"我忽然想起下班时陈曼她们说的，不知道肥肥是否知道这些闲言闲语。这个我没有去说，只是问："你们部门其他的人呢？"肥肥看手机："她们都在赶过来的路上。你不饿吧？"见我摇摇头，她确认了一下排位号，"还有十五桌，得等一会儿。"她说话的声音比起白天来略显沙哑，看样子见客户时没少说话。我起身去店里倒了一杯凉茶，走过来递给她，她有些意外，抬眼看我。我问："今天签约的情况顺利吗？"她接过茶杯，一小口一小口抿着："签了两个，还算顺利。"我回："看来明天又能雄踞榜首了。"肥肥放下茶杯，像是察觉到什么似的，淡淡地说："烦人得很……搞这个榜单，同事之间的关系都没有之前那么好了。"我没有吭声，她接着说："我知道公司里有人说我这个那个的，但我凭的是自己的本事，问心无愧。"她忽然撇头盯着我："你不在市场部，少了很多麻烦。你不知道市场部里的水有多深。当然了，你也不必知道。"她露出疲倦的神情："要不是想多挣点钱，我也不愿意在这里待了。"

一时间，我们谁也没有说话。肥肥像是陷入某种思绪之中，右手托腮，眼睛定定地看着地面。在雪亮的灯光照耀下，她的指甲泛着粉色的光，看来是做过美甲。见我看她，她也回看我："你饿不饿？"我摇头。她拿起一枚小金橘剥好递给我："我将功补过一下。"我没接："你自己吃。"肥肥没有继续坚持，自己吃了。我又把多味花生推给她，她一粒一粒地拈起来，往嘴里送，一边吃着，一边问我："陈总给你的工作多吗？"我回："不多。"她又问："你对他的感觉如何？"我迟疑了一下，说："很严肃，感觉大家都挺怕他的。"肥肥笑道："你不用怕他！他装的。"我不置可否，她接着说："他故意要凶一点，否则管不了这么多人。其实，他经常在董事长面前维护我们的。"我插嘴问："董事长很凶吗？"肥肥"哦"了一声："想起来了，你还没见到董事长。等他回来了，你处处就知道了。"我咂咂嘴巴："你别吓我哦！"肥肥又一次笑起来，露出浅浅的酒窝："到时候，你会觉得陈总也不算凶的了。"

正说着话，李岚气喘吁吁赶了过来，很快地，肥肥组另外几个组员阿顺、丽娟、小可也都到齐了。对于我的在场，他们没有表现出丝毫惊讶，看来肥肥已经提前跟他们说了。相反，他们都很乐意我来参与他们的饭局。轮到我们的号后，大家一起进去，大快朵颐了一顿。吃完后，肥肥又提议去KTV唱歌，于是我们又乘兴出了商场门，马路上的行人似乎被冷得彻骨的风吹得光光的，路面空旷，落叶纷飞。我缩着身子喊一声："好冷啊！"肥肥回头笑笑，也拢起了手吹气搓耳朵。李岚她们也跟着喊："好冷好冷！"即便如此，也没有阻挡我们往KTV奔去的决心。还好那地方不远，走个几分钟就能到。过马路时，才发现交通标线重新刷了一遍，白的雪白，黄的暖黄，衬着沥青路面，簇新得晃人眼，看了又看，心情有点儿像是新年鞭炮声中穿上了新衣服，无端地欢快起来。

论唱歌，李岚是真正的麦霸，不仅不跑调，还能唱得跟原唱一样好听。我们其他人也胡乱点了一些来唱。唯独肥肥在一旁笑着，李岚把话筒递给她，她以嗓子不舒服为由拒绝了。我坐在沙发另一头，远远地看向她，她没有注意到。昏黄的灯光下，她像是笼罩在一层哀伤的雾气中。大家的热闹，跟她无关。甚至我们这里所有人，跟此刻的她也无关。她拿着手机，不断地刷，又不断地回，突然又把手机扔到沙发上，过一会儿又捡起来再一次翻看。如此反复再三。想起身过去，但我知道此刻最好不要去打扰她。过了一会儿，她却朝我这边走了过来："你带烟了吗？"我摸出烟来递给她，她接过后往门外去。我跟了出去，叫住她。她回头诧异地看我，我说："我也想去抽一根。"我们两人沿着走廊往外面走。两侧的包厢里传来的歌声，在我听来无异于鬼哭狼嚎。头顶的灯光不断地变换着颜色，红、黄、绿的光斑洒落在身上，就像是在下一场彩虹雨。

烟头在昏暗的楼道里一寸寸红亮又一寸寸灰败下去。肥肥抽得很狠，像是带着一股恨意，很快一根抽完了，我又递给她一根。她接过去时，没有说谢谢，只是默默地抽着。一道光从门缝里切下来，卡在肥肥肩头。肥肥没动，我也没动。抽完第二根烟，当我递上第三根时，肥肥动了一下，说："不用了。"说完后，她走上台阶推开门，我跟了上去，她悄声说："谢谢。"我说："你没事就好。"她回头直视我："我当然没事。"说着，她又一次露出大家熟悉的笑容。一起往我们的包间走时，她拿出手机，看也没看，就关了机。推门进去时，李岚还在唱歌，其他人玩起了骰子。没有人发觉我们刚才出门去了。等李岚唱完，肥肥抢过话筒，用故作兴奋的声音嚷道："现在轮到本公司百变歌姬来给大家献唱了！"大家"喔喔喔"地喊起来。老实讲，肥肥唱歌并不好听，但是大家都很捧场，她一首又一首地唱，大家一首又一首地叫好。唱到后来，李岚拽住她："好了好了，喝口水吧！你嗓子都唱哑了！"但肥肥不肯停。大家到后面鼓掌鼓得越发迟疑，如果不是服务员提醒我们时间到了，肥肥估计还要扯着嗓子唱下去。

　　肥肥结完账后，大家一起出门。时间已经到十二点了，空气越发清冷，门前的合欢树上那些纤细似羽的叶子都被风吹干净了，疏阔的枝丫零零落落垂挂着几枚荚果。大家站在马路边，等着出租车来。肥肥大手一挥："别走！别走！咱们去吃夜宵！"李岚为难地说："明天还得上班呢！"其他人也附和道："是啊，太晚了！咱们还是早点回去休息吧。"肥肥拉住李岚撒起娇来："我不许你们走！"李岚像是安抚小孩一般："肥肥，不要闹。赶紧回家吧，你奶奶肯定在家里等着你回去。"肥肥泄气道："我打过电话给她，她知道我们聚餐。"李岚说："你忘啦？上次咱们聚会到凌晨一点，你奶奶打电话过来骂你来着。"肥肥烦躁地拍了李岚手臂一下："好吧！好吧！你们赶紧回吧！"李岚低头看手机："我叫的车子快来了，我让司机先把你送到家，我再回去。"肥肥摆摆手："我走回去就行了，反正不远。"李岚着急道："那不行！太晚了。"肥肥没有回话，她已经开始往前走了。李岚大声喊："别闹，肥肥！回来！"我问李岚肥肥住在哪里，李岚说了肥肥住的小区，我一听也在公司附近，离我的住处不远，便说："我送她回去吧。"正说着，李岚这边出租车已经来了，其他同事的也来了。李岚一再嘱咐我跟着肥肥，并且肥肥如果到家后，一定要给她发信息，等我都一一答应了，她才坐车离开。

四

肥肥在前面走，我落后几步。我没有叫她，但她知道我在后面跟着。她双手插在大衣的兜里，衣服后摆随风飘扬流转，看得久了像是行走在水波之中。落叶簌簌，风声呼呼，开口都能哈出白气来。走到金禄街口，肥肥忽然停住，等我跟上来后，才问："你是住这边吧？"我点头说是。肥肥"嗯"了一声："那你早点休息。"我透过街口往城中村看，已经没人在外面晃荡了。"我走了。"肥肥说完，继续往前走。我还是跟着，肥肥回头问："你还有事吗？"我摇头说："没事……我送你回去吧。"肥肥笑了一声："你担心我有事？"我没说话。她叹了一口气，转头又继续走："也行。你要是不嫌麻烦，我们就走走路说说话。"话也都是关于我的。她问我何时来到这个城市的。我说来了半年，先是去房地产公司应聘文案没有成功，后来去眼睛矫正机构做广告宣传，因为工资太低，干了三个月辞职了，再后来又去了DM杂志做编辑，做了两个月公司倒闭，现在这家胡乱投的简历，没想到陈总就面试了我……肥肥忽然打断道："你还没有好好逛过我们这里吧？"见我点头，她接着说："等到周末，我带你好好去转转。"

余下的路，肥肥又一次陷入沉默，而我也安于这种沉默。我递给她一根烟，她接着；我拿出打火机给她点火，她头低下，一只手挡着火苗，刘海拂过我的额头。我们各自抽着烟，并排慢走。

风大让它大，天冷让它冷，烟雾刚一冒出，随即被吹散，那就让它散。不知不觉，就到了肥肥家的小区门口。肥肥指着靠近门口那栋楼："我奶奶果然还没睡。"我随之看去，整栋楼都是暗的，唯独七楼的左侧窗口还亮着灯。我说："那你赶紧上去吧。"肥肥点头说好，往小区门口快步走去。目送她进去后，我拿出手机准备给李岚发肥肥平安到家的信息，没想到李岚已经打了好几通电话过来，我因为手机设置了静音没有听到。我看时间已经很晚了，犹豫着要不要回拨过去，她又一次打了过来。刚一接通电话，李岚就问肥肥是不是关机了，我说是的。李岚吁了一口气："难怪他要问我。"我反问："谁？"李岚没回答我的问题，跟我确认了肥肥到家的消息后，准备挂时，她试探性地问道："就你送她回去的是吧？我是说路上……没碰到什么人是吧？"她刚一说完，我顿时毛骨悚然，环顾四周，除开小区门口门卫处有值班的人之外，并没有其他人出现。我把情况跟李岚说了，李岚松了一口气："没事了，你也不用跟肥肥说。早点回家休息吧。"

回去的路上，我走得很快，一来是实在太冷，二来李岚说的那番话，让我总疑心有人在后面跟着。但仔细一想，要跟，那个不知道是谁的"谁"跟的也是肥肥，而不是我。这让我短暂地松弛了一下，随即又紧张起来。我想起之前肥肥说起怀疑被跟踪的事情，如果是真的话，那此刻这个人会不会就徘徊在肥肥小区附近呢？如此一想，我转身又一次往肥肥小区走去，沿路也留心看是否有可疑的人，直到靠近小区门口，也没见到一个人，更何况那个守夜的门卫一直都在。我这才略微放下心来，重新往回走。等到了出租房的楼下，我已经冻得直流鼻涕了。不过我没有马上上楼，而是停在楼梯口，一楼转弯处的窗户外是午夜的疆域：一排昏暗的路灯，停放在路旁的车辆，偶尔跑动的流浪猫……这些都是外在于我的漠然存在。站在黑暗中，只有心跳声，时间的河流汩汩淌过我的身体。我不敢动，生怕会惊醒黑暗深处的未知神明。片刻后感应吸顶灯突然亮了，暴露在荒凉的灯瀑中，刹那间有些恍惚，此刻楼上传来了狗的吠叫声。

尽量小声地上到四楼，房东养在楼顶的狗依旧叫个不停。那是一只齐腰高的大狗，除开房东，没有人敢靠近它。推开房门时，按下开关，灯光乍亮，我不由地眯起了眼睛。几平米的房间，仅容得下一张单人铁架床和一个小书桌，衣服只能塞到床底下的行李箱里。玻璃缺了一角，让房东换一块，房东拖延至今没有换，只得拿厚纸片挡着，冷风正从缝隙里一阵一阵地渗进来。卫生间在一楼，三十个租户合用，平日要是不起早，根本就进不去，现在倒是没有人用，可是要下去再上来，狗恐怕又会叫个不停，只好作罢。我拿胶带把玻璃上的硬纸片贴牢，风从我的指缝间溜过。狗吠声渐渐停歇下来，肥肥却打电话过来："你到家了吧？"我坐在床边说到了。她说好，顿了一会儿，说："我忽然想起来了，在我回家的时候，忘记跟你说一声谢谢。"我笑道："你反应可够慢的。"肥肥也笑："今天发生了很多事……总之，谢谢你。"我问她："你没睡着吗？"肥肥回："本来是要睡了……我家猫拉了一泡屎，把我臭醒了。"我们都笑出声来。沉默了半晌，我犹豫要不要道一声晚安，肥肥忽然问："你困不困？不困的话，我们聊会儿天？"我说："困过头了，反倒精神了起来。"

　　我让肥肥等我一会儿，她说好。我脱掉鞋子上床躺好，被子紧紧地裹住身子，把手机贴在耳边，这样寒气就侵扰不了我。肥肥说猫，我就说狗。前几天下班后过天桥时，看见一只小狗逗留在第一个台阶上，我看了看它，它也看了看我，我迈上一步它也跟一步，我再迈它再跟，我觉得好奇，停下来，谁知它也停了下来，我看它，它也看我，我又开走，它亦步亦趋。走到桥上时，它摇着尾巴过来要舔我的脚。小时候被狗咬过的我撒腿就跑，跑到桥下抬头看，它隔着栏杆看我。肥肥叹气道："你啊，真是辜负了人家一片深情！"我笑回："我真怕狗！"肥肥却是爱狗的。她说起小时候爸爸抱回来一条狗，可聪明了。还记得有一天狗突然跑过来，咬她裤脚，她就跟着去了，狗走走回头看她有没跟着，走到河边芦苇丛中，有一窝鸡蛋。有时候狗还叼鱼回来，放在家门口。兴起打狗运动时，她让狗躲在床底下别出声，狗就乖乖躲着……等了一会儿，肥肥没说话。我问："那狗后来怎样了？"肥肥声音小小地说："后来我爸走时，它一路跟着车跑却没有回来，我找了好多天都没找到。"

肥肥那边又陷入了沉默，但我等着，她的呼吸声清晰可闻。刚才贴的透明胶没有起作用，风依旧能钻进来，纸板与玻璃发出了磕碰声。肥肥说："我爸走的时候，我们大吵了一架。"我问："你们经常吵架吗？"肥肥声音哑了一下："以前不会的……从我记事起，我爸爸就一直在出差。但他每次一回来，就给我带很多好吃的和好玩的，所以每回看到他，我都特别高兴。不过高兴也高兴不了多久，因为一到了晚上，我爸我妈就会吵架。他们吵得特别凶，摔东西，踢椅子，发展到后来相互撕打。我爸把我妈按在地上，我妈就抓他的脸。我躲在房间里，一点声音都不敢发出来……"我"嗯"了一声，表示一直在听着："你那时候是不是特别害怕？"肥肥回："害怕极了。我那时候想，我要是表现好的话，他们会不会和好？我从来不惹事，从来都是全校前几名，从来放了学就回家做作业。但他们还是见面就打。打到后来，亲戚们过来劝，派出所的人也来了，隔壁邻居也来了……我躲在一边，觉得特别失败。他们当着这些人的面，揭露对方的种种不是，爸爸说妈妈在外面有人，妈妈说爸爸在外地搞小三……我还记得他们争吵的时候，站在我家门口围观的邻居有人在笑，就是看笑话那样偷偷地笑。我看到了。那一刻真的是想死的心都有了……"

　　狗又一次猛烈地吠叫，听久了像是有人在费力地干咳，不一会儿，窗外传来车子开过的声响。被子渐渐发挥出作用，冻僵的手脚一点点暖和了起来。过了许久，肥肥说："不好意思，刚才有点儿情绪激动。"我说："没事儿，我不介意的。"肥肥说了一声"好"，接着讲："后来等我大了一些后，我就问他们为什么不离婚。我妈说是为了我，我爸也说是为了我。我没有话讲。老实说，我讨厌他们这样！他们并没有关心过我的感受。所以，我就跟他们吵。他们要我怎样，我就偏不怎样。他们说什么，我不会听进去。我讨厌看到他们说为了我牺牲自我，为了我忍气吞声。我并没有要求他们这样！有一次，我们吵架吵到半截，我爸打了我一巴掌，我妈因为我爸打了我，就跟他打了起来……我当时真的是气笑了！真的是太好笑了！我那时候想我为什么要生在这里？我们三个人看起来都是笑话。我真是忍受不了这个家了。上大学后，我填报了离我家几千公里远的海南。任凭我爸妈怎么求我吼我，我都不管。大学那四年，我终于松了一口气！每一个暑假和寒假我都没有回去，学费我也不要家里的，自己靠打零工做家教挣钱，连电话我也不跟他们打。总之那四年，我靠自己完成了学业，也在上海找到了一份不错的工作。要不是因为我妈生病，我估计现在还在上海吧。"

"乳腺癌。"肥肥说出这个词后，顿了半晌才说，"等我回去的时候，我妈已经瘦得皮包骨头了。我以为我爸会不管我妈的，但他却日日夜夜都在照料她。我要跟他换班，他都不肯。癌细胞转移后，我妈到最后插管子了，也说不了话。我爸就握着她的手，一遍又一遍地叫她名字。小凤，小凤。那是我第一次听我爸叫我妈的小名。我不太明白他们究竟怎么了？他们几乎是恨了对方一辈子，这个时候，又像是爱了一辈子？我真不懂。我妈去世时……"肥肥说到这里传来哽咽声，"我爸趴在她身上号啕大哭，任谁都劝不住。我不懂他……"接下来，肥肥的喃喃自语，我听不大清楚，不过我没有插话。过了一两分钟，肥肥呼了一口气："抱歉，我真是说太多话了。"我问："你回来是因为你爸吗？"肥肥回："有部分原因是为他，我妈去世后，他头发都白了。还有部分原因是……反正，有各种原因，我就回来了。"说到这里，肥肥苦笑了几声"说来也好笑，还是说回我爸。我妈去世后半年，他就跟另外一个女人在一起了。那个女人在贵阳，他就跟到了贵阳。现在换成了他好几年都不回来一次。我觉得很讽刺，我还以为他有多爱我妈呢！"我插话道："或许是爱的……只是人都很复杂。"肥肥长叹了一口气："我不懂他……也不想懂……"

　　手机那头传来窸窣的走路声，开门的吱呀声，还有肥肥的声音："就睡就睡。你快睡啊！"接着是关门上锁声，坐在床上发出的吱嘎声。"喂，还在吗？"肥肥问。我说在。"我奶奶太烦人了。"肥肥抱怨道。我说："有人管着多好。我就没有人管。"肥肥那头在笑："你找个女朋友管管你。"我说："好啊，那我等她出现。"肥肥啧啧嘴："你不能等，你要主动去找……你喜欢什么样的女孩呢？咱们公司有很多单身妹子，喜欢哪个，我帮你们牵线。"我回："看眼缘吧。如果有缘分，可能第一眼就喜欢上了。"

肥肥"唔"了一声："那看来你有相中的人了？"我忙否认道："哪里有？公司里的人我都还认不全呢。"肥肥那头笑个不停："你现在一定脸红了，对不对？"我说："你小点儿声，小心你奶奶又来催你。"肥肥"哦哦"了两声："真的不早了。"我回："是啊，感觉外面天一点点亮了起来。"肥肥说："听到了没有？"我问："什么？"肥肥说："我家猫的呼噜声。"我仔细听去，才勉强听到微弱的气息起伏声，莫名地让我有一种微风拂面的触感。我们又闲扯了一会儿，互道晚安，结束了通话。不一会儿，我收到肥肥发来的信息："记得定闹钟，上班不要迟到了，会扣钱的！"

五

尝试睡一会儿，却怎么也睡不着了。与其在床上翻来覆去，还不如早点儿去公司上上网。出门时，整栋楼的人都还没起床，唯独狗吠声又一次响起。来到天环大厦，坐电梯上到公司所在的二十八层，我没有急着进去。我喜欢站在玻璃窗前看这个城市的风景：一片低矮楼群构成的空旷界面，在远处群山拉成的波浪线上，苍青的底色托起一层微弱的天光，而眼睛下面是一片黑夜，有尾灯亮起的车子划拉过去。渐渐地，天际浮现出一抹红晕，夜色退潮，露出太阳的头来。街上的车子多了起来，但因为隔得远，听不见喧嚣声，忽然间鲜亮的光浪奔袭而来，所有的车身上闪耀着金光，连我都笼罩在光中。我激动地想喊出来，但我忍住了。抬头看去，太阳已经完全挣脱了天际线，在澄碧的天穹之上，露出了略显扁圆的脸庞。我转身沿着走廊往公司走去，天井四壁，阳光浸润，那些在其中日夜忙碌的人现在恐怕才起床吧。

　　刷门禁卡进到公司之后，连灯都不用开，阳光已经统治了我们的办公区。还没有一个人来，我可以大摇大摆地往工位那边晃荡过去。路过陈总办公室时，我习惯性地隔着玻璃往里瞅一眼。一条腿从沙发上伸了出来，我吓得差点叫出声来。再定睛一看，陈总睡在沙发上，身上盖着一条毛毯。他看样子还在熟睡中，我不敢发出声音，慢慢地，轻手轻脚地，往公司门口走。出了公司门，我这才松了一口气。他怎么会睡在这里？我心里纳闷。从天井里陆陆续续传来人语声，电梯也开始上上下下，上班的人流开始进来了。我先去地下一层的食堂吃了早餐，又去一楼的咖啡馆待了半晌，拖到八点半才再一次往公司去。等电梯时，碰到了陈曼，她先向我点头说早，我回说早。进了电梯，只有我们两个人，我贴在一边，她站在另一边。电梯上行时，她转头笑问道："昨晚玩得开心吗？"我愣了一下："什么？"陈曼侧过头来说："你昨晚不是跟肥肥他们聚餐去了吗？"我诧异地看着她。她解释道："我在李岚的朋友圈看到的。"我说："嗯，就吃吃饭唱唱歌。"停了一会儿，陈曼用一种漫不经心的语气问道："陈总也去了是吧？"我又一愣："他去了？我没看到……"陈曼"哦"了一声，没有再说话。到了二十八楼，出了电梯口，陈曼冲我点头一笑，往卫生间去了。

再一次路过陈总办公室时，只见他坐在办公桌前低头看文件，毛毯不见了。办公区里，同事们大多已经坐在工位上忙碌了起来。我走到工位上时看看前面，肥肥还没来，她组里其他的人倒是到齐了。李岚跟我打了一声招呼，把一袋小笼包子和一杯豆浆递了过来："没吃早餐吧？还是热的！"我摆手说吃过了，她没有缩回："这可是肥肥让我给你带的！你不接就不领情了哈。"我诧异地问："她为啥……"李岚说："反正她发消息跟我这么说的，我就这么带了。"我接过来，谢过她。到了八点五十五分，肥肥才一路奔过来。李岚笑道："你还真是会踩点儿啊！"肥肥朝我笑了笑，回李岚道："我定了三个闹钟，都没叫醒我！还是我奶奶把我撵下床的！"这边正说着，前台已经走到了办公区的前方。大家齐刷刷地站起来，重复着每一天的仪式。加油！加油！加油！努力！努力！努力！陈总也从办公室出来了，站在一旁。我注意到他脸色不是很好。仪式完成后，大家重新坐下。陈总又一次回到了办公室，不一会儿，他在线上叫我去他办公室一趟。

我的心无来由地跳得飞快，往他办公室走去时，我瞟了肥肥一眼。肥肥正在接一个电话，没有看我。推门进去后，陈总让我先在沙发上坐下，而他自己对着电脑看文档。我等在那里，他没有跟我说话，也不朝我这边看，眼睛紧紧盯着电脑屏幕。外面此起彼伏的通话声在这里变成了绵软的白噪音，茶几上的烟灰缸里躺着十七个烟头，靠墙的那一边书架上放着一排企业管理方面的书籍；看无可看时，我盯着自己的鞋面，鞋帮子上脏兮兮的，应该找个晴天洗一下，另外还得买一双能蹚水的厚底鞋子，否则一下雨就没有鞋子可换了；二十号要交房租了，工资月底才会发，也不知道能从谁那里借钱先垫一下……"我看完了。"陈总突然说道，"你写得很认真，视频上提到的点你也都写到了。"我这才反应过来，他刚才看的是我昨天写好发给他的宣传文件。我这才松了一口气，说："今天我把剩下的完成。"陈总说好，像是在思索着什么，双手指腹对敲。我不由地又紧张起来，想说些什么，却又无从开口。"没事了，你去工作吧。"过了两分钟，他抬头说道。我迟疑地起身往外走，随时准备着他再叫住我。直到我关上门，站在办公区的走廊上，他也没有再说一句话。

刚回到工位上坐好，李岚转身过来悄声问："陈总找你说什么了？"我摇头道："就交代了一下工作。"李岚"嗤"了一声："那你为什么去了那么久？"我说："搞不懂啊，就干坐在那里，等他说点什么，他又什么都没说。"李岚点点头："我知道了。"我追问了一句："你知道什么了？我真的是一头雾水！"李岚笑笑："没什么事情，你不用担心。"说完，她又转身忙去了。我不由地心情烦闷，起身想去楼梯间抽一根烟。走过肥肥工位时，她人不在。等我推开楼道门，肥肥正站在转弯处打电话。她说话的语气极为急切，甚至可以说是饱含怒气："我不想再这样了！你不要太过分了。请你……我说了我不需要！不需要……到此为止！可以吗？"我悄悄地退回来，把门掩上，再次返回公司。过了半个小时，肥肥回来了。李岚小心翼翼地问："还是他？"肥肥点头，叩打桌面："烦死了！烦死了！烦死了！"李岚凑过来，摸摸肥肥的头说："实在不行，跟头儿说了吧。"肥肥说："头儿不是还没回吗？"李岚无奈地叹气："那跟陈总说。"肥肥的目光掠过陈总办公室，没有说话。

困，实在是困，看着电脑屏幕眼皮直打架。偷眼看肥肥，她虽然也是一夜未眠，却看起来依旧精神抖擞，开了小组会，分配了任务，还接打了十来个电话。有怕冷的同事开了空调，暖气一波波漾过来，我忍不住连打了几个喷嚏。肥肥正好通完了电话，转头看我："你不会感冒了吧？"我正想说没有，又一个喷嚏打出来。肥肥递过来一包手纸给我："你可能昨晚受寒了。"说着，她起身去把空调的叶片往上拨，回来时又给我端来一杯热水。到了中午饭点，我准备把早上李岚给我带的早餐吃了，肥肥拦住说："我们出去吃。包子都冷了！"不由分说，她让我和李岚都起身一起走，她组里其他人上午都拜访客户去了。我们去大厦二楼吃了一顿日本料理，时间因为还早，肥肥提议道："去一楼的咖啡馆坐坐吧。"说着，她打量我，对李岚说："我看他困得不行了。"李岚说："你要不是昨晚非要自己走回去，人家也不至于回去那么晚。"

我忙说："没什么的……"肥肥掐了一下李岚的胳膊："你先带他去咖啡馆，我去买点东西就回来。"李岚点头说好。

一杯美式咖啡落肚，人精神了很多。李岚要了一杯卡布奇诺，一边慢慢呷着，一边跟我说些闲话，说着说着说到了肥肥。我好奇地问："你们为什么叫她肥肥呢？她明明不胖嘛。"李岚笑回："你没见她以前的样子，还真的挺胖的！后来她突然有一天决定要减肥，说减就减，坚持了一年，还真减下来了。不过肥肥这个绰号，倒是留了下来。"我咂舌道："真是个狠人！"李岚点头赞同："她是狠，工作起来简直不要命，但对我们组里的人不狠，什么事情她都扛着。所以我们都很喜欢她。"正说着，李岚忽然站起来，惊叫道："那是不是肥肥？"我忙随着她的目光看向窗外，隔着一条马路，一个中年男人挡在肥肥的前面。那男人向肥肥伸手，被肥肥推开。他们像是在争吵，隔着玻璃听不见他们的声音。李岚说："是那个人过来了……你快过去！我就来。"我起身就往外面跑，推开大厦的后门，往肥肥那边奔去。等我赶到一看，那男人并没有我想象中的那般凶狠，相反长着一张斯文白皙的尖脸，一米八左右的个子，戴着一副无框眼镜，手里捧着一束玫瑰花。肥肥见我来，露出略显尴尬的神情。我扫了一眼那男人，又转头问肥肥："你没事吧？"说话时，我瞥见肥肥左手拎着一袋感冒药，原来她刚才出去是为这个，心头忽地一暖。"我们走。"肥肥说完，跟我一起往大厦那边走去。

肥肥走在前面，我落后几步，并时刻留意着后面那男人是否会跟过来。一开始那男人站在原地不动，等我们快到大厦后门口，他突然冲了过来。我说："他过来了。"肥肥转过身，大声地喊道："滚！滚！滚！"男人在距离我们几米远的地方停住了，他用哀求的语气说："吴菲……"肥肥气得浑身发抖，双手攥紧了拳头："你是聋了吗？滚！滚！"周边走动的人都纷纷看过来，有的站在一旁看热闹。那男人刚试图往我们这边靠近时，突然有人从我身边掠过去，站在那个男人面前，一边说："你要不要脸？你要不要脸？"一边把男人往后面推。我一看是陈总。李岚此时走到肥肥旁边，抓住她的手。肥肥小声问："他怎么来了？"李岚说："他搞得定。"肥肥没有说话，转身往大厦里走。看热闹的人越来越多，有人拿起手机来拍。李岚喊道："拍你个头啊！"我回头看陈总那边，他硬生生地把那个男人往街角那边逼去。那男人一边退一边还在喊："吴菲！吴菲！我……"话还未说完，陈总顺手给了他一巴掌。那一蓬玫瑰花落在地上，被一个捡垃圾的老婆婆拾了去。

　　到了办公区，有不少同事贴着窗往下看。见我们回来后，有同事上前问："没事吧？"肥肥淡淡一笑："能有什么事？"不等那同事说话，径直往工位上走去。还有未发现我们回来的同事趴在窗口，兴奋地说："我的天哪！陈总居然打人了！"更多的同事装作忙碌的样子，但我意识得到他们的目光时不时扫过来。肥肥坐了下来，定定地看向虚空的一点。李岚守在她旁边，伸手理了理肥肥的刘海，又去把肥肥手上的感冒药接过来递给我。过了五六分钟，看热闹的同事忽然都回到了自己的工位上。不一会儿，陈总走了进来。办公区一片静寂。他就像是出门吃了一顿饭那般，脸一如既往地严肃，衣服上也没有任何打斗过的痕迹，走到办公室门口，抬头看看我们这边，迟疑片刻后，缓缓地走过来，眼神落在肥肥身上，轻声说："他应该不会再来了。"肥肥平视前方，"嗯"了一声。陈总又说："你要是觉得不舒服，下午可以先回去休息一下。"肥肥说好。陈总抬眼看李岚："吴菲这边电话你帮着接一下。"李岚忙说好。肥肥说："我没事，自己来。谢谢陈总。"陈总说好，想说什么，却没有说出口，一只手拍了拍肥肥桌上的资料表："那你忙。"说完，转身往办公室走去。

六

毫无例外，每逢周五晚上下班就堵，公交车、私家车、电动车，密实得移不动一步，连人都穿插不过去。车顶在路灯照耀下闪闪泛光。一只猫从草丛中钻出来，站在人行道上，它黄色的毛上沾满了草屑。我看它，它也抬头看我，忽然间它收回目光，沿着盲道跑远了。等在斑马线上的人群纷纷抬头看天上飞的一个塑料袋，袋子也慢慢飞远了。红灯变绿灯后，肥肥与李岚走在前面，我落后几步。她们手挽着手，我双手插兜，警惕地环顾四周，看下午那个男人是否还徘徊在附近。到了马路对面，肥肥和李岚等在一边，等我走近，肥肥说："晚上去我家吃饭。我奶奶这几天在我姑姑家，我做一个人的饭是做，三个人的饭也是做。"李岚笑道："肥肥手艺，我是知道的。堪比大厨！我已经不知道蹭过多少回了。"肥肥撇撇嘴："不要拍马屁！你吹得这么离谱，人家到时候吃进嘴后，心里会骂死你！"李岚摆摆手："我怕骂？咱们的董事长骂人骂得那么难听，我都不怕！我还怕他骂我？"肥肥小心地看看我，对李岚说："你不要把董事长说得那么可怕，人家还没见到，就要吓死了。"李岚也看我："你别怕！到时候董事长要是骂你，你就当他在放屁。"她们你一言我一语的，我几乎没有插嘴的机会。等到她们安静下来时，我却噎住了，单说了一个好字。

肥肥看样子没有受到中午事情的影响，与李岚说话时语速轻快，还时不时笑出了声。我这才放下心来。肥肥转头催促我快跟上她们，我说："你们先聊着。"她也没有再坚持，接着跟李岚说起悄悄话。我再一次环顾四周，尤其是往身后看，下班的人流之中没有那张斯文的男人面孔，也许他真的已经被陈总打得不敢来了？我不确定。但是人一旦疯狂起来，什么事情都能做得出来，不是吗？他或许躲在马路对面，或许躲在旁边的写字楼里，或许就在肥肥刚才路过的树丛里？谁知道呢？所以我不敢掉以轻心。下午趁着肥肥忙着跟客户通话，我在线上问李岚关于那个男人的事情。李岚告诉我说，那男人是董事长介绍过来的老乡客户，是一家房地产公司的营销总监，肥肥曾经安排他上过课程。后来那人喜欢上了肥肥，但被肥肥拒绝了。那人不死心，这段时间一直在骚扰肥肥。肥肥念着他是自己的客户，又跟董事长是老乡，不好得罪，只能忍气吞声。没想到这次那人找上门来了，要不是陈总出手，还不知道会怎么样呢……陈总。我忽然想到他。下午我偷偷看他办公室，他又一次在来回踱步，很少坐下。到了下午四点，他就出门去了，一直到下班都没有回来。否则我们不会这么早下班的。他是怎样的一个人？我不清楚。他上午把我叫进办公室，想要跟我说什么却又没说，这也让我满心疑惑。我感觉自己一直在一个谜团周围徘徊，却寻不到揭秘的途径。

快到肥肥住的小区附近，我们转到一条小路上，去了菜市场。肥肥负责挑菜，李岚负责砍价，我负责拎袋。到处是吆喝声，到处是讨价还价声，一片生机勃勃的景象。我们也不急着买菜，就想东摸摸，西看看，白萝卜、嫩豆腐、大红枣、小紫薯、冬青菜……问问老板价格，看看老奶奶还价，那边肉铺的女老板啪啪地切肉，这边烧饼摊的男老板在饼上撒芝麻，忽然从生禽区那里传来鸡叫声，便知道是要杀鸡了。买完菜后，我双手拎满，肥肥和李岚要接过一些，我不肯，让她们在前面走。她们走着走着，忽然回头冲我笑。我问她们笑什么，李岚说："我们在想你未来要找什么样的女朋友。"肥肥说："李岚觉得你肯定喜欢那种脾气温柔的女生。"李岚接口道:"你就说是不是吧?"肥肥轻拍李岚的手臂:"你不要逼人家回答。人家都脸红了。"李岚咯咯笑:"你这样,搞得像我们欺负了你似的!"肥肥说:"可不是欺负他吗?又是让他拎菜,又是让他难堪。"说着,她不由分说地从我这里拿走一袋青菜拎着,李岚过来又拿走一袋豆腐。我说:"你们伶牙俐齿的,我说不过你们。"李岚"哟哟"两声:"不要岔开话题,说吧,你喜欢什么样的女生?"我说:"不说。"肥肥笑:"不说我们也猜得到。"我心猛地一跳,看向她:"什么?"肥肥嘴唇一抿,又一次露出了酒窝:"我不说。"李岚"切"了一声:"好烦啊,卖关子!没意思。"肥肥回嘴道:"你不是也猜了吗,你怎么不说?"李岚摇头笑道:"我也不说。"我抗议道:"我自己都不知道。你们倒是说得有鼻子有眼的。"她们一起看我:"你不是喜欢陈曼吗?"这次轮到我大笑起来。肥肥追问:"难道不是吗?我看你时不时就往她那边看嘛。"我说:"根本没有的事情。"李岚啧啧嘴:"我每回一回头,就看到你眼睛往前面瞟她。"我哭笑不得地回:"我没看她!"李岚追问道:"那你看谁?"我说:"反正不是看她。"李岚还要问,肥肥打断道:"好了,到小区了。"

肥肥家面积不大,三室一厅,一间肥肥卧室,一间她奶奶卧室,还有一间,肥肥介绍时嘴角一撇:"是我爸的。不过他回来得很少,现在放各种杂物。"一只橘猫躲在沙发与书架之间。啾啾,啾啾。肥肥喊了几声,但猫却越发往里躲,她无奈地笑道:

"它怕生人。"我"哦"了一声："就是昨晚你说拉便便把你臭醒的那只吧？"刚从卫生间出来的李岚插嘴问："昨晚？你们说什么了？"肥肥忙道："岚岚快来帮我洗菜。"一边说着一边冲我使眼色，我心领神会地一笑。李岚看看肥肥，又看看我："哎！我知道了，你们之间有秘密。我是个外人了。"肥肥上前把李岚往客厅的饭桌那边送："我什么秘密，你不知道？你还要吃这个醋？"李岚在桌前坐下，抓起一把韭菜择起来："哎，那可说不定。比如说你和……"肥肥往厨房里走："和你个大头鬼！赶紧择菜。"她一边说着，一边穿上厨房专用围裙，站在水池边上处理花鲢鱼头。看来真是个老手，她先将鱼头去鳃，从下颚处利索地下刀劈开，冲洗干净后沥去水分。我也被肥肥分配了任务，先将大葱洗净后切成段，然后再把豆腐和香菇均切成块。锅内的水烧沸了，肥肥将鱼头和香菇焯一下捞出，锅内再换上干净的水，放入鱼头、香菇、葱段、姜片、料酒和鲜汤，然后加盖等汤煮沸。我站在一旁，忍不住称赞道："闻起来就很香！"李岚在外面接口道："我说得没错吧！大厨级别对不对？"肥肥"呸"了一声："不要那么浮夸！"嘴上说着，手中没闲下来，她等另一个锅中油热后放入葱末煸香……她一边炒，一边指挥我切这个切那个，李岚把择好的韭菜拿进来："你们配合得天衣无缝。哎，我看起来是个多余的了。"肥肥拿着锅铲作势要打过来，李岚闪到外边："哎呀哎呀，不仅是个多余，还被驱逐出门！我的苍天哪，我真是个苦命的人儿！"

　　豆腐炖鱼头，韭菜鸡蛋饼，蚝油鱼干焖茄子。我以为可以了，肥肥又端上了黄豆芽拌豆干和芹菜拌花生米两盘凉菜。肥肥这边说"音乐"，李岚那边开了电视柜上面的音箱，问要放什么，肥肥说《升 C 小调夜曲》。肥肥这边说"红酒"，李岚那边说："早醒好了，还等你说！"说着，熟练地从酒柜里拿出三个酒杯过来，一一把酒倒上。菜都放好了，肥肥一转身，李岚过去把她腰间的带子解开，挂在厨房门后。我忍不住感叹她们之间好默契，李岚笑："我可算是扳回了一城！"肥肥骂道："你还记着账呢！人家第一次来，你就要斤斤计较。"笑闹间，我们都坐了下来。这是我来这个城市几个月以来第一次吃到家常菜，鼻头突然一酸。我怕被她们看到，埋着头吃菜。等情绪平复后抬头，肥肥和李岚正看着我。我脸猛地一红："你们怎么不吃？"肥肥说："我们要减肥。"她们面前果然没有主食，只是偶尔夹点菜吃吃，主要还是在喝酒。李岚说："这些菜主要靠你了，最好吃完！"肥肥打她一下："你不要吓到人家了！"李岚缩回胳膊，咯咯笑："你心疼人家了？"肥肥又追着打："你又瞎说，又瞎说！"

　　我说起每天清早在睡梦中听到房东家的老爷子在厨房做饭的声音，菜入锅时的刺啦声，开冰箱的砰砰声，菜香就像一个美人一般盛气凌人地在我房间里踱步，走两步就用脚踩踩我的嘴唇，走两步又拍拍我的鼻翼，这是香椿炒鸡蛋，那是猪脚炖黄豆。下楼洗漱时，老爷子一个人坐在桌前默默吃饭，腾腾的热气里只有他的咀嚼声。李岚哎呀一声："你就是脸皮太薄，坐下来跟他一起吃啊！"肥肥笑着拍李岚的手："房东有条大狼狗，他不敢！"李岚"哟哟"两声："你怎么知道有狗的？"肥肥显然有点儿醉意，她脸颊泛红，眼神飘忽："我就知道，要你管！"李岚又看肥肥："过分了啊！你们之间……"我忙说："没有没有。有一次吃饭的时候，我说过这个事情。肥肥肯定是那个时候听到的。"李岚"咦"了一下："是吗？我怎么没有印象？"肥肥说："干杯干杯！"

饭毕，我让李岚和肥肥去沙发上休息，收拾桌子、清洗碗筷这些杂事我来，毕竟吃得最多的是我。肥肥说："那怎么好？你是客人。"李岚喊道："你当人家是客人，人家要伤心的。"肥肥说："岚岚你喝醉了。"李岚摸摸肥肥的脸："我看你才喝醉了。"我说："好了好了，你们都有点醉了。"她们靠在沙发上，又是笑又是闹，啾啾也不怕人了，慢慢地溜达出来，跳到肥肥身上，任其抚摸。安顿好她们后，我到厨房把碗筷放在水池里，戴上胶手套开始清洗。风从窗外吹进来，厨房门合上了，音乐声却关不住，我听出来是《卡农》，钢琴和大提琴的合奏像是温柔的水流把我托起。我喝的酒虽不多，但还是有点儿醉醺醺的，身子想要随着乐声舞动。而门外李岚已经大声地随着琴声"啦啦啦啦啦"地哼唱起来，紧接着肥肥也跟着哼，李岚说："跑调啦！"肥肥说："我要你管？"李岚问："是不是有人在敲门？"肥肥回："我奶奶不会这个时候回来吧？"我关掉水龙头，侧耳倾听，果然是敲门声，便赶紧脱下胶皮手套，往大门口赶去。门刚一打开，我不由地往后退了一步："陈总……"陈总显然也吓一跳，上下打量我一番："你怎么在这里？"肥肥问："是哪位？"陈总示意我让开一条道，随后进来说："是我。"李岚站起来惊叫道："陈总！"肥肥坐在沙发上，没有起身，但脸上的惊讶表情却是一样："你怎么来了？"

　　陈总扫视客厅一周，然后看看李岚，又看看我，最后目光落在肥肥身上。"我……"他像是才想起来，举起右手的提袋，"我以为你奶奶在家里，给她带几贴药膏过来。"肥肥先是把啾啾放在沙发上，左脚穿上拖鞋，再右脚穿上拖鞋，慢慢地站起身，人却没有过来："我奶奶这几天在我姑姑家，你药膏就放在书架那边好了。"陈总点头说好，往书架那边走去："这里吗？"肥肥没有说话。陈总把袋子放好后，说："你让你奶奶一天贴一片。"肥肥"嗯"了一声，眼睛没有看他。陈总空着手再一次返回到门口，停下来，像是在等待着什么。我不敢动，李岚也没动。肥肥一句话也没说，唯有啾啾噜地一下再一次躲了起来。"你们继续玩。"陈总冲我和李岚各点了一下头，转身往门外走时，顺手把门带上了。好半晌，大家都没有动。啾啾钻了出来，又一次跳上沙发，"喵"了一声。没有人理会，它自顾自地躺下来，舔自己的身子。

七

把洗好的碗搁在沥水篮后，再把厨房的地拖干净，灶台也擦拭得闪闪发亮，最后把垃圾袋捆扎好，等走的时候可以带下去。等我从厨房出来时，客厅里只有李岚一个人在，我问："肥肥呢？"李岚坐在沙发上，手里捏着手机，看起来六神无主。我再问了一遍，她才回过神来："她下去了。"我扭头看窗外："奇怪，这个时候下去干吗？"李岚吁了一口气，靠在沙发上："陈凯东找她说说话。"见我讶异的表情，她解释道："陈凯东就是陈总……他刚才给我发信息，让肥肥下去一趟，他有重要的话要跟肥肥说。"我"哦"了一声，坐在沙发的一角："给你发信息？"李岚晃晃手机："肥肥拉黑了陈凯东，所以陈凯东只能联系我。"我忽然想起前晚在KTV唱歌时，肥肥一直在角落拿着手机跟谁聊天，后来又把手机扔到沙发上的场景，莫非那时让肥肥情绪崩坏的人就是陈凯东，我们的陈总？继而我又想起那晚送肥肥回家后李岚给我打电话的事情："前晚，你问我路上是不是有人跟着我和肥肥，那个人是陈总？"李岚迟疑了一下，点头道："嗯……他打电话给我，问肥肥为什么联系不上了，又问她是不是回去了，所以我怀疑他后来去找你们了。"我说："后来我又转了回去，没有发现有人跟着。"李岚含着笑意地打量我，我问她笑什么，她说："肥肥说你是一个值得信赖的朋友，真的没看错。"我心猛地一跳："她真这么说？"李岚点头："肥肥私下一直夸你的。你要知道她不是一个那么容易信任别人的人。"我没有说话，但心中滋生出无数欢喜的小气泡来。啾啾像是已经习惯了我这个人的存在，躺在我旁边，我伸手去抚摸它，它眯起了眼睛，一副尽情享受的神情。肥肥平日都是这样逗弄啾啾的吧。

一刻钟过去了，肥肥还没有回来。李岚在客厅里不安地走来走去，有时候还忍不住趴在阳台的窗户往下看。我说："要不我们下去看看情况？"李岚忙打断："不行不行，我们外人还是不要掺和进去的好。"我终于忍不住问道："这样问有点冒昧……肥肥和陈总之间……"李岚蹙眉道："其实我也知道得不多。肥肥不说，我也不好问。"我们坐在沙发上，又等了半个小时后，肥肥回来了，李岚速速迎过去："没事吧？"肥肥摇头说没事，但她脸色苍白，手一直在发抖，眼神惊惶不定。在沙发上坐定后，李岚搂住她，抚着她的后背，等她慢慢平静下来后，才问："他跟你说什么了？"肥肥带着哭腔说："他说他今天跟他老婆提出了离婚。"李岚"啊"了一声："怎么回事？"肥肥哭出声来："我不知道……我……他说今天那个骚扰我的人来，让他坚定了这个想法……他已经忍不了了……"我把纸巾递给肥肥时，想起今天早上陈总在办公室睡觉的事情，又想起这几天他总是在办公室走来走去，莫非他一直在为这个事情烦心？

肥肥问我要烟，我递给她一根。没有烟灰缸，她把烟灰弹到喝空了的酒杯里。我猜平日她奶奶在家时，她是不敢这样明目张胆抽烟的。弥漫的烟雾中，她遁入自己的思绪之中，有时候眼泪流下来，她也不去擦拭；有时候身体抖动，李岚搂住她拍她的背；有时候她咬着下嘴唇，咕哝着我们听不清的话语。她抽完了一根，我再递给她一根，这次我也跟着她一起抽。我想起第一次我们在楼道一起抽烟的场景，她靠在墙上跟我说话，说出的每一个字我都记得。那些字浮漾在半空中，随着烟雾散去。"那个房间，"肥肥把烟头扔到酒杯里后，指着她父亲过去住的那个房间，"是我小时候的噩梦。"顿了半晌，她接着说："我爸跟我妈就在那个房间里吵，他们以为关上房门我就听不到了，但我每一次都听得非常清楚。他们在里面一开始是压低嗓音互相指责，后来声音就会越来越大，越来越激烈，最后肯定就是摔东西，两人打成一团……"说到这里，她干笑了一声："我妈那么小的个子，哪里打得过我爸？就是这样，我爸的脸也被抓得一脸血。我呢，他们吵架时，就躲在自己的房间里，抱着我的啾啾。我不敢开灯，也不敢动弹，生怕他们会注意到我。有时候，他们打架的声音太大了，就会有邻居来敲门。那时候我们家就安静了下来，我爸我妈都像是有默契似的，他们都装作自己不在家，我也装作不在家。敲门声响了几下，就不响了。我那时候心里就喊着，敲吧敲吧！你们一敲他们就不会吵了。敲过门后，他们果然就不吵了。那一晚剩下的时间就算是过去了。妈妈出来让我去洗澡，爸爸问我作业做完了没有。他们身上脸上都有伤，但是他们都装作什么事情都没有发生似的。我们还是和和美美的一家子，出去走在路上，一人一边牵着我的手，遇到单位里的叔叔阿姨，他们说着笑着，我觉得特别恶心。我想挣脱他们的手，但是他们硬是拽着我，拖着我演这出戏。"

肥肥又向我要烟，李岚拦住了："行了，伤身体呢！"肥肥缩回手，靠在李岚怀里："你老管着我！"李岚佯装把肥肥推开："好好好，我不管你了，你走吧！"肥肥耍赖地又贴回去："我偏不走，我就赖在这里了。"我起身去给她们各自倒了一杯柠檬水，李岚"哟哟"两声："我们应该把小陈留下来当丫鬟使，太好用了。"肥肥笑着说："我看可以。"我瞪她们："想得美！"大家都笑了起来，气氛轻松了许多，但很快肥肥情绪又低落下去，眼皮低垂，刘海垂落下来，遮住了半边脸，灯光落在她的眉头、鼻尖、嘴角，久久不动。李岚小心翼翼地开口问："我听你说过，陈凯东一家过去是住你家楼下是吧？"肥肥缓缓地点头："他爸爸跟我爸爸过去是一个单位的，分的房子正好也是上下楼。他大我三岁，我那时候一直叫他东哥。我爸妈打架，他是知道的。有时候上学，他在路上就会问我这方面的事情，我就装糊涂说不知道。他也就没再问。有一次我爸妈打架打狠了，我妈断了一根肋骨，被送到医院去，我爸被叫到派出所问话。他妈就让他上楼来领我去他家吃饭……"泪水蓄满了眼眶，但肥肥没让它流下，她深呼吸一口气：“好大一桌菜，他妈妈不断夹菜给我，我那时候……说不感动当然是假的，更多的却是羞耻……我觉得我自己是一个被人同情的人，这让我受不了。这也是我后来为什么学会自己做饭的原因。”李岚哑着声音说：“看来我们要感谢陈妈妈了。”肥肥问："谢她什么？"李岚又是哭又是笑地说："要是没有她，我们就吃不上你大厨级别的好菜了。"

东哥，东哥，东哥。肥肥念咒一般，隔一会儿重复一次。"我叫他东哥。"肥肥悠悠地说道，"我奶奶那时候在乡下，姑姑还在念大学，妈妈住院时，他妈为了方便照顾我，让我住在他家里，虽然我很不愿意。但一个人在家里，我的确又很害怕……我睡他房间，他睡在客厅沙发上。去上学，是东哥带着我去的。以前是我爸骑车带我去学校，现在他要骑车带我，我不肯。我走在路上，他骑车在后面远远跟着。后来，学校就传我是他的小女朋友……我就更不要让他送，也不住他家，见到他我会远远地躲开。我听说他找到传谣的人，把人家打了一顿。我没问过他，毕竟我不想跟他有任何牵连。再后来，他去念初中，成了住校生，我们就很少碰到了，有时候在路上见到面，他也是冷冷地骑着车走开，根本就不理我，我那时可生气了！说起来其实很没道理，毕竟一开始不理人的是我。"肥肥笑了一声，喝了一口柠檬水，头枕在李岚腿上，"过了几年，他爸爸下海，挣了钱，在城东买了新房子，他们一家人就都搬走了。我们自然就没有碰面的可能了……直到我妈得癌症去世，他来参加葬礼，我们才再一次碰到。他那时候已经结婚了，这个我早就知道。葬礼结束后，我爸状态不好，我看了很担心，便从上海那边辞职回来。他也常来看我爸，陪他聊天，跟他吃饭。我那时候一直以为他就是热心肠，心里很感动，也就跟他熟络了起来。"肥肥往饭桌那边一指，"他来了，我就买菜做饭。他跟我爸说话，我在厨房里忙活。我其实跟我爸没有什么话说，感情也说不上有多好。我们两个在家里，经常是一天说不上几句话，沉闷得可怕。他一来，我爸精神就好……"

李岚插嘴问道："他那时候就在现在咱们的公司，对吧？"肥肥点头："是的，那时候他就是陈总了。你也知道，公司离我家很近，来去方便。他常常是晚上来，有时候是周末来，来了我父亲就兴头很高，跟他喝喝茶，聊聊国际国内大事。那些话题我都不感兴趣，唯独就是想做点好饭好菜，招待好人家。"李岚又问："他不回家吗？他在你家，他老婆……"肥肥"嗯嗯"两声："我也问过他。他说他老婆外派了。后来，我想在家里坐吃山空也不好，便想找一份工作，最好离家近收入也可以的。他说你来我们公司吧，我一看很符合我想要的条件，便去了。这一待，就到了现在。"李岚捏捏肥肥的肩头，笑道："可不是嘛，现在是我们敬爱的肥总。"肥肥伸手拍李岚的脸颊："哪里肥了，你自己双下巴都有了！"李岚抬眼看我："你不知道我刚进公司时，看到肥肥有多肥！膀大腰圆的！"肥肥要去捂李岚的嘴："哪里有！……不过那时的确挺肥的。我那时候压力特别大，为了完成业绩，每天精神都高度紧张。一紧张，就想吃东西；一吃东西，就长肉。"李岚"哼"了一声："我听过公司的一些风言风语，说肥肥是靠陈总才有了今天的成绩，她们哪里知道肥肥有多拼命！一说起这个，我就起火。"肥肥笑道："我都不气，你气什么！"

风从窗户缝隙里吹进来，绛紫色窗帘下的穗子敲着暖气管，发出"咚咚"的干响。我起身去关窗子，楼下散步的人群已经散去，唯有小区的路灯洒下昏黄的光。天不早了，我此时应该回去才是，但我没有说出口。我还想再待一会儿，就像是耍赖一般。以前陈总在这里时，是不是跟我一样的心情？赖一会儿，再赖一会儿，一个借口，再一个借口，能多在这里待一秒钟也是好的。转身时，肥肥和李岚并未流露出要让我走的意思，我也就放下心来，再一次坐在一旁听她们说话。李岚拿一条毛毯，给肥肥盖上："那你喜欢他吗？"肥肥揉捏毯子一角，想了许久："我不知道。"李岚"咦"了一声："喜欢就喜欢，不喜欢就不喜欢，这个不难知道啊。"肥肥点头："是是是，是不难。但对我来说，我说不清楚。你也知道董事长的脾气，每次我没搞定他想要的客户，或者是得罪了某个客户，他都要骂人的，每次都是陈凯东帮我挡住，替我兜着。这一点我有点儿……怎么说呢……依赖他，他就像是我哥那样护着我。这也是我这些年来虽然总想着辞职，但因为他在，我就觉得我要是走了，挺对不住他的。另外也因为这个工作，挣了比上海更多的钱，这个也挺重要的……还有一方面，我又觉得他……你知道，我爸后来不是结婚了嘛，搬到贵阳去了。他其实就没有理由来我家了，但他还是来了，我跟他之间能聊的事情不多，他就经常干坐在我们现在这个位置，硬是找话说。我就觉得挺尴尬的。我这样一个迟钝的人，也开始逐渐察觉到他对我有些不一样的想法。"

肥肥把毛毯揭开，坐起来。我起身给续上柠檬水，她喝了一口，呛到了，我又拿纸给她。"有一天，他来我家。当时我已经把我奶奶从乡下接了过来，他就说来看望我奶奶。我奶奶年龄大了，跟他说不来什么话，他也生聊着，我在一旁觉得很好笑。我奶奶后来下楼遛弯去了，他就坐在沙发上，搓着手，说今天的天气，问晚上吃的什么，又聊起我爸的新家庭，到后来没有话说了，我也想休息去了，经过他身边时，他忽然抱起我。"李岚立起身子，吃惊地问道："他没对你怎么样吧？"肥肥没有回答，背靠着沙发："我吓一跳。他说这些年来一直都很喜欢我，喜欢到他不知道怎么办才好……我当时就推开他，吓得说不出话来。他说着说着就哭了起来，哭自己太懦弱，哭自己煎熬了很久很久……"李岚愤然道："可是他已经结婚了呀！"肥肥频频点头："我当时也这么说的，你已经结婚了，有这些想法怎么可以呢？我要他答应我以后不许再这样，他同意了。在工作上，我们公对公；在生活上，我有意地疏远他。他有时候给我发的信息，不是工作方面的，我一概不回。但他还是会找理由到我家来，一会儿看我奶奶的风湿病怎么样啦，一会儿又看我家啾啾啦，我都对他爱理不理。他后来渐渐地来得就少了。不过……"肥肥眉头蹙起："时常在我回家的时候，我能感觉到他在后面跟着我。我没有回头确认过，但我就是隐约知道。他开着他的车子，慢慢地跟在后面，我有时候借助沿路的玻璃门能看到。这些我没有去质问他，但我会更加不去理他。有时候我晚上下楼倒垃圾，我也可以感受到他就在附近某个地方。"

李岚倒吸一口凉气："你不觉得很可怕吗？"肥肥摇摇头："还好，我知道他不会怎样。只是有点可怜他。"李岚讶异地问："可怜？"肥肥点头说是："因为我无论如何也不想破坏他的婚姻，也无论如何都不会接受他的。他很明白我的态度，所以他很煎熬，又无力去改变这个现状。"李岚"嗯"了一声："那倒是……我要是你，我恐怕早就离开公司了。"肥肥连连点头："我不止一次想离开公司了。但就像刚才说的，我因为可怜他，反而就走不了了。"李岚想了片刻，说："你觉得你要是离开了，就会伤害到他，是吧？"肥肥斜侧着头，沉思良久："好像是可以这么说……就像是捅在身上的刀子，不敢拔出来，因为一拔出来，血就会止不住，反倒是刀子留在伤口里，能让人撑得久一点。"李岚伸手搂住肥肥："你傻啊，真傻啊！你这样，会害了自己，最终也会害了他啊！"肥肥叹了一口气："我也不知道，心里乱得很。"李岚用极为严肃的语气说："这事儿咱不能乱，当断则断，否则以后麻烦事情会很多的！"肥肥声音弱了下去："我要想想……"李岚大声说："还想什么呀，人家都要离婚了，这事情麻烦了！你工作上那股狠劲儿呢？这个你要狠一点才是啊。"肥肥连连点头："我知道，我知道。"说着说着，眼泪落了下来。

八

下楼时楼梯道很暗，但我没有打开手机里的手电筒。垃圾袋沉沉，有些勒手，这是我现在需要的重量，借助它我才能从晕沉沉的状态里找到一种真实感。走到六楼，从门缝里透露出一道亮光，这里曾经是陈总陈凯东的家吧，我想象着那个幼小的肥肥跟随着她的东哥从七楼走到我现在的位置，然后进去，吃那一桌子饭菜。而现在我要继续往下走，在肥肥家吃的饭菜已经消化得差不多了，但饱胀感依旧不散。一晚上留存在我心中的那些事情，像是一团坚硬的石块，压在我的胃部。木扶手冰凉，台阶窄窄，鞋子与地面碰撞发出的空空声，在楼梯间回响。到了楼底，出了门洞，秋夜的风吹来，让人顿时清醒。我深呼一口气，从兜里摸出烟盒，一根烟都没有了，全让肥肥抽了。扔了垃圾后，往小区门口走。秋风吹得人直哆嗦，我裹紧了衣服，还是抵挡不住寒气侵袭，得去买件过冬的羽绒服了。来这个城市，只带了一个小拉杆箱，没承想这一待就待了这么久。可是何其有幸，能认识肥肥，还有李岚。我转头看去，七楼的灯光还在亮着，肥肥和李岚估计还在说体己话吧。

忽然想起去年四五月间的毕业之旅，跟大学的几个同学一起走在清湖边的马路上，田野平阔，四围青山，阳光有了初夏热度，树叶新绿，走着走着脱了外套。跟同学们边走边聊天，兴致来时，还一起唱起了歌。在此深夜想起那辰光，真叫人惘然。他们几个星散到不同的城市，也不知各自的生活近况如何。无人的马路上，我也放开了胆子，哼起了我们一起唱过的歌。走到一个十字路口，有人喊我的名字。开始我以为是自己的错觉，继续哼歌，后来声音越来越近，越来越不容忽略，我才转过头去，吓得"啊"了一声。叫我的人坐在车里，他把车子停在我旁边。"陈总。"我招呼了一声，眼睛左右扫了一周，没有其他人和车子在附近。他说："等你很久了。"我讶异地问："等我？"他点头说是："你要回去是吧？我送你。"我忙摆手："不用了。反正离得也不远，我走走就到了。"他眼睛盯着我，坚持道："我送你吧。这么冷的天气，我看你冻得快不行了。"他的目光让我无法拒绝，我只得上了车，一开始打算坐在后面，他说："你到前面来。"我乖乖地换到了副驾驶的位置。

一开始，陈总没有说话，手握方向盘，眼睛专注地看前方。我不敢说话，身子紧绷，双手一开始插在兜里，又觉得不太礼貌，便放在大腿上。他还是穿着上班时的那一套西装，却没有了工作时的锐气，脸色憔悴，眼袋沉沉。我想起白天时他把我叫到办公室，想说什么又没说出口的话，究竟会是什么呢？到了红绿灯路口，他停下了，这才开口问道："她还好吧？"我问："谁？"他不情愿地回："吴菲。"我说："不是很好。"他抿着嘴，没有说话。红灯转绿，他开动车子："她说什么了吗？"我犹豫了一下："她说你要离婚。"他等了片刻："还有呢？"我拿不准他的想法，又不太愿意未经肥肥同意就随意说出什么来："就……说了一些你们过去的事情……"他"哦"了一声："说这么久啊。"我忍不住问："你一直在下面等着？"他撇头瞅我："不行吗？"我忙说："我没有其他的意思。"他收回目光，继续盯向前方："前天晚上，肥肥在前面走，你在后面跟着……后来人家进去了，你又一次返回来，是为什么呢？"我惊讶地反问道："你就在附近？"他不置可否，重复问道："为什么呢？"我回："我担心有人跟着肥肥……"他笑了一声："你倒是很上心。"我突然恼火起来，但忍住没有发作。我注意到他握着方向盘的手指关节有结痂的伤口，手背上也有划伤，也许是他打那个骚扰肥肥的男人时留下的？

接下来的路程，我们沉默不语。车到金禄街街口，我让陈总停下。陈总眉头一跳："这么快就到了？"我说："本来就不远。"道过谢后，我准备推门出去。陈总说："你等等，我送你到门口。"我忙说不用："村子里路太窄，你车子进去后不方便退出来。"陈总说好，把车子停在路边，让我下去。我再一次道谢，随后往村子里走去。他今晚会住哪里呢？还会在办公室吗？正想着，听到他叫我的名字，我转身看去，他已经徒步赶了过来，见我不解，他犹豫了一下，才说："不好意思……我能去你那里坐坐吗？"我说："这个……我那里真的太小了，也特别乱……"他截断我的话，说道："无所谓的，我现在就是想要有个人能陪我说说话。"此刻的他没有在车上那股做惯领导的绷劲儿，反倒面露哀求。要是再拒绝他，未免太不近人情了。我在前面走，他落后几步。从金禄街走到村口，路面一下子脏腻起来，除了路灯灯光，两旁的屋子都沉浸在夜色中，时常从这里那里传来狗吠声。快到我出租房的楼下，不出预料地果然也响起了房东那条狗警告的吠声。我等他走上前来，他环顾周遭："这里也快要拆了吧？"我说："希望不要那么快。到时候，到哪里找这么便宜的房子呢？"

幸好我早上把被子叠了，地面也不是很脏，但枕头很久没有换，已经发黄了。两个人站在床边，房间显得分外拥挤。陈总东瞅瞅西看看，忍不住叹道："这儿的条件也太差了。"他很快注意到了贴在玻璃上的那块纸板："也没有暖气。到了冬天，怎么防寒？"虽然他说的全是真的，但我还是有一种莫名受辱的感觉："我不怕冷。"他注意到了我的不悦："不好意思……我也不知道自己说了什么……"我拉出房间唯一的椅子请他坐下，没有给客人喝水的杯子，开水瓶里也没有热水，正当我不知如何是好之时，他拦住我："不用忙，我就坐坐。"他坐在椅子上，而我坐在床畔。相对无言，唯有狗吠声还在持续。不到两分钟，手机铃声响起，我一看是肥肥打来的，犹豫要不要接。他说："肥肥的吧？你接嘛，我不说话。"我接通了电话，肥肥问我到家没有，我说到了。肥肥又说了几句道谢的话，我不太好回应，只能用"嗯嗯嗯"打发。互道晚安后，抬眼看陈总，他眼瞪前方，脸上没有表情。狗吠声渐渐止歇，房间里安静极了。

"我挺羡慕你的。"陈总在沉默良久之后，突然说道，"我跟吴菲认识这些年，感觉都没你跟她这几天说的话多。"他直视着我，"你是怎么做到的？"我摇头道："我没做什么。就是……很自然地聊了起来。"陈总沮丧地垂下头，双手撑住椅子的两角，脚摩擦着地面。我从桌子上拿过烟，递给他一根，他接过来点上，吸了几口，咳嗽起来，我又递给他手纸，他也接了。再抬头时，他眼眶含泪，我装作没有看到。毕竟目睹自己的领导流露出如此私密的一面，让我坐立不安。"其实你今早来公司，我是知道的。"他仰头观察一番天花板上的污渍，又低下头，"为了不让你尴尬，我就继续装睡。我已经很多天没有怎么睡着觉了……头发也掉了很多。"我大胆地问了一句："因为肥……吴菲吗？"他眼神锐利地扫过来，那个之前我熟悉的陈总刹那间回来了，但很快又颓然下去。"我不知道吴菲跟你讲了什么，总之我不能继续这么下去了。"这次我学乖了，没有问他话。他自顾自地抽了几口烟。"过去我欺骗自己，生活还过得下去，现在这样的生活我已经不能再忍受了。你懂这个感觉吗？"我摇摇头，他笑了笑，"你还年轻，年轻真好啊，还有很多选择。我现在哪里有什么选择呢？我选哪一个，都是错误的。我抛弃了一个，想选择的这个却不给我机会。没意思，真没意思。"

他把烟头扔到地上踩灭。我再递给他一根，他又一次接上。半个小时，烟盒空了一半，烟头落了一地。我起身去把窗户开了一小角，风潺潺地流进来，纸板磕托磕托响。陈总歪坐在椅子上，双手摊放在大腿上。也许他以前在肥肥家干坐着，想找话题又找不出时，也是这样的神态吧。等房间里烟气散得差不多了，他站起来问："扫帚呢？"我也起身："这个你不用管，我来扫。"他说："麻烦你了。"说完后，掸了掸衣服上的烟灰。送陈总下楼时，我跟在他后面，借着手机的光给他照路。我赫然发现他头顶的头发很是稀疏，他说大把脱发看来是真的，心里不禁凄然。到了楼下，他小声地说："你赶紧上去吧！我知道怎么走出去。"我说好。他走了两步，又转过来："今晚的事情……"我打断道："你放心。我不会跟任何人说的。"他连说了几声好，忽然感慨道："你有个很大的优点，我在你工作上也看得到，就是你做事让人很放心……难怪吴菲愿意跟你说话，就连我也是……不说了，你赶紧上去吧。那狗叫得不行了。"他挥挥手，转身往村口走。我立在那里，看他一点点地走出路灯笼罩的光圈，隐没到无边的夜色中。

九

　　上楼前，我偷瞄了一眼房东的住所，隔着纱窗，隐约能看到他坐在沙发上看电视。我轻手轻脚地往楼上走，饭菜的香气扑面而来。每一层的小小厨房，都有人在做饭，菜在锅里热腾腾地翻炒，汤在出租房门口的小煤炉上咕噜噜地沸腾，洗水池边站着五六个人在洗菜和聊天。到了四楼，在一片喧嚣声中方才听到狗吠声。等我往自己的出租房走去时，才发现狗并未在楼顶，而是拴在我的房门口。离房门口还有三米远的地方，那只快有半人高的狗开始狂躁不安地冲我狂吠。旁边的租户打开窗户对我说："你快点儿让房东把狗牵走吧！我们都不敢出去了！"我一边后退一边问："它什么时候在这儿的？"那租户回："下午就在了。吵死了！"我转身下楼，到了房东家门口，又踌躇起来。隔着门听得到综艺节目里的笑声，还有房东大爷大口喝水的吧唧嘴声。不断地有租户下楼去卫生间方便，门口又有刚下班的租户说说笑笑地走进来，他们有的瞟了我一眼就走开了，有的略带讶异地打量我一番后才上楼。没有办法，我只好硬着头皮敲门。房东慢悠悠地晃过来，脸皮通红，看样子喝了点酒："干吗？"我结结巴巴地说："叔叔……狗……你要不……"房东盯了我片刻，想起我是哪家的了，仰起头说："简单，房租你拖欠一天了。你什么时候把房租交了，我什么时候把狗牵走。"果然是这样的，我说："我工资下周一发，能不能……"房东坚决地回绝："不行。给你三天时间，没钱就走人。"说完，他关上了房门。

前几天，我就在为房租的事情烦恼了，不敢给家人打电话，毕竟跟他们说过我找到了一份不错的工作，不想让他们再为我担忧；也问过几个大学同学，他们也艰难，有的甚至连工作都没找到，更别说能借钱给我了。我站在村口，一时间不知道往哪里走。天早已黑了，上天桥时，见半圆的月亮生冷地嵌在高楼上头，白蜡树枝丫斜压头顶。到了桥底，我又一次见到上次在盲道上看到的那只黄猫，它缩在小叶黄杨底下，身上、脸上有伤，可能是跟哪只野猫打过架。我蹲下身看它，可惜的是我并未带什么吃的给它，而它瞪了我半日，既没有躲，也没有靠近。我不知道冬天来了，它是不是能熬过去。就连我在这样的夜晚，都冷得直抖。突然间，它起身贴着墙逃开，桥上又下来了一波人，他们看样子是刚聚完餐，兴高采烈地往天环大厦走去。我不知不觉地也跟着他们。虽然已经晚八点了，大厦上下灯火通明，坐电梯上去时，透过玻璃看过去，每一层都还有很多人在忙活，刚才那一波人到了十七层，乌泱泱地往一家教育培训公司走去。

我不担心在公司会碰到陈总，这几日听前台说他因为家里有事请假几天，所以大家下班都分外及时。走进办公区，果然没有人。打开空调，在工位上坐下，再喝上一杯热开水，冻透的身体总算慢慢地暖和起来了。也许今晚我可以在办公室旁边的沙发上睡，早上早点离开，然后趁着大家都来上班的点儿再进来。如此一想，心里安定了，打开电脑，随意地刷刷网页打发时间。没有开灯，怕的是外面如果有公司的人路过时会看到，再说对面楼的灯光荡漾过来，足够我看清室内的一桌一椅了。虽然今晚可以打发过去，那明天呢，后天呢，我总不能天天赖在公司里吧。但能借钱的人，我想不出一个，而且在心底我也不要欠任何人的钱。一边想着一边看看视频，半个小时后，办公区突然亮了灯，吓得我噌地站起来，开灯的人也吓了一跳。"你怎么还在这儿？"说话的是肥肥。"你怎么来了？"我拍拍心口，呼了一口气。她走过来，放下包，转头看我："你在做什么？"我随口编了一个理由："董事长不是快要回来了嘛，我把要交给他的稿子整理一下。"肥肥"哎"了一声："我也是！就因为头儿，我今天一天都在文盛那边忙。既要确定场地和人员，又要定制好横幅和招牌。现在还要过来整理后天开课要用的资料……"她一边说着，一边打开电脑。我去倒了一杯水给她，她咕噜咕噜喝完了；我又问她吃了没有，她说哪里有时间吃东西。我说好，趁着她忙，去楼下的便利店买了两个饭团，请店员加热后带了上来。

　　肥肥忙碌的时候，喜欢身子动来动去，就像是椅子上有钉子似的。她快速敲打键盘，对着电脑上的表格嘴里念念有声，时不时把刘海撩到一边去。忙着忙着，她会突然转头看我，我迅速低头假装看桌面。我抬头时，她又转了回去。如此再三，再一次抬头时，她没有转回，反倒是笑盈盈地盯着我看。见我蓦地红了脸，她笑出了声："你不是在忙吗？"我说："我在想下一篇稿子。"她"哦"了一声："想得怎么样？"我说："就想着……"她忍住笑："我看你就是闲的。你帮我一个忙。"说着，她拿出一沓发票："你帮我贴报销单吧。"我刚要把发票接过来。她说："你过来坐着吧，这样我方便跟你说怎么贴。"我起身把椅子搬到她旁边坐下，她把发票和报销单推到我手边，说了一些需要注意的事项，我一一记住，动手操作起来。她监督了一会儿，觉得我没有问题，便去看电脑上的表格。发票多而杂，我先分门别类放好，再沿着报销单的边框一一贴齐。肥肥叹道："你做事真仔细！"我笑笑，没有说话。我从未坐得离她如此近，隐隐的香气从她身上飘过来。贴完一个报销单后，我问肥肥："那个骚扰你的男人没再来吧？"肥肥说："那个人啊，果然是怂了，陈凯东教训了他后，他就消失了。"我又问："那董事长没有怪罪你们吧？"肥肥摇头道："头儿还是明事理的，事情在电话里跟他讲了，他说那人活该。亏得我之前还担心得不得了。"我说："那就好！"又忙了半日，我才装作不经意地问："陈总后来去找你了吗？"肥肥速回："没有。"余光里，她怔怔地盯着电脑屏幕，好久没有动一下鼠标。我低头又去贴另外一个报销单。

"你喜欢听什么音乐？"她问道。见我不解，她说："反正现在这里没有人，听点儿音乐挺好的。"我想了想，说："就上次在你家里最开始听的那首就好。"肥肥说好，打开手机里的歌单，不一会儿《升 C 小调夜曲》响起，琴声轻柔婉转，和弦坚定而又忧伤，一连串颤音轻盈如云，到中段乐句中有一串音符似瀑布一样华丽地倾泻下来，让人心颤不已，其中所包含的激动、叹息、兴奋、不安等种种情绪，丰富而微妙。在肥肥家时，我没有认真听，而现在我却发觉自己听到最后，忍不住热泪盈眶。我不想被肥肥看到，连忙起身说："我去一下卫生间。"一路小跑到天井边，眼泪猛地落下，划过脸庞。我也不知道自己怎么了，眼泪抹干，又一次涌出来。窗外夜景璀璨，城中村完全被淹没在光瀑之下，嘉陵路上车流和人流不断。"你躲在这儿啊？"肥肥走了过来，关切地注视我，"出什么事情了？"我扭头说："没事。"肥肥靠近过来："我看你今晚肯定发生了什么事情。"我侧过脸，努力不让她看我的脸："真没事。"肥肥没有说话，递过纸巾给我。我不想接，也不想承认自己落泪。她把纸巾塞到我手中："你装什么啊！我在你面前哭过几回了，都不怕出丑。你还扭扭捏捏的呢。"

等我情绪平复后，肥肥坚持让我说出了什么事，虽然我不情愿告诉她。弄明白事情原委后，肥肥拍拍我的胳膊："你啊，真的是死要面子活受罪，早跟我说不就完了嘛！"她去公司关了电脑拿上包，不由分说地催我带她去我的住处。我说不用，她瞪我："能不能不要矫情了？走走走！"没奈何，我带着她去了我的住处。等到了房东家门口，我敲门请房东出来，肥肥一开口就问：

"他欠多少房租？"房东说了一个数字，肥肥说好，从包里掏出相应的钱出来："你数清楚哈，给我开个条子。"房东开完条子后，肥肥让我拿好。等房东把狗牵走后，我开了房门，肥肥走进来，环顾了一番，叫道："这儿的条件也太差了。"我扑哧一声笑道："没想到你也说了同样的话。"她回头看我："还有谁说了？"我想到陈总之前的嘱咐，忙说："我的一个朋友。"肥肥没有在意，她捏了捏被子："好薄啊。你晚上就这么睡吗？"我点头说是。她最后注意到了贴在玻璃上那块纸板："玻璃居然还是破的！"我说："有板子挡着，还行。"肥肥说："行什么啊！到了冬天要冷死！"她走出门，对我说："把门关上，我们走。"我问："去哪里？"肥肥说："等会儿就知道了。"下楼后，房东刚安顿好狗，准备进门，肥肥过来，指着我说："我朋友那间的玻璃都破了，你得换一下！"房东咕哝道："自己换。"肥肥声音大了起来："什么意思？给你交了房租，你当然要维修了！"房东往后退了一步，有点像是吓到了："说话这么凶干什么！"肥肥继续逼近："你换不换？"房东仿佛矮了一截似的，喏喏地说："明天换。"肥肥转头对我说："你自己盯着点儿，不换告诉我。"

　　厚实的棉被、全新的床罩、松软的枕头，这些买完后，肥肥又拽着我去到男装部，买了一套过冬用的羽绒服，路过鞋店时，又拿下了一双可以保暖的鞋子。我想要往外走时，她一把拽住我的胳膊："试试这个，颜色蛮好的！这个也不错，你觉得呢？"我不安地说："真的够用了。太多了……"肥肥打断道："够什么够呢？马上就要入冬了，你是没有领略过我们这里的冷！"说话间，她又拿下一条鼠灰色围巾。出如美商场前，肥肥让我把羽绒服穿上，换上那双保暖的鞋子，更换完毕后，肥肥细细地打量我一番："嗯，精神多了！"出门后，虽然冷风吹来，浑身还是暖乎乎的。走到金禄街上，肥肥在前面走，我落后几步。肥肥回头问："要不要我帮你拎？"我说不用。到了房间里，铺上了新棉被，换上了新床罩，放上了新枕头，肥肥点点头："还凑合。"她又走到窗边："玻璃你一定要记得让房东换了。不要怕他！"我说好，接着又补上一句："我发了工资后，就把钱还给你。"肥肥摆摆手："再说。你早点儿歇息，我走了。"

　　肥肥虽然不让，我还是下楼来送她。我们走在村里的小路上，肥肥左跳跳右跳跳："这里的人好爱往路上倒脏水。"我说："这里马上要拆迁了，所以基本上没有人做卫生。"肥肥想了想，说："下回我帮你租个好一点的房子，有暖气的那种，房租也不会贵。你房子到期后，跟我讲。"我说好。肥肥叹气道："你总说好。这个好，那个好。自己要是不好，你嘴上虽然不说，可我们是看得出来的。这几天李岚就说你看起来心神不宁的，跟你说话，你总是慢半拍。我们也不好问你。等你自己说，恐怕要等到下个世纪了！"我一时间不知说什么好，为了不弄脏新鞋子，只好低头专心看路。出了村口，穿过金禄街，我往路边招手，肥肥说："不用打的。反正离我那里不远，我慢慢往回走。"我说："我送你。"肥肥挥挥手："你快回去吧。"我坚持道："新鞋子太舒服了，我想多走走。"肥肥笑了笑："这个理由挺好。"路上三三两两的行人从我们身边走过，斜插过来的车辆亮着刺眼的车灯，肥肥在前面走，轻轻地哼着一首曲调，我听了半晌，知道还是肖邦的那首夜曲，也跟着她哼起来。她回头凝视我，我停住了哼唱。她说："继续啊。"我问："是不是跑调了？"肥肥摊开手说："管它呢！怎么高兴就怎么哼。你要是跑调了，我就把你拉回来。"我不甘示弱地回："我会努力跟上你的拍子！"肥肥继续往前走，走着走着停住："你别老在后面跟着，这样说话多费劲。"我说好，连忙赶上前，跟她并肩往前走去。

十

董事长回来的前一天晚上九点半，我已经躺在床上看书了，忽然接到陈总打来的电话。挂了电话后，我火速起身穿好衣服，赶到公司去。等我到了陈总办公室，市场部几个组的组长都已经等候在那里了，唯独肥肥组来的是李岚。按照陈总指示，每个组的组长要把进展汇报给我，然后由我撰写工作报告。陈总多日不见，消瘦了不少，下巴、脸颊、额头都有结痂的伤痕，眼睑上也有划伤，眼白里满是血丝。他坐在沙发上，而我按照陈总要求坐在他办公桌边，直接用他的电脑写报告。每一个组长过来，站在我旁边，跟我说着客户的名字和公司的名称，能来的是哪些，不能来的是哪些，不能来又是什么原因。组长说原因时，陈总烦躁地拍着沙发："怎么就签不下来呢？你没有去人家公司拜访吗？还是根本就没有跟他搞好关系？我这几天不在，你们就这么糊弄我是吧？"组长不敢说话，大家也不敢动弹。等了半晌，陈总突然手一挥："愣着干吗？接着说啊！"组长这才战战兢兢地说下去。轮到李岚汇报时，陈总问："吴菲呢？"李岚回："她不舒服。"陈总脸色一沉，说："好，你来汇报吧。"李岚说话时，陈总全程沉默，双手抱胸，没有插话。大家汇报完毕后，各自回到了自己的工位上，唯独我留了下来，要把陈总说的七个要点，扩充为七个章节。办公室安静了下来，只有我敲打键盘的声音，还有陈总靠在沙发上发出的细细鼾声。他居然睡着了，这让我颇感讶异，又有点尴尬，连敲字都轻轻地。

报告写完后，陈总还没醒，他头歪到一边，睡得深沉。我坐在那里，走也不是，不走也不是。李岚发信息过来问情况，我回复后，她悄悄走过来，贴着玻璃冲我招手，我没太看明白意思，她又发信息给我："叫醒他。否则我们都回不了家。"我点点头，李岚握拳做了一个加油的动作，转身离开。我站起来，故意让椅子发出擦地的声响，陈总没有反应。我又尝试着小声叫了一下他，他还是没有反应。没办法，我走过去，拍了拍陈总的胳膊，陈总突然间把我的手拨开，身体猛地一缩，睁开眼睛时，流露出惊恐的神情。我往后退了一步，说："陈总，稿子我写完了。"陈总见是我，这才松弛下来，揉揉太阳穴："我睡了多久？"我说："差不多一个小时吧。"陈总看看手机，喃喃自语："好久没睡这么久了。"等我拿着打印稿再次进来时，他在办公室来回踱步，我再次叫他，他说："把门关上。"我刚关上门，他忽然又说："等等……"还没等我反应过来，他已经走过来把门打开："你们都回去吧！明天记得早点儿过来，董事长到得早。"办公区传来"好的"的回应声。紧接着各组组长和李岚陆陆续续地往公司门口走去。等人走完后，陈总关上门，坐在办公桌前看纸稿，看了一页，抬眼见我还站着，手挥了一下："你坐下吧。"我这才坐下来，手机上显示已经十一点了。陈总拿着圆珠笔，一边看一边在纸稿上划拉。他眉头紧蹙，盯着稿子的一处。我等了十来分钟，他才放下了稿子说："吴菲是真的不舒服吗？"我吓了一跳："谁？"陈总咕哝了一句"没事"，又继续看稿。我这才反应过来他说的是肥肥，回说："她重感冒。"陈总又问："吃药了没有？"我说："吃过了。"陈总忽地笑了一声："你们现在这么熟了吗？"我没有说话，他也没有再继续这个话题。

修改完报告后，已经是凌晨一点了。陈总让我走时顺带把办公区的灯关掉，我斗胆问了一句："你不走吗？"他说："我还得忙一会儿。"我说好，走出办公室，去饮水机那里接了一杯热水送过来。他颇感意外："你还不走？"我把水杯搁在他手边，又说："我就走。"一小团水蒸气从水杯里冉冉飘起，他手指触摸了一下杯壁，许久没有说话。我说："我走了。"他这才抬头："嗯，谢谢你。早点回去休息吧。"我装作没有看到他发红的眼圈，转身出去，把门带上。走出天环大厦，上了天桥，才发现肥肥发来的信息："还没完？"我刚回"已完，正往家里走"，她电话即刻打了过来，连寒暄都直接省略了："听李岚说，他受伤了？"我大致说了一下陈总的情况，电话那头沉默了。我问："你在想什么？"肥肥叹了一口气："我明天还是来公司看看。"我又问："你担心他？"肥肥说："我总有不好的预感。"我心口一紧："什么？"肥肥说："我也说不清楚……就感觉是他的事情我要负一部分责任。"我说："你要负什么责任呢？又不是你……"肥肥打断道："是是是，我知道……哪怕是一个普通朋友，我也要关心一下吧。"我让自己平静了一会儿，说："肥肥，你别让自己陷入这个泥淖里去。"肥肥笑了一声："你说话口吻跟李岚一个样子。"我说："我是认真说的！"肥肥那头停顿了片刻，才问道："你是生气了吗？"我说："我没有生气。"肥肥那头笑道："你就是生气了。我听得出来。"我这才意识到自己的口气很冲，便说："对不起。"肥肥"哎"了一声："你这么脾气好的人，让你生气好难啊！我算不算是第一个吃螃蟹的人？"我才要说话，她截断说："你到家了，我听到了狗叫声。早点睡吧！"我正要说晚安，她已经迅速地挂了电话。

　　早上到公司时，我以为自己已经来得够早的了，没承想办公区里人基本上都到齐了。我刚在工位上坐下，瞬间所有人站起来，我也慌忙跟着站起来。先是前台走进办公区，在前面的白板位置站定，接着是陈总走来，气势却不如往日，等站定后，转身往后弯腰："董事长。"前台响亮地拍起了巴掌，锐声喊道："辛苦了！"大家跟着喊："辛苦了！"随后，一个看样子五十岁上下的光头男人踱步过来，双手背在身后，往办公区慢慢地扫视了一遍："今晚的工作要做到万无一失。"前台喊道："万无一失！"大家跟着喊："万无一失！万无一失！"董事长扬扬手："你们开晨会吧！"陈总忙说好。董事长转身往外面走，他的办公室据说在上一层。晨会完成了那一套熟悉的喊口号和报业绩之后，陈总总结讲话："每一组再确认你们的嘉宾，不能有任何闪失。这一次董事长回来讲课，我们不能再像上次那样出现嘉宾不来的情况。明白吗？"大家喊道："明白！明白！"前台随即喊："加油！"大家跟着喊："努力！努力！努力！"

　　市场部的忙乱与我的清闲，构成了鲜明的对比。肥肥一上午打了三十多个电话，她因为感冒嗓音都是沙哑的，但依旧要说个不停。我本来想问问她吃药了没有，但找不到空隙。而陈总那边一直不在办公室，看来是去跟董事长做汇报了。我忽然心揪起来，陈总一定是拿着我写的报告过去的。如果董事长真的如之前大家说的那么凶，会不会对我写的报告大发雷霆呢？等陈总再次返回办公室，我被叫了进去。我以为肯定不是好事，但陈总却难得有笑意："王董对你的报告很满意，下午你也去文盛那边，他需要你在现场做讲话记录。"我悬着的心可算放下来了。接着陈总又交代我做记录时要注意的事项，又嘱咐我时刻留意董事长的状态，一有情况就跟他发信息汇报，毕竟这次我要跟在董事长的身边。正说着话，前台进来催他去董事长那里开会。得到董事长的表扬，我心里高兴不已。经过肥肥工位，她抬眼看我："什么事情这么开心？"我说："下午我要跟你们一起去文盛。"肥肥说："这就开心了？"李岚在旁边打趣道："他啊，肯定是因为某个人会在，他就开心了。"我说："哪里有！不要瞎说。"肥肥转头问："某个人是谁啊？"李岚捂嘴笑道："反正是某个人。"肥肥拿着纸团扔过去："你说清楚！"正笑闹着，她们桌上的电话又一次响起。我暗暗松了一口气。

十一

亲眼见到董事长骂人，还是不免吓一跳。会场外面的欢迎横幅挂歪了，董事长叫来陈总骂了一顿，陈总连说"是是是"，赶紧叫几个同事过去调整；引导企业家学员去会场的指引牌，董事长认为放的位置不对，陈总再次挨了一顿骂；会场外面的长桌子上摆放的小零食不够丰富，陈总事先察觉到董事长不悦的神色，不等他开骂，就吩咐人去添加品种……我跟在他们身后，手里拿着笔记本。陈总一路上几乎没有直起过腰，一直说"是是是"，一直大气不敢喘。我都有些忍不住同情他了。等到了会场入口，董事长立住，打量了一番陈总，像是才发现似的："你脸怎么了？"陈总面露尴尬地回："擦伤了。"董事长皱起眉头："我听说你是要……"他忽然发现我跟在后面，没有把话再说下去。走进会场后，董事长小声地说："你自己的事情处理好，不要影响工作。"陈总更小声地回："快处理完了。"我故意落后几步，没有再上前跟着。会场里已经摆放好了二十排折叠椅子，每个椅子上面都搁着课程资料。肥肥蹲在会场的斜对角，正跟李岚往纸提袋里放宣传资料和矿泉水。我想过去帮忙，又怕太过冒昧，便先看看董事长，他正站在讲台上试试话筒的效果，又去看陈总，他站在董事长身后，远远地看着肥肥那头，而肥肥始终没有抬头看我们这边。

晚上七点，课程正式开始。灯光暗下，唯有一束追光打在董事长身上。我坐在会场边上，借着讲台上的微光速速记下董事长说的话。一百多名学员，鸦雀无声地坐在台下，而同事们分散在会场各处，等着待会儿体验环节开始后做一些辅助的工作。肥肥悄悄到我旁边坐下，我没有抬头看就知道了，因为能闻到她身上熟悉的香气，其中还夹杂了烟味。我偷看她，她也回看我。我无声地问："你抽烟了？"她点点头，做出吸烟后往天上吐烟圈的动作。我忍住笑，又无声地问："你怎么不叫我？"她无声地回："想叫，你没空。"我一边点头，一边加快速度记录。肥肥靠在椅子上，听了一会儿董事长的话，又撇过头来看我写的字。等董事长停顿时，她把我本子拿过去，在我来不及写下来的地方，补上了缺漏的话。她写字的速度很快，等我实在来不及写时，一把拿过我的笔和本子刷刷地往下记录。等到董事长讲完，灯光亮起，体验要开始了，她把笔和本子还给我，起身无声地说："你忙，我先出去了。"我点头说好，再看本子上，满满地都是她略带稚气的笔迹。董事长的话，她居然做到了一字不落地记下来，真是厉害。过了一会儿，我瞟见陈总从会场的一角走过来，在我身边坐下。我的本子放在桌子上，学员们此刻都在做游戏，董事长没有说话，我也不用记录什么。陈总把本子拿起翻看，小声问："都记下了？"我点头说是。本子最后几页都是肥肥写的，陈总看了半晌，放了下来："挺好的，你接着记。"说完，起身往门外走去。

课程进行到一半时，我已经适应了董事长的讲述方式，记录起来也快了不少。又一次到了体验环节，所有学员手牵手围绕在会场中央，灯光再次暗下，音乐渐弱，按照董事长的要求，所有人都闭上眼睛沉思。我也跟着闭眼，心却静不下来，仿佛肥肥还坐在我身边，夹杂着烟味的香气似乎萦绕在我的周遭。我听到了肥肥的声音。我一开始以为是我的幻想，再仔细一听，却是真实的。我睁开眼睛看身边，并没有人在。声音是从门外传进来的。

也不单是肥肥的声音，还掺杂着其他人的声音。肥肥像是在尖叫。本来安静的会场，也渐渐有了议论的声音，有些学员睁开了眼睛，往门口这边瞅。董事长喊道："请继续保持沉思状态！"一边说着一边慢慢走到我面前，压低声音说："你出去看看情况，回来跟我汇报。"我说好，轻手轻脚地开门出去。刚一到走廊上，随即听到一群人的争吵声。我循声而去，来到了迎宾大厅，一团人围在一起，最中间的是一个陌生的高个子女人，正揪着肥肥的头发骂道："死不要脸的小三！小三！"肥肥极力挣扎："放开！放开！"李岚、陈曼，还有另外守在外面的几个同事去拽那个女人："不要这样！不要这样！"我正准备跑过去，从我身边突然掠过一个人。李岚喊道："陈总！陈总！你快拉住她啊！"陈总奔过去，一把揪开女人的手，肥肥发出痛苦的尖叫声，原来那女人的手上抓着一把肥肥的头发。我跑过去时，肥肥正被李岚扶住，她的脸上淌着血，显然是那女人挠的。陈总这边把女人往门外推，那女人丝毫不肯后退，抢起包去砸陈总："不要脸！不要脸！"陈总低声说："我们回去说！回去说！"女人越发大声地喊道："我要让你们全公司的人都知道，你们搞在一起！别以为我不知道！"董事长此时也过来了，一边走一边恼怒地说："搞什么啊！搞什么啊！不要干扰我们上课！"女人虽然被陈总推出了门，但她的声音依旧清晰可闻："陈凯东和吴菲，你们有种搞在一起，就别怕别人知道！"董事长立住，看了一眼肥肥，又往外溜了一圈，咕哝了一句："什么破事！"陆陆续续有学员走出来看热闹，董事长转过身说："大家请回！请回！我们继续上课！不要看了，回去！回去！"

我没有跟着回去，留在了大厅。女人已经被陈总拽走了，喊叫的声音越来越小，乃至于没有了。迟来的保安赶过来，发现事情已经完结，又退了回去。其他的同事也跟着董事长回到了会场。肥肥坐在沙发上，李岚和陈曼一边一个，帮着她擦拭脸上的血迹。我走过去时，能明显地看到肥肥像是怕冷似的全身发抖。我很想蹲下来握住她的手，那只刚才还在帮我记录的手，现在也有抓伤的血痕。她没哭，只是抖着，嘴角、鼻翼、脸颊、额头、耳垂都有伤。我说："要不去医院处理一下伤口？"李岚连说是。肥肥没有说话，像是听不见我们的声音似的。等了大约五分钟，肥肥站了起来。李岚忙说："我们去医院。"肥肥摇摇头："我不去。"陈曼问："要不我先去药店买点药过来，给你消消毒？"肥肥摇头："我不要。"她摸了一下抓掉头发的地方，抻了抻衣服，往门口走。李岚问："你要去哪里？"肥肥说："我回家。"李岚说："我送你。"肥肥忽然不耐烦地吼了一声："不要管我了！"李岚噎住了，求助地望望我，我点点头，无声地说："我送她。"

肥肥在前面走，我落后几步。晚上十点的街道，流露出曲终人散的落寞气息。风在马路中央旋着梧桐叶，偶有车来随即碾了过去。还未打烊的店铺里坐着零星的几个顾客，仰着头看墙壁上的电视新闻。肥肥应该知道我跟在后面，但她丝毫没有等我的意思，走得极快。穿过文盛路，过了一个红绿灯，到了建设路上，她忽然回过头来，很凶地吼道："别跟着我了！你们为什么这么爱跟我？！"我停在离她几米远的地方，不敢说话。她再一次往前疾走，我迟疑了片刻，又慢慢地跟上去。拐到春秀路上，她转身过来，眼泪掺和着血水往下流："是不是看我笑话看得还不够？"我尝试靠近她几步，她往后退："走开！走开！我不要你管！"她站在路边，尝试打的，有司机把车开过来，见她的模样，二话不说就开走了。接下来的十来分钟，一直没有车来。肥肥忽然侧过脸来问："有烟吗？"我走近她，从口袋里摸出烟和打火机递过去，她没有接，反倒是打量我一番："你怎么穿这么少？"经她这么一提醒，我才察觉到了寒意："出来得急，没来得及加衣服。"肥肥叹了口气："你真是个傻子。"我说："你也是个傻子啊。"肥肥愣了愣，接过烟和打火机："我的确是个傻子。"我又递给她纸巾，她没接，只是点着了烟，深深地吸了一口："你回去吧。我没事了。"我坚持把纸巾塞到她手中："我也没事。"

她把烟吐出来，忍不住"嘶"了一声。我问："很疼吧？"肥肥没有回话，又吸了一口。我们站在街角，一起吸了一会儿烟。肥肥忽然说："陈曼明天肯定会说给全公司的人听。"我回："你管她呢！"肥肥苦笑了一声："公司很多人心里可高兴了。"我说："现在不要想这么多。"肥肥沉思了片刻，说："我早就该离开公司了。"我尝试地问道："那为什么还继续留下来呢？"肥肥低下头，没有言语。过人民路，左拐到上西街，再转到梦湖大道。刚才出来时，忘了穿上肥肥给我买的羽绒服，现在冬风一吹，冷得牙齿打战。我们现在是并排走了，肥肥想着自己的心事，我不去打扰，只是默默陪着。"我，"肥肥忽然开口道："骗了你。"我讶异地看她，她也看我："我喜欢陈凯东。我不知道算不算爱。我也没有弄清楚……"我问："什么？"肥肥紧了紧衣服，双手抱在胸前："当然我们之前什么都没发生过。我只是在想我为什么不离开这里。"我说："你说你怕伤害到他，也说这里收入挺高的。"肥肥连连点头："没错……但我知道这是骗你，也是骗我自己的。我每天去公司，就是想看到他。虽然我不怎么理会他，除开工作汇报之外，也从未主动跟他有过私下的交往。但我知道我骗不过自己内心的。我喜欢远远地看着他……"说到这里，肥肥笑了一声："当年，我睡在他的卧室，他睡在外面的沙发上，就喜欢远远地看他睡觉的样子。这些他不知道。我也曾经跟随过他，他晚上下自习时，我就远远地跟在他身后，一直跟到他上楼，看到他房间亮起灯时，我才上楼回自己的家。后来他们家搬走后，我还去找过他，当然没有让他知道，就是跟着他走了一段路，他骑着车子往他读的高中去，我就一路骑车远远地跟着……"我说："你们这点挺像的，都喜欢跟来跟去的。"肥肥疑惑地反问道："你说什么？"我闷闷不乐地往前走："没什么。"肥肥跟上来："你生气了？"我干笑道："我生什么气？"肥肥端详我的脸："你是在生气。"我别过脸，看向前方的高架桥："我只是冷而已。"

走到春林路上时，陈总发来信息："你们在一起？"我没有回。紧接着，他打电话给我，我没有接。他再次发信息来："告诉我你们的位置。我去找你们。"我关掉了手机。肥肥问："谁？"我回："他。"肥肥沉默了一下："你不怕得罪他吗？"我把手机塞进口袋："怕……不过现在管不了这么多了。"肥肥安慰道："董事长看样子挺欣赏你的，所以你不用怕他。"我终究还是没有忍住："你们以后怎么办？"肥肥惊讶地反问："我们？你是说我和他？"我"嗯"了一声。肥肥双手插在兜里，想了想："没有我们。他是他，我是我。我从未想过要跟他在一起，也从未想过要破坏他的家庭……不过，已经闹成这个样子，我也算是自食其果了。"她苦笑了几声。春林路走完，就上了我熟悉的嘉陵路。走到金禄街口，肥肥说："你快回去吧，感觉你已经冷得不行了。"那时的确鼻涕直流，连打喷嚏，但我摇头："没事儿。"我们继续走，来到天环大厦对面，肥肥抬眼看了半晌，我问她想什么，她说："一晃好多年了。"

走到小区门口，目送肥肥进了小区后，我转身往回走。从口袋里摸出手机，开机后，二十多个未接电话，全是陈总打来的，还有十几条信息，也全是问我们现在在哪里。我不知道明天怎么面对陈总，心里不禁惴惴然。走了大概十来米，忽然听到肥肥的声音。我转身看过去，在肥肥住宅楼的楼下，有人在拽着肥肥的手。我想也没想就冲了过去，门卫都没来得及拦我。等我跑到时，陈总还在强拉住肥肥的手："你听我说！听我说！"肥肥拼命地推他："你走开！走开！"我奔过去叫了一声："陈总！"陈总回头见是我，恼怒道："滚！"我没有滚，反倒是逼近他："你放开肥肥。"陈总说："这是我跟她的事情，你算个什么东西？"肥肥冲他吼道："你算个什么东西？"她猛地踹陈总的下体，陈总痛苦地松开手，蹲在地上。此时门卫也赶了过来，住宅楼也陆续有人走出来看情况。肥肥又恼又羞，往楼上跑去。我担心陈总还会跟着跑上去，便守在下面。又来了两个保安过来问情况，陈总一边捂着下面一边喊："滚！滚！"几个保安也没有滚，强行把他往外拉去。看热闹的人问我发生什么事情了，我没有理会，上到七楼，敲响肥肥家的门。过来开门的是一位婆婆，我猜应该是肥肥的奶奶。她疑惑地看看我，我做了一下自我介绍后，问肥肥情况。奶奶扭头看看肥肥房间，又看看我："不知道呀，回来冲到房间里去，锁着门不让人进。"我说："噢，那没事了。"我再次下了楼，抬头看肥肥的房间，没有开灯。往小区门口走时，碰到刚才来的门卫，便问他："刚才你们拉走的那个人呢？"他警惕地打量我一番，才回："妈的，打了我们的人，扭送到派出所去了！"

十二

狗吠声响起时，阳光照了进来，我一看手机上的时间，吓得坐起来，赶紧起身穿衣服。毕竟迟到一次，就没有全勤奖。等我赶到公司时，已经到了晨会时间，可是耳边并未传来大家喊"加油"的声音。走进办公区，市场部的人每个组自己围在一起开会，陈总办公室没有人，肥肥组是李岚在主持，肥肥没有来。开完会后，李岚坐下来，把本子递给我："你昨晚忘在会场了。"我接过来后，问："肥肥呢？"李岚说："我早上看到你昨晚发的消息了。给她打电话，她手机已经关机了。"我拿出手机，拨打肥肥的号码，也是打不通。上午一边整理本子上记录的内容，一边时不时给肥肥打电话，都是关机状态。到了中午吃饭时间，我跟李岚说："我想去她家看看。"李岚说："一起去吧。"我们打的去到肥肥家，还是肥肥奶奶开的门，她让我们进来坐，我们没有进，连问肥肥情况。肥肥奶奶说："她一大早就收拾东西，说是去她爸那儿了。现在估计已经上飞机了。"李岚"啊"了一声："这么突然？！"肥肥奶奶连说"是呀"，又拉着李岚的手问："岚岚，是出什么事情了吗？"李岚强装镇定地回："肥肥心情不好，去她爸爸那里待一段时间挺好的。"肥肥奶奶摇头道："搞不懂。什么事情都不跟我讲。"李岚又安慰了一番，肥肥奶奶这才稍微放下心来。

回到公司后，陈总依旧没有来。肥肥留下的一摊事情，让李岚忙得焦头烂额。而我这边写好了稿件，发送到董事长的邮箱，另外又更新了公司的网站页面。临到快下班时，前台过来让我到董事长办公室去一趟。李岚立即回头看我，我心往下一沉，不知有什么祸事等着我，毕竟我昨晚工作没做完就跑走了。李岚悄声说："大家都被骂过，你听听就行了。"我说好，跟着前台去了。很意外的，董事长非但没有批评我，反而表扬了我写的稿件，说文通意顺，还很有文采，夸到最后，他突然说："后天我要去广州讲课，你跟我一起去。书这个事情拖很久了，不能再等了。我已经跟前台说，让她把你的飞机票也买好。"回来后，我跟李岚说出差的事情，李岚高兴地说："好事啊！董事长难得会夸人，你厉害了！"可我始终没有兴奋起来，坐在工位上，时不时抬眼看看肥肥的工位，桌上还搁着她未吃完的感冒药。

从广州，到深圳，到惠州，到汕头，再到福州，再去往成都、重庆，然后南下到昆明……这一圈巡回演讲走下来，一个月过去了。跟在董事长身边，随时都提心吊胆的，生怕出什么错。不过，因为能够随时写稿子，董事长对我青睐有加，到后来需要发表演讲，连稿件都是我撰写的。其间一有空，我就尝试给肥肥打电话，始终是关机状态，又问李岚那边，李岚说她也联系不上。我回来的那一天，发现公司大变样了，陈总办公室来了新的总经理，大家都叫他莫总，而陈总本人据说已经调到其他城市去了。李岚升任为新的组长，而且也招了新人过来。我按照董事长的指示，搬到了他的办公室旁边，随时听从他的差遣。中午吃饭坐电梯时，碰到市场部的人，他们笑笑，我也笑笑，没有更多的话可以说。就连李岚，下午下楼来复印文件时，她也一直在忙着给客户打电话，只能远远地跟我招招手。好不容易熬到了晚上八点，董事长有饭局先走了，我下楼来到办公区，人都已经走光了，只有保洁阿姨在拖地。我来到肥肥原来的工位旁，桌子上已经没有肥肥的物品了，现在是李岚组新招来的人占有了它。而我工位上的东西都搬到楼上去了，桌面被保洁阿姨擦拭得一尘不染，过不了多久就会有新的人来吧。我转身出了公司，沿着走廊往电梯口走去，天井上下依旧可见不少人在加班。我以后恐怕会跟他们一样要在公司待到很晚，毕竟书稿需要在规定的期限完成。

寒冬街头，行人寥寥。过天桥后，走在金禄街口，突然很害怕回去，我怕推开门那一刹那间的空。脚不由得带我转身往前走，看是漫不经心地随意逛，等我回过神来，才发觉自己正往肥肥的小区方向去。今天我尝试给她打电话时，发现已经是停机状态。我忽然有点恼恨肥肥，哪怕是她想躲避这里的一切，就连我也要一并切割掉吗？还有李岚，她的好姐妹，也要从此不再联系了吗？我们谁也没有肥肥父亲的联系方式，她真是去贵阳了吗？还只是一个借口？……我有无数的问题想问，但回答我的只有风。来到小区门口，远远看住宅楼的七层，肥肥家那一边没有亮灯。我走到岗亭那里问门卫，没想到门卫记得我："就是那个吴老师家里是吧？她这段时候都不在，她奶奶也不住这里了。"我谢过了他，想了想又问他："上次打了你们保安的那个人，后来来了没有？"保安啧啧嘴："那个疯子哦！有一段时间天天晚上过来，我们都盯着他，不让他进来。不过他好像也没打算进来，就站在外面，远远地看着吴老师家里，有时候站个几分钟，有时候一站就是半个小时，然后就开车走了……这段时间嘛，他倒是没有来过。"我又一次谢过他，顺带把身上的一包烟塞给了他，他高兴得连连搓手。

往回走的路上，我总忍不住回头看，没有人跟过来，再往前看，也没有人需要我跟着。我感觉自己就像是一个孤魂野鬼似的，无所依傍。空气清冷，脸冻得生疼，手插在羽绒服的口袋里，好不容易才焐出了两团小小的暖意。这羽绒服还是肥肥反复挑选，又让我对着穿衣镜看试穿效果，才决定买下来的。她为我破费的这些钱，我都不知道如何还给她。回到出租房后，没有开灯，也无心洗漱，借着朦胧的夜色，我钻进了被窝，让身体一点点暖和起来。那块破玻璃，房东在肥肥来的第二天就换好了，现在冷风再也不会窜进来了。狗吠声渐渐消歇，我反倒是辗转反侧睡不着。翻了一个身，被子窸窸窣窣，提醒我深夜有多安静。而我的耳边，隐隐约约响起一段旋律，我尝试哼出来，哼到一半时，想起肥肥说的："你跑调了！"对了，就是那首肖邦的《升C小调夜曲》！我打开手机，找出这首曲子，把声音调得小小的，让琴声在我耳边萦绕。

晚安，肥肥。

2021 年 4 月 7 日

西安—北京